KB266402

손을
찬양하다

**Elogio
de las manos**

**손을
찬양하다**

헤수스 카라스코
장편 소설

민음사

임도울 옮김

ELOGIO DE LAS MANOS
by Jesús Carrasco

Copyright © Jesús Carrasco 2024
All rights reserved.

Korean translation edition is published by arrangement with
Editorial Planeta, S.A.U.

Korean Translation Copyright © Minumsa 2026

이 책의 한국어 판 저작권은
Editorial Planeta, S.A.U.와 독점 계약한 (주)민음사에 있습니다.

저작권법에 의해 한국 내에서 보호를 받는 저작물이므로
무단 전재와 무단 복제를 금합니다.

"장애물이 모두 허물어지는 순간이 있습니다.
 모든 갈등이 사라지고 누군가에게 이제껏 한 번도
 꿈꾸어 보지 않았던 것이 떠오르는 순간이요.
 그 순간이야말로 인생에서 글을 쓰기에 가장 좋은 때죠.
 저는 영감이라고 부르겠습니다."
"그런 감사한 상태를 다시 잃어버릴 수도 있나요?"
"그럼요. 저는 그럴 때 모든 것을 처음부터 다시 생각합니다.
 한동안은 드라이버를 들고 자물통을 고치거나 집 안
 콘센트의 나사를 죄거나 아니면 방문을 녹색으로 칠하면서
 시간을 보냅니다. 왜냐하면 손으로 하는 일은
 현실에 대한 두려움을 극복하는 데 도움을 주니까요."

— 플리니오 아풀레요 멘도사, 『과야바 향-가브리엘 가르시아 마르케스와의 대회』

차례

1

　처음 발을 들인 날 아침에 우리는 이미 그 집이 언젠가 철거될 것을 알고 있었다. 단지 몇 달 후일지 길면 1년 후일지가 문제였다. 소유주가 인허가 등 수속을 밟고 오랜 시간 동안 버려져 있던 주택을 헐어 그 부지 위에 휴가용 아파트를 지을 돈을 모으는 데 걸리는 시간. 그 버려져 있던 장소가 내 삶에서 중요한 부분을 차지하고 마치 내 신체의 일부처럼 느껴지게 된 것은 전적으로 내 책임이었다. 그렇게 만든 것이 바로 나였으니까. 누가 시켜서가 아니라 내가 스스로 그 집에 나를 이루는 본질적인 부분을 넘겨주었으니까. 바로 나의 손.

　그곳에서 나는 처음부터 마지막까지 일했다. 뜨거운 여름날이나 가을의 습한 날에도. 대부분은 내가 하려는 일을 어떻게 하는지 그 방법조차 잘 모르는 채였다. 후안루와 함께 부엌 칸막이벽을 허물었고 셀 수 없이 갈라진 틈을 메웠으며 옥상에서부터 물이 새어 들어오는 길을 막았다. 다시 물이 새고 천장에 얼룩이 지면 또다시 수리했다. 우리는 함께 작은 뒷마당의 잡초를 뽑았고 그 자리에는 고철 더미가 쌓여 갔다. 우리는 나중에 그 마당에 당시 집에 있던 유일한 당나귀 벨레냐가 비를 피할 수 있도록 간이 우리를 만들었다. 그리고 간이 우리가 있던 바로 그 자리에 공사장용 작업 발판을 이용해 계단을 만들어 어린 딸들이 닭장으로 올라갈 수 있도록 했다. 닭장도 우리가 만들었다. 앞마당에 있는 포도 덩굴도 우리가 다시 손보았다. 이전에 살던 사람들이 덩굴을 지지하기 위해 설치한 철망은 오랫동안 돌보지 않아 벽에서 이미 떨어져 나간 상태였다. 얼마 후 우리는 낡은 철제 지지대를 이용해 일종의 덩굴 차양처럼 주택 현관 위쪽으로 그늘이 더 넓게 드리워지도록 했다. 더 뒤에, 우리가 그곳을 영영 떠나기 직전에 그 구조물을 다시 새 덩굴시렁으로 교체했다.

시간이 흐른 지금에 와서 보니 어쩌면 그 덩굴시렁을 처음으로 손보던 날이 변곡점 아니었나 하는 생각이 든다. 그때부터 그 집이 우리에게 중요해지기 시작했으니까. 우리가 처음 도착했던 날이나 그 후 몇 달 동안 그 집은 우리에게 그렇게까지 중요한 곳은 아니었으니까. 집은 너무 낡아서 우리가 편안함을 느낄 수 없어 보였다. 게다가 금방 철거될 것을 알았기 때문에 우리가 그곳에서 어떤 미래를 기약하기는 어려운 일이었다. 그렇다면 무슨 일이 있었던 걸까? 무엇이 우리를 그토록 그곳에서 일하게 만들었을까? 늦든 빠르든 끝이 있다는 것을 알면서도? 왜 더욱 그럴듯하고 실현 가능한 목표를 위해 우리의 희망과 노력을 아껴 두지 않았을까? 그 시간 동안 집이 내게 던진 모든 질문 중에서도 이 마지막 질문이 분명 가장 결정적이다.

2

　기껏해야 몇 달이라고 생각한 시간은 결국 10년이라는 세월이 되었고, 그 10년 동안 그렇게 많이 집을 손봤으면서도 결국 진정으로 변화한 것은 우리 자신이었다. 그 집이 우리 것이었다면 그곳은 결국 우리의 열망과 필요와 꿈을 반영하는 것으로 끝났을 것이다. 그러나 그 집은 우리 집이 아니었던 데다 그 형태가 굳건하면서 특이했으니 맞춰 가야 한 쪽은 집이 아니라 우리였고, 그래서 우리는 더욱 유연해지고 특이해져야 했다. 또 그 집이 가진 임시성을 끌어안고 가야, 혹은 끌어안아야 했다.

　그 10년 동안 친구와 지인, 가족, 어쩌다 들른 사람들까지 많은 사람이 그곳을 거쳐 갔다. 어떤 이들은 그 집에 길들여졌고 어떤 이들은 아니었다. 길들여지려는 시도를 하긴 했으나 언제나 집이 여긴 그들이 있을 자리가 아님을 알게 하는 방법을 찾아내는 것처럼 보였다. 밤중에 싱크대 밑을

휘젓고 다니며 신경을 긁는 쥐들. 화장실이 두 침실 사이에 끼어 있는 데다 두 침실 모두 문이 제대로 닫히지 않는다는 사실. 예고도 허락도 없이 포도 덩굴을 타고 올라 덩굴에 매달린 포도를 따 먹는 마을 아이들. 아니면 노크도 없이 들어와 잠옷 차림의 당신을 놀라게 하는 이웃 아주머니. 아무리 두꺼운 담요를 덮어도 누그러지지 않는 겨울밤 습한 추위. 툭하면 나가는 전기. 샤워의 행복을 비명으로 바꾸고야 마는, 샤워 도중 펄쩍 뛰게 만드는 작은 용량의 온수기. 이런 것들을 영웅 이야기에 등장하는 시험이라고까지는 말할 수 없겠지만 분명히 그곳에서 지내는 어떤 이들을 놀라게 해 쫓아내기에는 충분했다. 남은 우리 역시 떠나 버릴 수 있을 만큼 불편한 점이 많았지만 여러 가지 이유에서 우리는 그런 세세한 점들이 더 이상 신경 쓰이지 않게 될 만큼 계속해서 그곳에 머물렀다.

그 집에는 우연히 닿게 되었다. 2010년 겨울, 아내 아나이스의 오빠 후안루는 친구 이그나시오와 함께 말라가 해변 앞바다에서 항해 중이었다. 그들은 에스테포나에서 세비야로 가는 항로를 따라가고 있었다. 그런데 그날 바다가 거칠어 요트의 주인이자 선장인 이그나시오가 항해를 중단하고 소토그란데 항에 배를 정박해 둔 다음 차를 빌려 세비야로 가자고 했다.

그들은 정박지에 진입하기 위해 무척 힘을 썼고, 간신히 배를 댔을 때는 이미 시간이 늦었다. 이그나시오는 후안루에게 근처 마을에 투자 목적으로 오래전에 매입해 둔 집이 있으니 그곳에서 하룻밤 보내는 게 어떻겠냐고 제안했다.

이그나시오는 부동산 개발업자였고 형과 함께 그 집과 그에 인접한 3헥타르의 토지를 매입했다. 사업 계획은 두 가지였다. 하나는 집을 철거하고 그 자리에 휴가용 아파트를 짓는 것이었고, 또 하나는 인접한 토지에 넓은 정원을 조성해 띄엄띄엄 높이가 낮은 독채 호텔을 짓는 것이었다. 모험적인 생각이긴 했으나 잘될 수도 있었다. 대지가 꽤 넓고 멀리 바다가 보였으며, 봄철 동틀 무렵이면 낮게 안개가 깔려 양치류 식물들과 어우러지는 수풀이 우거진 자연 보호 구역과 맞닿아 있었기 때문이다.

그 집과 토지를 매입한 지 얼마 지나지 않아 그들은 관련된 각종 인허가를 취득하기 위한 수속을 밟았고, 동시에 프로젝트 진행을 위한 자금 조달 방법을 찾기 시작했다. 그러나 그곳으로부터 6000킬로미터 떨어진 곳, 바로 뉴욕에서 또 다른 형제 — 리먼 브라더스,[1] 그때까지만 해도 그 성(姓)이 그리 잘 알려져 있지 않았다 — 의 은행이 막 침몰했다. 그 붕괴가 가져온 충격은 대양을 건너 전 세계 오대륙의 주머니를 얼어붙게 했고 원래 가난했던 사람들을 더욱 가난하게 만들었다. 이그나시오와 형의 프로젝트는 거기서 중단되었다.

바다가 거칠었던 그날 그 집에서 밤을 보내며 이그나시오는 호텔 경영의 꿈이 좌절되고 말았던 이야기를 들려주었고, 후안루는 프로젝트가 중단되는 동안만이라도 비어 있는 집을 마음껏 쓰게 해 달라고 제안했다. 이그나시오는 좋은 생각 같았다. 어차피 바로 철거할 것이 아니라면 누군가 사는 편이 집을 더 좋은 상태로 유지하는 간단한 방법이었으니까. 후안루는 가끔 그 집에 가서 자전거를 타고 근처를 돌거나 주말에 친구들과 함께 '미지의 땅'을 헤매고 다닐 계획이었다. 둘은 1960년대식 주방 가구에서 찾은 아르코팔 상표의 머그잔에 요리용 와인을 부어 건배하는 것으로 계약 체결을 대신하고 곧 잠자리에 들었다.

그다음 몇 달 동안 후안루는 가족 모임이 있을 때마다 바닷가에서 가까운 낡은 집—이제 막 다니기 시작한—이

---

1   한때 세계 4위의 투자 은행이었던 리먼 브라더스는 2008년 파산했고, 리먼 브라더스 파산 사태는 세계 금융 위기를 불러왔다.

야기를 멈추지 않았다. 배를 타고 갔던 여정과 이그나시오와의 건배, 이그나시오가 그 집에 대해 가지고 있는 계획을 우리에게 이야기해 주었다. 그는 습기와 쥐들과 잡초와 갈라진 틈, 그리고 여러 이웃에 대해 침을 튀겨 가며 열정적으로 말했다. 그중 한 사람에게만 이름을 붙여 주었는데 우스바르나인가 하는 별명으로 불렸다. 딱히 가 보고 싶게 만드는 곳은 아니었는데 어째서 우리가 그곳에 가기로 했는지 잘 모르겠다. 내가 기억하는 것은 처음 갔을 때 우리가 사는 도시 세비야가 세마나 산타[2] 축제 기간이었다는 사실이다. 도시 전체가 끓어오르고, 그곳에 거주하는 사람들에게도 쉽지 않은 시기다. 아마 우리는 수많은 인파에서 벗어나 바람을 좀 쐴 필요가 있었거나, 아니면 이그나시오의 사업적 결단을 생각할 때 그곳에 가 볼 기회가 그리 많지 않을 것 같다고 느꼈을지 모른다. 이미 그곳은 후안루를 미묘하게 변화시키기 시작했으니까. 그러나 누구도 그때 우리를 기다리고 있는 게 무엇인지 어렴풋이라도 짐작할 수 없었다.

2   매년 3월 말에서 4월 초 사이 부활절 직전에 열리는 가톨릭 축제. 세비야의 세마나 산타가 특히 유명한 데다 4월에는 스페인 최대 규모의 축제 페리아 데 아브릴(4월의 축제)로 이어져 이 시기 세비야는 전 세계에서 몰려드는 관광객들로 인산인해를 이룬다.

3

'우리'라는 말은 의미를 제한해 보자면 나의 핵가족을 말한다. 아나이스와 우리 두 딸. 내가 이 책을 쓰기 시작했을 때, 특히 이 이야기의 무대를 그 집으로 정했을 때 나는 내 경험이 그곳에서 그들의 삶과도 긴밀하게 연결되어 있다는 것을 깨달았다. 그들이 없다면 이 이야기는 완전해지지 않으리란 것도.

하지만 나는 그들의 신원을 밝히고 싶지 않아 어느 날 함께 식사하는 자리에서 각자 이름을 하나씩 골라 보라고 부탁했다. 아나이스가 고를 것 같은 이름을 나는 직감으로 알았고, 정말 그 이름을 입 밖에 내었을 때 기뻤다. 우리는 서로 바라보며 미소를 지었고, 그렇게 잠시 아무 말 없이 우리 둘은 먼 옛날 우리가 처음 만났던 시절을 회상했다.

우리가 우리 생각에 푹 빠져 있는 것을 큰딸이 책에 관한 질문으로 깨웠다. 나는 시골집에 대한 글을 쓰고 있는데 괜찮다면 너희도 등장인물로 나올 수 있다고 아이들에게 설명했다. 무엇에 관한 책이냐고 묻기에 나는 손으로 하는 일이 나에게 얼마나 중요한지 ― 딸들도 잘 알고 있다 ― 이야기하고 싶다고 말했다. 또 몇 년 동안이나 오래 그 집에서 여러 가지 일을 했으니 내가 관심 있는 주제를 담기에 좋은 무대가 될 것 같다고 말해 주었다.

그러고 나서 나는 물었다. 책에 나오고 싶니? 당시 큰아이는 열세 살이었는데 어깨를 으쓱하며 브로콜리와 콜리플라워 중에 하나를 고르라는 질문을 받기라도 한 것처럼 입술을 실룩거렸다. 작은아이는 그와 달리 엄청난 열성을 보이며 친구들에게 말해도 되느냐고 내게 물었다. 안 하는 게 좋겠지라고 나는 내 바람을 살짝 덧붙였다. 나는 너희가 예쁜 이름을 골랐으면 좋겠어. 큰아이는 어떤 이유에서인지 언제나 프랑스어와 관련된 것들을 몹시 좋아했기 때문에 금방 마리라는 이름을 고백하듯 내뱉었다. 작은아이는 몇 시간이 지나서야 내가 있는 곳으로 와서 다분히 엄숙한 태도로 자기가 고른 이름을 말했다. 알투디투.[3]

3   조지 루카스 감독의 영화 「스타워즈」 시리즈에 등장하는 로봇 이름이다.

4

2011년 봄 우리는 그 집으로 처음 여행을 떠났다. 당시 내 기억은 분명히 말해 두지만 절반은 지어낸 것이다. 그해 봄에 찍은 사진들을 찾아보았지만 그다지 성공적이지 않았다. 몇 년 동안이나 이 이야기를 구축하는 데 매달리면서 나는 가능한 모든 퍼즐 조각을 모으고 싶었다. 내가 가진 기억의 조각들이나 다른 사람의 조각들이 엄밀한 의미에서 우리가 체험한 그대로의 이미지를 구성하지 않는다는 것을 잘 알았기 때문이다. 하지만 글을 쓰고 읽으면서, 무엇보다 삶을 살아가면서 우리가 세상 속에서 걸어온 길을 이야기할 때 엄격함은 그다지 중요하지 않다는 결론에 도달했다. 그 여정을 누군가에게 전달하기 위해 이야기를 만드는 일은 언제나 새로 이야기를 지어내는 일이고, 우리가 겪은 어느 날의 기억을 끄집어낼 때마다 우리는 말 그대로 그 기억을 '재창조'한다. 또한 인간은 기계가 아니기 때문에 우리가 무언가를 재창조할 때마다 작은 변형이 생겨 이전 버전과는 조금씩 달라지게 마련이다. 기억의 정확성을 추구하는 것은 사랑과 환멸의 측정 단위를 찾겠다는 것만큼 부질없는 일이다. 그런 경험은 양을 따질 수도 없고 객관화할 수도 없다. 측정 단위가 없으니까. 기껏해야 우리가 감정을 느낄 때 우리 몸에 나타나는 생리학적 변화를 기록할 수 있을 뿐이다. 여기가 바로 과학이 끝나고 문학이 시작되는 지점이다. 내가 하려는 말은 그런 이유로 정확성은 큰 의미가 없다는 것이다. 아니 오히려 나는 내 기억의 빈 구멍들을 메우기 위해 마구마구 이야기를 재창조할 것이다. 그 집에서 지낸 우리의 10년을 어느 정도 살펴볼 만큼의 사진은 엄연히 존재한다. 기본적으로 그 사진들이 우리가 그곳에서 보낸 시간을 재구성하는 한 가지 방법일 수 있다. 정확하지는 않더라도 최소한 믿을 만한 방법이기는 하다. 하지만 뭔가 다른 일이 일어난다. 그 사진들로 작업해 보고 깨달은 사실인데 이상하게도 내가 체험한 것 중 가장 흥미로운 부분들은 그 사진들에 나타나지 않는다. 마치 이미지가 일부러 본질적인 부분들을 배제한 것처럼. 그래서 나는 엄격하지 않음을 끌어안고 이제 펜을 든다. 기억에 몸을 맡긴다. 기억이 내게 필요한 유일한 것일 뿐 아니라 내가 마음껏 다룰 수 있는 유일하게 진실한 것이니까.

그 집에 도착한 첫날 아침의 기억은 사진에 찍힌 이미지보다는 네 살짜리 아이가 그린 그림에 더 가깝다. 이미지에 드러난 요소는 몇 안 되지만 상징적인 힘은 크다. 짧은 길 가장 안쪽 비탈 위에 세워진 낮은 집 한 채. 집 맞은편 흙바닥에 세워진 두 개의 굵은 나무 기둥과 그사이에 걸린 빨랫줄. 오래된 포장도로에서 떨어져 나온 시멘트 조각들과 모래와 풀이 뒤섞인 길바닥. 앞마당으로 들어가는 색이 바랜 작은 문은 간신히 매달렸고, 담벼락은 군데군데 칠이 벗겨져 있었다. 후안루가 우리에게 들려준 이야기 말고는 딱히 기대할 것이 없는 곳이었다.

그 봄날 아침 우리는 후안루가 알려 준 대로 마을 아래쪽에서 진입해 큰길을 따라 거의 끝까지 올라가 야생 올리브 한 그루가 그늘을 드리우는 분수대를 끼고 오른쪽으로 돌았다. 한동안 윗동네 골목을 헤매다가 약도에 그려진 집을 알아보았다. 빨랫줄 앞에 차를 대고 내려서 우리는 풀 내음 가득한 시골 공기를 들이마셨다. 알투디투는 아직 태어나기 전이었다. 마리는 그때 네 살이었는데 오래 차를 타고 오느라 피곤한 모양이었다. 유아용 자동차 좌석에 너무 오랜 시간 묶여 있기는 했다. 용수철 같은 아이가 너무 오래 눌려 있었던 셈이다. 이제야 풀려나 분명 튀어 나가고 싶을 텐데도 차에서 내린 아이는 브레이크 없이 뛰어다니는 대신 우리가 집 앞에 자리를 잡자 내게 와서 다리 한쪽을 껴안고 앉았다. 그러고는 아나이스가 앞마당으로 들어가는 작은 문을 열려고 애쓰는 모습을 나와 함께 지켜보았다.

마침내 문을 여는 데 성공하자 우리는 손을 잡고 아나이스의 뒤를 따라 앞마당으로 들어갔다. 모든 곳에서 돌보지 않은 집의 티가 났다. 바닥 판석들이 군데군데 들뜨고 몇 개는 금이 가 있었다. 판석 틈새로는 잡초가 자라고 여기저기 자그마한 모래 언덕들 위를 개미들이 오르락내리락하고 있었다. 마당 오른쪽으로는 배꼽 높이까지 오는 낮은 담장이 '우리' 마당과 그야말로 들풀 천지인 옆집 마당을 가르고 있다. 옆집도 버려진 집이었는데 더 오래되었는지 우리 마당보다 훨씬 더 자연 상태로 돌아가 있었다. 바닥은 석회석으로 포장되어 있었는데 이는 오래전 옆집에 살던 사람들이 어떤 이유로든 시대를 거꾸로 건너뛰었다는 이야기다. 1960년대 이전으로. 1960년대부터는 새로운 건축 재료들이 등장해서 스페인 전역의 도시와 마을의 모습을 바꿔 놓았으니까.

우리 마당 한가운데엔 낡은 덩굴시렁을 떠받치는 둥근 시멘트 기둥이 있었는데 집 왼쪽에 맞닿아 세워진 그 시렁이 마당을 절반 좀 못 되게 덮고 있었다. 우리가 그곳에서 보낸 거의 마지막 순간까지 그 기둥은 그 자리에 있었다. 마치 잘못 찾아와 어색하게 끼어든 손님처럼 아이들이 놀 때나 밥을 먹을 때나 일하는 중에도 그 기둥은 우리 사이에 서 있었다.

그 기둥은 배관용 파이프를 얼기설기 얽어 만든 구조물을 받치고 있었다. 예전에 살던 누군가가 포도 덩굴을 위한 받침대처럼 그 구조물에 철망을 엮어서 집 건물 전면부에 고정해 두었다. 그러나 시간이 흐르면서 포도 덩굴은 식물의 반항기를 발휘해 지지대에서 전부 떨어져 나갔고, 우리가 도착했을 때는 이미 덩굴 가지들과 철사가 한데 엉켜 군데군데 고정용 쐐기들을 덜렁덜렁 매단 덩어리에 지나지 않았다. 결국 천연 지붕이라기보다 서서히 붕괴하는 식물의 모습이었다. 포도 덩굴이 자라는 화단엔 칼라와 접란, 볏과 식물들이 물 주는 사람도 없이 수많은 겨울과 여름을 나고 살아 있었다. 벽에 박힌 못에는 잿빛 엉겅퀴 같은 것이 지지대 없이 마치 허공에서 자라는 듯 무성했다. 마당에는 몇 세기 동안 바람을 맞은 듯 가장자리가 둥글둥글한 돌멩이. 종잇조각들. 그리고 한쪽으로 기우뚱한 나무 의자, 방수 테이블보가 덮인 식탁. 테이블보는 숱한 시간 동안 팔꿈치에 닿아 가장자리가 반질반질했고 체크무늬로 그려진 선들은 희미해져 잘 보이지 않았다. 나는 조르주 페렉의 『인생 사용법』 속 등장인물 바틀부스가 떠올랐다. 그는 하인 스모프와 함께 전 세계를 여행하며 500개의 항구를 수채화로 그리는 데 인생을 바친다. 파리에서는 장인 윙클레가 그의 수채화들을 그대로 판 위에 올려 퍼즐을 만든다. 바틀부스는 퍼즐들을 그 항구에 보내 물에 풀어 도화지가 다시 흰색을 되찾도록 할 계획이었다. 긴긴 노력 끝에 얻은 것을 다시 사라지게 만든다는 아이디어는 언제나 나를 사로잡는다. 삶에 대한 굉장히 설득력 있는 은유이기 때문이다. 그리고 은유를 사용할 때 삶은 조금 더 설명하기 쉬워진다.

5

그 집은 대문자 L 자 모양이었다. L 자의 두 획 중 짧은 획이 거리의 다른 집들과 열을 맞추고 있는 전면부였고, 긴 획은 원래 건물과 수직을 이루며 길게 뻗어 나온 부분으로 어느 시기에 침실을 더 만들기 위해 개축한 것이다. L 자 모양의 집은 품 안에 마당을 품었고, 긴 획 부분을 포도 덩굴이 덮고 있었으며 그 덩굴은 동쪽으로 뻗어 옆집의 서쪽 담장까지 가닿았다. 전면부에는 문이 두 개 있었다. 후안루가 준 열쇠를 아나이스가 오른쪽 문에 꽂았다. 돌아가지 않았다. 힘을 줘서 돌려 보았으나 열쇠가 곧 부러질 것만 같아서 걱정이 되었다. 아나이스는 내게도 해 보라고 했으나 안 되긴 마찬가지였다. 우리가 열쇠와 씨름하는 동안 마리는 우리의 등 뒤에 꼭 붙어서 눈으로는 마당을 죽 훑었다. 눈을 동그랗게 뜨고 새로운 풍경을, 동시에 오래된 풍경을 바라보았다.

얼마나 오래 우리가 그 문을 열려고 애썼는지는 잘 기억
나지 않는다. 내가 기억하는 것은 마당을 달구던 4월의 뜨거
운 열기다. 그리고 그 벽. 우리가 열쇠를 가지고 부산을 떠는
동안 내리쬐는 정오의 따가운 빛을 반사하던 벽. 결국 마리
는 몇 미터 떨어진 그 덩굴과 금속이 얽힌 곳으로 피신하더
니 얼마 지나지 않아 울음을 터뜨리고 말았다. 마리를 달래
면서 후안루에게 전화했으나 받지 않았다. 우리는 이 마을
에서 하룻밤 묵을 곳을 찾거나 어쩌면 이대로 세비야로 돌
아가야 할 수도 있겠다는 생각까지 했다. 그러나 멀리서 바
다가 반짝반짝 빛나고 있었고 우리는 이제야 막 긴 자동차
여행 끝에 기지개를 켰다. 게다가 우리는 비치 타월도 챙겨
왔고 마리가 가지고 놀 장난감 삽과 양동이도 가져왔다. 어
쩌면 그런 바닷가 풍경이 주는 환상, 살갗에 남을 소금기 같
은 것들이 우리를 몇 분이나마 더 애쓰게 했는지도 모른다.
그 몇 분이면 충분했다. 마침내 우리 등 뒤로 길을 지나가는
동물의 발굽 소리가 들려왔다. 우리가 길 쪽으로 몸을 돌리
자 한 남자가 고삐를 쥐고 노새 한 마리를 끌고 지나가는 것
이 보였다. 그는 인사의 의미로 고개를 살짝 숙이면서 이후
수년 동안 수없이 보게 될 그 몸짓을 했다. 집게손가락을 펴
서 이마에 가져다 대고 엄지로 집게 모양을 만들었다. 마치
챙이 넓은 모자의 챙 끝을 잡는 것처럼. 왕립 해군의 제독 취

임식에서 선원들이 하는 경례 같기도 했다. 더 이상 별다른 인사 없이 그는 마당으로 들어와 아나이스에게 사모님이라 부르며 손을 뻗어 악수를 청했고, 이어서 내게도 악수를 청했다. 나는 그가 내 손을 쥐던 힘, 그리고 두툼한 손목과 굵은 손가락과 주름진 피부를 기억한다. 하지만 무엇보다도 목을 따라 난 흉터가 가장 기억에 남는다. 주름진 흉터가 머리부터 목까지 죽 이어져 있었다. 흉하게 아문 그 상처는 어딘지 모르게 매혹적인 데가 있었으나 남자가 불편해할까 봐 나는 시선을 거두어 여전히 훌쩍이고 있는 마리를 바라보았다. 마리는 최면에 걸린 듯 그 신기한 흉터에서 눈길을 떼지 못했다. 지금에 와서 그 순간을 떠올리면 나는 놀란 눈을 한 마리가 『보물섬』의 주인공 짐 호킨스 같다는 생각을 지울 수 없다. 벤보 제독 여관 문을 향해 걸어오던 해적 빌리 본즈를 처음 본 날의 짐 호킨스.

남자는 잠시 길을 내달라는 듯 고갯짓했고, 우리가 물러나니 문 쪽으로 다가와 손잡이를 움켜잡고 위쪽으로 당기면서 열쇠를 돌렸다. 그런 상태로 문을 발로 두 번 찼는데 그 뒤 십 년 동안 우리는 그 문을 열 때마다 그가 했던 것과 똑같이 해야 했다.

눈부신 바깥에서 어둑한 실내로 갑자기 들어서자 우리

망막이 적응하는 데 시간이 좀 걸렸다. 실내 공간의 세세한 부분이 다 드러나기도 전에 눅눅한 냄새와 쥐 냄새가 훅 끼쳤다. 태양 볕 아래에서 문을 따려고 애쓰던 바깥의 열기와는 대조적으로 방 안은 선선했다. 후에 우리는 바로 이 실내와 실외의 온도 차 때문에 계속해서 고생하게 될 것이다. 포도 덩굴을 넓혀 마당의 한 부분에 그늘 — 외부와 내부의 완충 지대 — 을 만들기로 할 때까지.

마침내 동공이 충분히 확장되었을 때 우리는 부엌을 통해 이 집에 들어왔음을 알았다. 안쪽 벽면에는 더러운 커튼이 쳐진 작은 창문이 있었다. 아나이스가 커튼을 열어젖히니 빛이 조금 더 들어왔고, 드디어 실내의 세세한 부분까지 다 볼 수 있었다. 출입문 오른쪽에는 작은 나무 탁자 위에 부탄가스가 들어오는 주황색 호스와 연결된 2구짜리 흰색 철제 가스버너가 놓여 있었다. 화구 위에는 검게 그을린 오래된 주방 후드가 달려 있었다. 출입문 왼쪽에는 작은 1960년대식 가구가 있었는데 나중에 우리는 그것을 식료품 보관용으로 쓰게 될 것이다. 아래에 화로를 놓을 수 있는 원탁과 자그마한 의자 두 개, 겨우 내 가슴께까지 오는 높이의 냉장고. 모든 것이 다 조그마했다. 부엌은 마치 호모 에렉투스 가족을 위해 설계된 것 같았다. 왼쪽 벽에는 얇은 나무 문짝에 색깔 있는 유리를 끼운 두짝문이 나 있었다. 우리는 문을 밀어

열고 역시 모든 게 미니어처 같은 거실로 들어갔다. 거실에도 뒷마당을 향해 작은 창문이 나 있었고, 다른 쪽에는 앞마당으로 통하는 문이 있었다. 커다란 인조 가죽 소파와 각기 모양이 다른 의자들, 찬장, 홈바 진열장, 나무 틀에 들어가 있는 텔레비전 수상기. 그리고 1987년 달력. 안쪽 다른 문은 문짝이 없이 커튼만 드리워져 있었다. 커튼을 젖히고 우리는 첫 번째 침실로 넘어갔다. L자의 긴 획이 끝나는 곳이다. 왼쪽으로 90도 돌면 바로 문, 문을 열면 화장실, 화장실 안쪽 문을 열고 두 단짜리 계단을 내려가면 두 번째 침실이 나온다. 복도가 없는 구조가 신기했다. 집 안에 복도가 따로 없고 집 자체가 통로가 되어 방과 방이 바로 연결된다. 바로크 양식의 궁전과 같은 방식이다. 그런 구조를 통해 베르사유 궁전처럼 건물이 방으로 꽉 차 있다. 물론 금장식은 별로 없고, 금실로 수놓은 천도 바로크 가발도 없었다.

두 번째이자 마지막 침실에는 건물에 새로 덧대어 지어 집에 혹처럼 붙은 창고로 통하는 문이 하나 있었다. 나중에 추가로 지은 게 창고만은 아니었는데 증축한 부분들은 모두 사전에 계획한 것이 아님을 보여 줄 뿐 아니라 인생 그 자체를 보여 주었다. 자식들이 태어났고 그래서 집에 새로 날개 부분을 증축했다. 아이들이 자라났고 그래서 주거 공간에 식료품 저장 공간이나 온갖 물건을 정리해 보관할 공간을 덧붙였다. 임시로 지었다고밖에 볼 수 없었는데 왜냐하면 실내 화장실이 두 침실 사이에 끼어 있었기 때문이다. 여기 살던 사람들이 볼일을 보기 위해 가축우리 너머까지 나갈 필요가 없게 된 날을 상상해 보았다. 나는 살면서 한 번도 문이 두 개가 달린 화장실, 심지어 잘 닫히지도 않는 문이 두 개가 달린 화장실을 본 적이 없다. 그곳은 관습을 거부한다. 저편에 다른 공간이 있다니. 화장실이라는 내밀한 공간은 다른 쪽을 경계해야 하는 공간이 되어 버렸다. 무엇보다도 두 침실 중 하나를 손님이 쓰고 있을 때라면 더욱 그럴 것이다. 어쨌든 나는 그 화장실에 있을 때마다 다니자키 준이치로의 『음예 예찬』이 머릿속에 떠오르곤 했다. 그 책에서 일본인 작가 다니자키는 일본에 전기 빛이 들어온 것이 문화—수 세기 동안 등잔불이나 촛불의 희미한 빛 아래의 무용수를 가장 화려하게 표현할 수 있도록 만드는 방법을 만들어 온 문화—를 어떻게 영구히 바꿔 놓았는지 돌아본다. 그러다 어느 순간 다니자키는 일본 전통 양식으로 지어진 변소에 매일 가는 기쁨에 관해 이야기한다. 집에서 떨어진 어둑한 곳에 있는, 그리고 대부분 정원수들로 둘러싸인 변소. 이끼 냄새가 감도는 그곳에서 사람들은 처마 끝에서 방울져 떨어진 빗방울이 석등 덮개 위에 튀기는 소리를 즐길 수 있다. 누군가에겐 자신을 잠시 내려놓는 곳이자 용변을 보는 행위를 만물의 조화를 느끼는 순간으로 바꿔 놓는 곳이다. 그 집의 그 이상한 화장실에서 일어나는 일과 딱 정반대다.

창고는 문이 하나 더 있어서 집 건물에 딸린 가축우리 쪽으로 나갈 수 있었는데 우리는 언젠가부터 그곳을 작은 우리라고 부르기 시작했다. 우리가 처음 갔던 날 그 공간에 버려진 돼지우리가 남아 있었고, 그 옆에 담쟁이덩굴과 새들에게 제 몸을 내어 준 커다란 나무 한 그루가 있었다. 몇 미터 떨어진 곳에는 우산소나무가 있었고 무화과나무 세 그루가 늘어서 있었다. 이들을 감싸고 있는 울타리에는 침대 밑판으로 만든 문이 달려 있어 대략 3헥타르 넓이의 땅과 연결되는데 바로 미래에 호텔이 들어설 자리였다. 우리는 그 공간을 큰 우리라고 불렀다. 반대쪽, 그러니까 호텔이 들어선다면 수영장을 지을 것 같은 쪽으로는 나뭇가지와 철조망을 엮어 만든 쪽문이 있었고 그 너머로 들판이 이어졌다. 그 쪽문이 사유지의 끝이면서 마을의 끝이었고, 마을과 가까이에 있으면서도 신비롭기 그지없는 땅이 시작되는 곳이었다. 시간이 흘러 나중에 딸아이들이 가축들이 다니는 오솔길들을 따라 탐험하게 될 땅이기도 했다.

6

기억을 떠올릴 때마다 우리는 기억을 재창조한다. 재창조할 때마다 우리는 그것에 변형을 가한다. 우리 인간들은 변형하는 존재다. 우리는 우리를 둘러싼 것들을 변화시키려는 경향이 있고, 이를 위해 노력하는 과정에서 우리 자신도 달라진다.

그 집에서 지낸 처음 몇 달의 기억, 내가 재창조한 기억 속에서 그 집을 변형한 첫 번째 행위는 조그만 부엌과 조그만 거실을 나누고 있던 벽을 허문 것이다. 아무리 애를 써 봐도 그날 이전의 작업은 떠오르지도 않고, 공간이 분리된 채로 얼마나 지냈는지도 기억나지 않는다. 원래 상태에 대한 기억만이 아니라 그때의 사진도 없다. 게다가 내가 아는 한 이그나시오 소유인 집에 그렇게 큰 변형을 가하면서도 사전에 허락을 구하지 않은 것 같다. 어떻게 했든 이그나시오에게는 별 상관없는 일이었을 것이다. 어쨌거나 벽을 허무는 일은 단지 집이 앞두고 있던 파괴될 운명에 대한 서문 같은 것이었을 테니까. 아니 이렇게 말할 수도 있겠다. 벽을 쓰러뜨리면서 우리는 미래의 일을 앞당겨서 하고 있었다고.

바로 이것, 집이 철거될 것이라는 사실이 그곳에서의 특이한 삶의 방식을 이해하게 해 주는 열쇠라고 할 수 있다. 왜냐하면 그 집에서 우리는 평소와 다르게 살았기 때문이다. 어떤 식으로든 우리가 그곳에 갈 때면 일상생활에서 적용하던 범주들이 하나도 제대로 들어맞지 않았다. 한동안은 그런 생활 방식의 차이가 그 공간이 우리 것이 아니라는 점 때문인 줄 알았지만 세비야에 있는 아파트도 우리 소유가 아니라는 데 생각이 미치자 그 생각은 버리게 되었다. 우리가 공간을 전혀 다른 방식으로 경험한다는 것을 설명해 줄 또 하나의 생각은 그 집에 우리가 늘 놀러 간다는 것이다. 도시에서 벗어나 탁 트인 시야와 오염되지 않은 신선한 공기를 즐기고 자연 속에 몸을 맡길 수 있다는 것. 긍정적으로 우리를 이끄는 그런 모든 이유를 댈 수도 있겠다. 하지만 시간이 흐르면서 나는 집이 파괴될 운명이라는 사실이 결국 결정적인 이유라는 결론에 도달했다. 언제든지 철거될 수 있다는 사실은 다모클레스의 검처럼 항상 우리 머리 위에 매달려 있었다. 그 장소가 맞이할 유일한 운명은 사라지는 것뿐이었고, 그걸 잘 알고 있었기 때문에 자연스럽게 또 다른 생각이 함께 찾아왔다. 바로 임시성에 관한 것이다.

우리는 변형하는 존재면서 미래를 사는 경향이 있는 존재다. 우리가 앞으로 할 일, 우리가 될 것, 우리가 도달할 자리, 다가오는 휴가, 침대에 누워 읽을 책이나 볼 영화. 은퇴 후 경제적 안정. 그 집은 결국엔 허물어져 지상에서 영원히 사라질 것이다. 그 점 때문에 우리는 미래의 어떤 것을 상상하든 한계에 부딪히곤 했다. 우리가 원하든 원치 않든 우리는 현재라는 임시성 안에서 살아야만 했다.

그러나 우리가 칸막이벽을 허물기로 했을 때는 아직 내가 그런 결론에 이르기 몇 년 전이었다. 하기야 단순히 시간이 흐르는 것만으로 정리되지 않았던 생각들이 정리되는 경우는 많다. "시간은 참 고약한 놈이지만 좋은 약이기도 해." 내가 사랑하는 한 친구는 우울하고 무기력했던 시기에서 빠져나올 때마다 이렇게 말한다.

우리는 어느 여름의 주말에 칸막이벽을 허물었는데 내가 수첩에 적어 놓은 바에 따르면 친구 넷이 우리와 함께 있었다. 정확한 기록은 남아 있지 않지만 내 기억에는 일을 끝마치는 데 그리 오래 걸리지는 않았다. 짧은 시간 동안 후안루와 나는 그 벽을 허무는 일을 즐겼다. 정교한 기술은 없었지민 신체적으로 힘을 쓸 때 오는 즐거움이 있었다. 뒷일을 생각하지 않고 벽을 마구 내리쳤다. 뭔가 다른 게 망가지지 않을까 혹은 먼지가 너무 많이 일지 않을까 하는 생각조차 하지 않았다. 그러니까 잠시 우리는 부주의했다. 그리고 부주의하다는 건 마음을 편하게 한다. 왜냐하면 현실은 너무 복잡해서 그 고귀하고 충만한 현실을 누리기를 원한다면 우리에게 끊임없이 주의를 기울이라고 요구하니까. 우리를 둘러싼 것들 모두에 예민하게 귀를 기울이고 있어야 하니까. 주의를 기울인다는 것은 물론 힘은 들지만 이 세상에 존재하기 위해서 꼭 필요하고 존엄한 삶의 방식이기는 하다.

칸막이벽을 쓰러뜨렸던 몇 분 동안은 우리를 더 나은 존재로 만드는 그 법칙이 작동을 멈췄다. 그건 정신이나 마음의 간섭 없이 신체적 힘의 소용돌이에 우리를 맡기는 일이었다. 나는 돈을 내고 망치로 텔레비전을 부수는 사람들을 완벽히 이해한다. 구체적으로 말하자면 그 행위는 두 가지 해방감을 준다. 부주의함에서 오는 해방감과 우상 파괴의 해방감.

칸막이벽을 허문 것은 조그맣던 부엌과 조그맣던 거실을 합쳐 공간을 넓게 쓰고 싶었기 때문이다. 원래 그곳에 살던 사람들에게는 두 영역을 통합하는 일이 이해하기 어려운 일일 것이다. 그들의 시대는 공간 분할의 시대, 공간을 많이 만드는 시대였다. 이곳은 부엌, 이곳은 티브이를 보는 곳 또는 식사하는 곳, 이곳은 손님을 맞이하는 곳, 이곳은 잠을 자는 곳, 이곳은 식료품을 저장하는 곳, 이곳은 동물들을 위한 곳.

오늘날 경향은 그 반대다. 열린 공간, 소통이 용이한 공간을 더 좋은 공간으로 친다. 예를 들어 부엌은 더 이상 가려져 있지 않고 가능하면 집 안의 모든 공간에서 보이게 열린 공간이 되는 게 좋으며, 그렇지 않더라도 최소한 식사하는 공간에는 열려 있어야 한다. 그러한 개방성은 부엌에서 하는 일을 모두가 볼 수 있도록 만들고, 그건 삶에 굉장히 중요한 의미를 부여한다. 음식을 만드는 걸 보는 일은 음식이 혼자 저절로 만들어지지 않는다는 단순한 사실을 우리에게 알려 준다. 테이블 위에 따뜻한 음식이 마법처럼 올려지는 것이 아니다. 누군가가 무슨 음식을 할지 고민하고 장을 보고 요리한다. 식사를 마친 후엔 누군가가 그릇들을 치우고 테이블을 닦는다. 열린 부엌은 부엌일이 단순히 처리해야 할 일일 뿐이라는 개념을 퇴색시키고 보살핌의 개념임을 일깨운다.

경계선이라고 할 수 있는 칸막이벽을 부수는 시간이 얼마 걸리지 않았다는 게 참 놀라웠다. 벽의 잔해들을 모아 길가로 옮겨 두고 났을 때 원래 칸막이벽이 있던 자리를 따라 닭의 볏 모양으로 죽 이어진 돌기가 바닥부터 벽까지 남아 있던 게 생각난다. 돌출부를 깎아 내고 벽의 상처를 반반하게 고르는 일을 맡은 사람은 바로 나였다. 후안루가 내게 그 임무를 맡겼는데 둘 중에는 내가 그래도 더 꼼꼼하기 때문이라고 했다. 하지만 그런 의미에서의 완벽함―내 손에 달려 있었던 완벽함―이라면 어차피 나머지 '건강한' 벽이 오히려 완벽함과는 거리가 멀었기 때문에 꼼꼼하게 손본 영역이 반대로 도드라져 보일지도 몰랐다.

어찌 되었든 간에 나는 작은 쇠망치와 끌을 들고 돌출부를 깎아 냈다. 그런 다음 전문 미장공인 동생 니콜라스에게 전화를 걸어 이 일에 필요한 석고 반죽의 정확한 양을 얘기해 달라고 했다. 그의 지시를 따라 나는 고무 대야에 석고 분말과 물을 섞어 반죽을 만들었는데 석고 분말 자루에 '빠른 경화'라고 쓰여 있는 걸 미처 깨닫지 못했다. 반죽을 잘 섞은 뒤 흙손을 찾아 들고 작업용 사다리에 올라 반죽을 바르려고 할 때면 반죽 덩어리가 벌써 굳기 시작해서 다루기가 힘들었다.

할 수 있는 한에서 벽의 상처 치료를 끝마치고 나니 그 자리가 마치 흉터처럼 남았다. 작업을 담당했던 나로서는 막 끝마친 부분을 다시 쪼아 새로 작업하고 싶은 마음이었으나 후안루가 말렸다. 게다가 다른 사람들도 있었다. 각자 맡은 일을 하고 있었고, 그 모습은 전체적으로 보면 좋은 리듬을 유지하고 있었다. 들어오는 사람, 나가는 사람, 짐을 지고 나르는 사람, 끄는 사람, 두들기는 사람, 치우는 사람이 보였다. 누군가는 어디선가 비닐 커튼을 찾아와 부엌 문지방 위에 달았다. 내가 여기서 나만의 욕구를 채우기 위해 내 시간을, 아니 모두의 시간을 허비한다면 어리석은 일이 될 것이다. 벽 작업을 다시 하고 싶었던 건 사람들이 내가 한 일에 감탄하기를 바라서가 아니라 내가 일하는 방식이 그저 나의 깊은 곳에 각인되어 있었기 때문이다. 마치 흉터가 벽이 아니라 내 피부에 남아 있는 것 같아서 그렇게 울퉁불퉁하게 마감된 걸 받아들이기가 쉽지 않았다. 날림으로 한 것 같은 벽을 몇 분 정도 흙손을 손에 들고 바라보고 있는데 순간 다른 사람들이 이리저리 움직이는 게 느껴졌다. 그곳에 있었던 건 내가 아니었다. 우리였다. 나는 흙손을 고무 대야에 던져 넣고 하루의 작업을 끝마친 노동자들이 그러하듯 연장들을 씻기 위해 마당으로 가져갔다. 그날부터 달라진 나는 그 날림 공사를 그냥 괜찮은 것으로 받아들였고, 이후의 다른 많은 일도 그냥 그렇게 좋게 받아들이기 시작했다.

7

그 일요일 공사의 잔해와 먼지까지 다 청소한 후 나는 '새로운' 공간에 앉아서 커피를 마셨다. 후안루와 친구들은 다 돌아간 뒤였고 마리는 마당에서 놀고 있었으며 아나이스는 길가 빨랫줄 옆에 앉아 책을 읽고 있었다. 빨랫줄에 널어 놓은 침대 시트가 햇볕에 마르고 있었고 서쪽에서 불어오는 실바람에 아나이스가 읽고 있는 책장도 하늘거렸다. 안토니오 타부키의 『페레이라가 주장하다』였는데 아나이스는 언제나 그 책을 좋아했다. 얼마나 좋아했는지 우리가 안 지 얼마 되지도 않았을 때 내게 그 책을 선물했다. 첫 문장을 읽는 순간부터 내가 분명 책에 푹 빠지고 말 거라며. 타부키는 페레이라가 그를 만난 날이 바람 좋고 햇살 좋은 어느 멋진 여름날이었다고, 리스본이 '환하게 빛나'고 있었다고 썼다. 그 책을 처음 읽은 이후부터 어떤 연상 작용이 자주 발동했다. 바로 '환하게 빛나다'라는 동사와 리스본이다. 빛과 포르투갈의 결합을 생각하면 언제나 기분이 좋았다. 포르투갈은 내가 사랑하는 나라이기도 하고 가깝게 느끼는 나라이기도 했는데 아마도 내가 올리벤사에서 태어났기 때문일 것이다. 그리고 포르투갈엔 리스본이 있으니까. 아나이스와 함께한 좋은 추억들을 간직한 곳.

내가 커피를 마시며 앉았던 의자는 바로 하루 전 칸막이벽이 있던 자리에 놓였으니 내 몸은 옛 부엌과 옛 거실 공간에 동시에 걸쳐 있는 셈이다. 내가 커피를 홀짝이는 아르코팔 상표의 머그잔은 후안루와 이그나시오가 건배했던 잔 중 하나다. 손잡이 달린 성배.

칸막이벽이 남긴 흉터는 의자 다리 사이를 지나 벽을 타고 올라 천장을 가로지르고 있었다. 아마도 주말 노동이 남긴 피로 때문이거나 커피 향 때문이거나 마리와 아나이스가 벽 너머에 있다는 걸 알고 있어서겠지만 그 울퉁불퉁한 흉터가 이제는 더 이상 고통스럽거나 신경 쓰이지 않았다. 오히려 반대라고 해야 할 것이다. 나는 오히려 공간의 나머지 부분, 너저분한 그 공간 전체를 찬찬히 살폈다. 나까지 포함해서 그 공간 안에 든 것은 모두 나름 기구한 운명을 지니고 이곳에 도달했다. 어떤 요소도 서로 조합이 잘되지가 않았다. 삭은 나무 덕자와 그 위에 놓인 가스버너. 거의 다 서로 디자인이 다른 의자들. 1987년 달력과 영국에서의 여우 사냥 장면이 담긴 그림. 나는 이 모든 불균형을 보면서 방 안의 모든 것을 통합할 한 가지 기준이 있다면 바로 '쓰레기'라고 생각했다. 왜냐하면 모든 게 쓰레기 하치장에서 가져왔거나 쓰레기 하치장으로 가야 할 물건처럼 보였기 때문이다. 전등 스위치도 모양이 제각각에 크기마저 작아서 장난감 같았다. 콘센트는 몇 개 있지도 않은 데다 현대식 플러그는 그 구멍에 하나도 맞지 않았다. 건물 외벽을 가로지르는 PVC 파이프를 통해 전선들이 연결되지만 일단 실내로 들어온 전선은 뚜껑도 없는 분전함 속에서 전선 연결 단자들과 함께 뒤엉켜 있었다. 모든 게 부족하고 약해 보여 가전제품이라곤 거의 없는 삶을 위해 고안된 것 같았다. 125볼트[4]의 삶.

그러면서도 그 가지각색의 쇠붙이들이 누군가의 취향에 들 만큼 오래된 건 또 아니었다. 공간적으로나 시간적으로 아득히 먼 문화를 보여 주지는 않았다는 말이다. 손으로 유약을 발라 구운 진흙 항아리가 있는 것도 아니었고, 모서리가 반질반질한 나무 베이커리 박스도 없었고, 닳고 닳은 빨래판이나 등유 램프나 오래된 삼발이도 없었다. 그곳에

---

4 과거 한국의 표준 전압도 110볼트였다가 현재는 220볼트인 것처럼 스페인도 2003년 이전에는 표준전압이 125볼트였으나 현재는 230볼트다.

있었던 건 대량 소비 시대의 첫 번째 물결이 지나간 자리에 남은 쓰레기들이었다. 건질 것도 없었지만 우리 처지에서는 딱히 버릴 것도 없었다.

바로 그때 장면에 새로운 요소 하나가 더해졌다는 걸 의식하게 되었다. 커다란 인조 가죽 소파 위에 걸쳐진 푸른색의 얇은 양모 담요. 청소가 다 끝난 후 아나이스가 걸쳐 놓은 게 틀림없었다. 인조 가죽의 번들번들한 붉은색과 군데군데 갈라진 부분도 가릴 겸 앉는 자리에 놓인 쿠션과 등받이 사이에 잘 펴서 걸쳐 놓았는데 생각보다 고급스러워 보였다. 양모의 푸른색, 특히 아늑한 질감이 방 전체에서 도드라져 보였고, 그것은 집과 그 집 안에 있는 우리가 맞이하게 될 미래, 나는 당시 상상해 보지 못했지만 아나이스는 상상할 수 있었던 미래를 가리켰다. 부엌의 칸막이벽을 허무는 것만으로는 충분하지 않았다는 걸 나는 시간이 흐르면서 배우게 될 것이다. 더 많은 사람을 방에 수용하게 만드는 것으로도, 물이 새지 않도록 집을 고치거나 쥐를 없애는 것으로도 충분하지 않다. 그런 것들은 최소한의 조건일 뿐이다. 비와 바람으로부터 우리를 보호해 줄 피난처 이상이길 원하는가의 문제였다. 집에 오는 사람들이 함께 기쁨을 나누는 왁자지껄한 시간뿐 아니라 그 집에 혼자 남아 있는 시간에도 편안함을 느낄 수 있어야 했다. 겨울에도 소파에 앉아 편안히 몸을 맡길 수 있어야 했다. 소파에 앉아 책을 읽거나 서로를 쓰다듬고 싶은 마음이 들어야 했고, 소파 위에서 잠이 들었으면, 혹은 잠에서 깼으면 하는 마음, 그곳에서 달아오르고 싶은 마음까지도 들 수 있어야 했다.

푸른 양모 담요를 보고 있자니 나는 브라질 시인 마노엘 지 바후스와 그의 시 「시의 재료」가 떠올랐다. 이 시에는 마치 저 소파에서 움튼 것 같은 시구가 있다. "일상의 모든 사소한 것에는 귀히 여겨야 할 요소가 있다."라고 시인은 썼다. 우리를 둘러싼 모든 것은 어떤 의식의 전달자다. 각각은 누군가가 가지고 왔거나 지니고 있었거나 누군가에 의해 만들어진 것이다. 창문 하나, 서랍 안 고이 개어 넣어 둔 깨끗한 침대 시트 한 장, 심지어 말총머리에도 다 이유가 있다. 그런 것들 각각에 다 의도가 깃들어 있다. 침대 시트를 빨고 개고 서랍에 넣은 건 자연의 힘이 아니다. 침대 시트 한 장은 높고 깎아지른 바위 끝에서 떨어져 나온 바위, 강 상류에 떨어져 수천 년 동안 물의 어루만짐에 둥글게 된 바윗덩어리가 아니다. 서랍 속의 침대 시트 한 장은 의지이고, 그리하여 귀히 여겨야 할 요소다. 창문 하나, 말총머리 하나도 마찬가지며 소박한 푸른 양모 담요 한 장도 마찬가지다.

그 시구가 떠오르면서 다른 구절도 함께 떠올랐다. 아주 오래전 처음 읽은 순간부터 내 기억 속에 고이 남아 있는 구절이다. "쓰레기가 되기 좋은 것들이 시가 되기 좋다." 단지 몇 개의 낱말로 이루어진 말이지만 세상을 꿰뚫어 보는 복잡한 방식을 담고 있다. 오직 새것만이 주목받고 새것만이 귀하다고 칭송하는 그 숨 막힐 듯한 '현 상태'를 전복시키는 말이다. "우리 문명이 거부하고 짓밟고 그 위에 오줌을 싸 놓은 저 모든 것이 시에는 쓸모가 있다." 시인은 이렇게 말한다. 그러니까 이 방에 있는 것들은 다른 방들이 거부한 것에서부터 온 거라고 나는 생각했다. 마치 해변이 바다가 보내 준 것, 바다가 원치 않는 것들을 대꾸 하나 없이 다 받아 주는 것처럼. 마노엘 지 바후스가 쓴 시구가 맞는 말이라면 이 집은 귀히 여겨야 할 요소와 시로 가득한 것이라고 나는 생각했다.

8

2011년 여름은 그렇게 끝이 났고 아마도 가을 어느 때인가 우리는 다시 그 집에 갔다. 마을을 둘러싸고 있는 들판을 산책했던 것 같고, 공유림에서 풀을 뜯는 말과 소와 당나귀들을 손가락으로 가리키면서 걸었던 것 같다. 저 멀리 바다가 보였을 테고 여름을 그리워했던 것 같다. 산맥 너머 그리 멀지 않은 강 하구의 제련소에서 대기 오염 물질을 내뿜곤 했지만 공기 중에서 그런 것까지 느끼지는 못했을 것이다. 그리고 그때 아나이스는 우리 둘째 딸 알투디투를 임신 중이었다.

확인할 길은 없지만 어쨌든 그해 가을에 한 번 더 그 집에 갔던 건 맞는 듯하고, 그해 12월 '새로운' 부엌을 만드는 날에 내가 없었던 건 확실하다. 그때쯤엔 이미 모두가 먼저 그 집에 자주 드나들던 후안루의 열정에 상당히 전염된 상태였다. 그래서 작은 탁자 위에 놓인 2구짜리 가스버너로는 거기 오가는 이들을 다 감당할 수 없었다. 많은 사람이 따로 또는 함께 그 집을 찾았고, 그렇게 다들 그곳에 모여들었다. 그건 갈 때마다 느낄 수 있었다. 누군가는 냉장고 문에 고마움을 표시하는 메모를 붙여 두었고, 아이들이 그린 그림을 붙여 놓기도 했으며, 와인 몇 병을 놓고 가기도 했으니까. 그러니 화구 두 개로는 그 많은 사람을 제대로 먹일 수가 없어 보여서 후안루는 대안을 찾기 시작했고, 얼마 지나지 않아 고모 필라르가 세비야 트리아나 지구의 아파트 주방을 리모델링한다는 걸 알게 되었다. 그래서 우리는 어느 날 오후 세 친구와 함께 아주머니 댁으로 가서 조리대와 찬장을 해체하고 가전제품들을 수거했다. 상태가 좋고 아직 쓸 만한 것들이었으며, 유행이 지났거나 디자인이 예쁘지 않은 것도 아니었다. 다만 필라르 아주머니는 집 안 풍경을 완전히 변화시킬 리모델링이 필요했다. 우리는 그것들을 트럭에 실었고 나는 마을 방향으로 떠나는 트럭을 지켜보았다. 길쭉해서 상자 밖으로 튀어나온 조리대 끝부분에 누군가 주방 행주를 덧대어 묶어 놓았다.

내가 왜 같이 가지 않았는지는 기억나지 않는데 그 트럭에 타지 않은 걸 나중에는 안타까워했다. 뭔가 중요한 걸 놓친 것 같다고 생각했는데 그게 무엇인지는 몰랐다. 이미 있는 쓰레기에 새로운 쓰레기를 더함으로써 시를 쓸 수 있는 그런 다시 오지 않을 기회를 놓쳤는지도 모른다. 아니면 그냥 단순히 다 내려놓고 며칠 친구들과 노동하며 우정에 젖어 시간을 보낼 기회를 놓쳤을 수도 있다. 똑같은 녀석들과 수없이 해 온 일이기는 하지만. 그 녀석들과는 형제처럼 지내는 사이여서 이사할 때나 집을 고칠 때나 짐을 옮길 때 서로 도와주곤 했다. 물론 제대로 못 해서 일을 더 복잡하게 만든 적도 많고 몇 시간이면 끝날 일을 몇 날 며칠을 끈 적도 있다. 그래서 우리는 스스로 사고뭉치들이라고 불렀다.

그 집에 새로 옮겨 온 조리대 위에서 나는 여름마다 수많은 토마토를 썰게 될 것이고, 당근도 함께 썰어 굵은소금과 올리브유를 넣어 버무릴 것이다. 가지에 병아리콩 가루를 입히고 차갑게 보관해 둔 음료수 병뚜껑을 따고 아이들을 위해 수제 피자 반죽을 치댈 것이다. 아나이스는 그곳에서 살모레호[5]와 감자샐러드를 만들 것이고 몇 넌이 지난 뒤 후안루는 색이 변하는 기다란 LED 조명을 설치할 것이다. 아이들, 그 집에 들르게 될 모든 아이가 조명 리모컨을 가지

<hr>

5 스페인 남부 안달루시아 지역의 대표적인 요리이며 전채 요리로 많이 먹는다. 토마토와 빵 조각을 곱게 갈고 마늘, 소금, 올리브유, 식초 등을 넣어 만든 차가운 수프다.

고 장난을 치며 부엌을 초록색으로 빛나게 하거나 필름을 현상하는 오래된 암실의 분위기를 풍기도록 붉은빛을 비추기도 할 것이다.

트리아나 지구에 있던 필라르 아주머니의 아파트 주방과 그곳에서 가져온 주방 가구들을 새로 들여놓을 집의 공간은 서로 아주 달랐는데도 후안루와 친구들은 새로운 자리에 나름 괜찮은 방식으로 가구들을 잘 맞춰 넣었다. 조화롭거나 아름답지는 않았다. 그들은 스스로 의식하지 않았지만 앞으로 그 집에 적용될 불문율을 공포한 셈이었다. 수선의 법칙. 그냥 주방 가구들을 조립만 한 것이 아니라 새 공간에 맞춰 잘 끼워 넣었기 때문이다. 어떤 가구들은 다른 것보다 높았다. 뻑뻑하게 들어가는 서랍도 다시 잘 맞춰야 했다. 냉장고 위에는 남는 벽걸이 수납함 하나를 고정하지도 않고 그냥 올려 두어서 냉장고 문을 열 때마다 기우뚱거렸다. 수조 두 개짜리 개수대를 흰색 싱크대 상판에 설치했는데 상판은 개수대에 비해 그다지 넓지는 않았다. 싱크대와 벽 사이, 이전에 작은 탁자 위에 부탄가스용 가스버너가 놓였던 자리에 후안루와 친구들은 파란 문짝 하나를 올리고 필라르 아주머니의 트리아나 지구 아파트 주방에 있던 4구짜리 가스레인지를 설치해 새로운 주방 공간을 완성했다.

분명 뭔가 나아지긴 했지만 공간에 대한 그 개입을 개선이라고 이름 붙이기에는 좀 민망했다.

스페인 왕립 학술원 사전은 '수선'이라는 단어를 "어떤 것을 땜질하거나 임시로 고치거나 수리하기"라고 정의한다. 그렇다면 후안루와 친구들이 부엌을 새로 단장하면서 해낸 것이 바로 수선이다. 스페인어로 이 용어는 임시방편이라는 뜻과 질이 떨어진다는 뜻도 가지고 있다. 갑자기 닥친 문제에서 벗어나기 위해 하는 게 바로 수선이다. 문제에 대한 최종적인 해결책이 아니라. 어쨌거나 그때 부엌을 수선한 것이 그 집과 우리에게, 아니 무엇보다도 내게 길을 열어 주었다. 내 완벽주의와 반대 지점에 놓인 행동 방식이라서만은 아니었다. 시간이 흘러도 오래 지속될 행동 방식이라서였다. 임시방편보다 더 최종적인 건 없다고 한번은 후안루가 내게 말했다. 그냥 재미있는 말장난 같았지만 그 집과 관련해서라면 뉴턴의 법칙처럼 확고한 것이었다.

그로부터 몇 년 동안 우리는 계속해서 수선하고 또 수선했는데, 그러면서 나는 수선이라는 개념에 대해 자주 생각했다. 그리고 나는 그 말을 재정의한다. 나는 이제 우리의 수선은 그냥 미봉책은 아니라고 말한다. 더구나 수선할 때 우리의 태도가 부주의하거나 엉성하기만 한 것도 아니다. 오히려 반대로 우리는 수선하는 과정을 통해 창의적이고 예상치 못한 해법을 끄집어낸다. 우리는 철사로 경첩을 제작하고, 침대 밑판으로 문을, 두꺼운 양모 천으로 해먹을 만든다. 노끈으로 의자를 수리하고 마당에 심은 로즈메리로 밥에 향을 입힌다. 일반화해 말하자면 우리는 그때그때 우리 손에 놓인 것을 이용하고, 그렇게 문제들을 헤쳐 나갈 길을 만든다. 그 집은 그렇게 우리 모두를 길들였다. 그렇게 그 집은 우리를 변화시켰다.

9

하면 안 되는 일이 있다. 여덟 살 여자아이에게 스스로 가상의 이름을 짓게 하는 일. 이 책을 쓰기 시작한 지 몇 주 지났을 때 나는 작은딸에게 제밥 처음 지었던 이름에 대해 다시 생각해 달라고, 가능하다면 드로이드 이름이 아닌 이름을 생각해 보라고 사정했다. 봐봐, 언니 마리랑도 썩 잘 어울리는 이름이 아니야라고도 했다. 아나이스랑도, 후안루랑도, 심지어 벨레냐랑도. 알투디투라는 이름을 쓸 때마다 나는 집중력을 잃는다고도 얘기했다. 작은딸은 내게 알투디투는 자기가 좋아하는 이름이지만 좀 더 잘 '붙는' 다른 이름을 찾아보겠노라고 답했다. 목소리에서 아이러니가 느껴졌다. 어쩌면 먼저 게임을 시작해 놓고 일방적으로 게임을 끝내 버리는 아빠에 대한 실망감이었을지도 모른다. 나는 딸아이가 「스타워즈」의 다른 캐릭터 이름, 내 인생을 더 힘들게 만들 그런 이름들을 고르는 것으로 나에게 복수할까 봐 무서웠다. 빅스 다크라이터, 자 자 빙크스, 랜도 캘리시언.

　아이는 다시 생각할 시간을 갖더니 숙고 끝에 내게 와서 분명한 발음으로 제 결정—베르타—을 말하고 자기 자리로 휙 돌아가 버렸다. 내 이해관계에 맞추려고 자신의 판타지를 죽여야 한다는 사실에 체념한 듯 보였다. 하지만 책에서 아나이스가 둘째 아이를 낳는 페이지가 다가오고 있었기 때문에 아이를 계속해서 알투디투라고 불러야 했다면 그건 내 머릿속에 좀 꺼림칙한 이미지를 불러일으켰을 것이다.

10

2003년 2월 우루과이 동부 해안의 외딴 자연 보호 구역 카보폴로니오에서 마르틴 부스카글리아[6]를 처음 만났다. 10년 뒤 그는 우리를 보러 왔고 내가 그 집에서 그의 사진을 찍었다. 마당에서 기타를 치는 모습. 마르틴 너머로 보이는 집의 전면부는 막 칠을 한 것처럼 보인다. 부스카글리아는 두 눈을 지그시 감고 있다. 연주하는 곡에 심취해서일 수도 있고 아니면 벽에 반사된 햇빛 때문이라고 말할 수도 있겠다. 집 전면부의 두 문 사이에는 바닥으로부터 1미터 높이에 옛날 이 집에 있던 장작 난로의 녹이 슨 연통이 벽에 매달려 있다. 여러 모양의 말편자도 걸려 있고 허공에 자란 엉겅퀴도 있고 햇빛을 받으며 돌아가는 커다란 냉장고도 있다.

언제나 그렇듯이 본질적인 요소는 이미지 밖에 있다. 이

---

6 우루과이의 가수 겸 작곡가.

경우에는 그가 연주하고 있는 곡이다. 그의 첫 번째 음반에 수록된 「아니스」는 이렇게 시작한다. "빛의 영양(羚羊)/ 은은하게 빛나는 피부/ 그녀는 너무 예쁘고 강해." 후렴 부분에 가면 마르틴은 노래 제목을 이렇게 변주한다. 아나나, 아니스, 아네스, 아누스키, 키스 미, 플리즈, 앤드 샴페인, 아넬, 아나이스, 아나이스.

카보폴로니오에서 부스카글리아를 알게 된 지 이틀 뒤 나는 브라질 남부 해안에 있는 플로리아노폴리스섬 모래 언덕 위에서 아나이스를 처음 만났다. 어떤 답을 찾으러 후안 루와 여행을 온 것이었다. 나는 친구 하비에르를 따라 왔다. 우리 여행의 유일한 목적은 여행 그 자체에 있었다. 아나이스는 무거운 짐을 안고 왔고 나는 가볍게 왔다.

넷이 창문으로 고개를 내민 사진이 한 장 있다. 그 모래 언덕 위에서의 만남 이후 이틀째 되는 날이었다. 하비에르만 빼고 나머지는 모두 구릿빛 얼굴을 하고 있다. 피부는 빛나고 우리는 카메라를 향해 미소 짓고 있다. 다들 카이피리냐[7]를 한 잔씩 들고 있다. 당시에는 몰랐지만 그때 우리는 오늘날까지 이어질 우리 넷의 관계를 위해 건배한 것이다.

7 브라질의 대표 칵테일. 사탕수수로 만든 브라질 증류주 카샤사에 라임, 설탕, 얼음을 넣어 만든다.

마르틴이 우리를 보러 왔던 그해 2013년 즈음 우리는 그곳에서 우리가 지낼 시간이 잠시뿐이라고 여겼다. 이그나시오가 투자자를 찾을 때까지만이라는 게 전제였고 투자자를 찾기만 하면 계약은 상대적으로 빠르게 진행될 터였다. 하지만 우리가 마을에 처음 간 지 몇 달이 지나도 이그나시오의 일이 진전되고 있다는 소식은 거의 들리지 않았다. 이그나시오와 연락하는 후안루가 아무런 말이 없었고 우리도 묻지 않는 편을 택했다. 그 암묵적인 침묵 속에서 누구도 입밖에 내지는 않았으나 희망이 조금씩 자라나고 있었다. 나는 그때 우리가 그런 상황을 직접적으로 얘기한 적은 한 번도 없다고 기억한다. 모두가 어린아이처럼 입을 닫고 있었다. 발설이라도 하는 날엔 희망이 날아가 버리기라도 할까 봐.

그때까지만 해도 그 집에서 우리가 바란 건 기본적인 필요를 충족시키는 일이었다. 편안하게 모일 큰 실내 공간, 겨울 난방, 스페인 사람들이 집착하고 중요하게 여기는 음식을 만들 주방. 뻑뻑한 문, 열리지 않는 창문, 물 새는 자리. 제대로 설치되지 않은 변기 수조, 충분히 데워지지 않는 온수기. 이 모든 것에도 불구하고 그해 처음 한 일 중 하나가 집의 외벽을 흰색으로 칠한 것이다. 부스카글리아가 기타를 치는 사진에 새로 칠한 벽이 잘 담겨 있다. 부스카글리아 너머로 보이는 집의 전면부, 수직으로 내리쬐는 햇빛에 드러나는 벽의 배불뚝이 부분들 말고는 아무런 흠도 없는 흰 벽이 마치 리스본처럼 환하게 빛난다.

나는 마을 철물점에 내려가 직접 생석회를 사 온 일과 마당에 있는 오래된 개수대—옛날 사람들은 이곳에서 빨래를 했다—에서 석회를 물과 섞던 장면을 기억한다. 생생한 화학 반응, 허연 거품이 부글부글 끓어올라 방울이 톡톡 터지며 튀던 모습, 그 화학 반응으로 인해 발하던 강렬한 열기. 마침내 석회가 식었을 때 우리는 작업을 분담했고, 이틀에 걸쳐서 그 집의 얼굴을 씻기고 하얗게 단장했다. 마리에겐 쓰레기봉투를 단 앞치마를 둘러 주고 조그마한 양동이와 붓을 쥐어 주었다. 한동안 아이는 벽을 칠하는 데 몰두했다. 회반죽이 바닥까지 흘러내렸는데 아이는 벽을 칠하면서 혀를 빼물고 있었다. 아이들이 정말로 공들여 무언가를 하려 할 때 흔히 그러듯이.

베르타의 출산을 몇 달 앞둔 아나이스는 마리 옆에서 의자에 앉아 벽을 칠했다. 머리는 손수건으로 묶어 올렸으며 고지도가 프린트된 가벼운 원피스 차림이었다. 지금까지는 한 번도 생각해 보지 못했는데 어쩌면 임박한 출산과 집을 새로 칠했던 일은 연관이 있을지도 모르겠다. 베르타가 찬란하게 빛나는 세상으로 나오길 우리가 바랐던 모양이다.

깨끗하고 새로운 세상으로.

어쨌든 집을 흰색으로 칠한 일은 실용적인 일을 심미적인 일로 만든 첫 번째 작업이었다. 우리는 그냥 색이 바랜 벽과 군데군데 갈라져 회색빛이 드러난 틈을 그대로 두고도 잘 지낼 수 있었을 텐데, 게다가 곧 태어날 베르타가 진짜로 그런 걸 신경이나 썼을까 싶지만 왜인지 이대로는 안 되겠다고 생각했다. 집을 칠하는 일은 집을 돌보는 일이다. 그 동네의 이웃들이 자기 집을 돌보는 것처럼. 집을 칠하는 일은 베르타를 삶으로, 이 동네로 데려오는 일이었다. 또한 그것은 이제야 알게 됐지만 어떤 의도를 담은 선언이기도 했고, 어떤 초대장이기도 했다. 소파 위의 푸른 양모 담요와 꼭 마찬가지로. 그 모든 일을 의식적으로 하지는 않지만 하면 기분이 좋아지니까 한다. 그뿐이다.

우리를 보러 온 부스카글리아의 잠자리를 마련하기 위해 거실 바닥에 스펀지 매트리스를 깔았다. 매트리스에 시트를 씌우려는데 시트에 안달루시아주 공공 의료 서비스 엠블럼이 찍혀 있었다. 로시오 성모 병원 침대 시트였다. 내가 의아해하니 아나이스가 아마 어머니 — 마리아 돌로레스, 가까운 사람들이 부르는 이름으로는 마요이 — 의 집에서 가져왔을 거라고 이야기해 주었다. 마요이의 남편 페르난도는 세비야에 있는 그 병원에서 2002년에 죽었다. 5년 동안이나 고통스럽게 앓았고 그건 가족 사이에 팽팽한 긴장을 만들어 냈다. 아나이스와 후안루는 소원해졌고, 그래서 아버지가 돌아가신 이듬해 둘이 함께 브라질까지 긴 여행을 떠났다. 그렇게 고생하던 현장으로부터 멀리 떨어져서 대화하고 생각할 시간도 가질 수 있겠다는 마음으로.

　　남편의 오랜 투병 기간 내내 마요이는 병원을 정기적으로 방문했다. 며칠 혹은 몇 달씩 병원에서 지내기도 했다. 내내 남편의 곁을 지킨 사람이 마요이였다. 간호하고 병실에서 자식들을 맞이하고 이웃집 자녀들이나 병원을 드나드는 또 다른 사람들을 맞이하면서. 하도 병원을 오래 드나든 데다 남편이 여러 병동을 거쳤기 때문에 매번 출입 절차를 밟는 일이 꽤나 번거로웠다. 접수처의 담당 직원도 자주 바뀌었고 입원 환자가 아닌 외부인이 입원 병동에 들어갈 때는 정해진 규약을 따라야 했다. 그래서 어느 날 어떻게 그럴 수 있었는지는 모르겠지만 마요이는 흰 가운을 입고 아무런 제지도 받지 않고 병동에 들어갔다. 그날부터 마요이는 병원에 갈 때마다 전문 의료인처럼 옷을 입었다. 그런 방법으로 마요이는 페르난도에게 신문도 가져다주고 함께 오후 시간을 보내고 필요에 따라서는 옆에서 잤다. 그렇게 병원에 머무는 시간이 길어지고 남편의 입원 기간도 길어지면서 자연스레 마요이는 다른 장기 입원 환사들과 그 가족을 알고 지내게 되었다. 서로 이름을 부르며 친하게 지냈고 병원이라는 소우주에서 벌어지는 여러 가지 일을 서로 나누었다. 디저트를 나눠 먹기도 했고, 세비야에 살지 않는 사람은 집에 데려가 샤워도 하고 쉬었다 갈 수 있도록 해 주었다. 그리고 페르난도의 약 복용을 관리하다 보니 주요 성분들을 막힘 없이 말할 수 있게 되었고 용법과 용량에 대해서도 잘 알게 되었다. 어쩌면 마요이에게 의료인의 피가 흐른다고도 할 수 있는데 왜냐하면 마요이의 아버지는 평생 군 병원 약사로 근무했기 때문이다. 마요이는 경험을 통해 알게 된 지식, 그리고 어쩌면 물려받은 지식을 바탕으로 회진을 돌듯 같은 층의 병실들을 방문했고, 이 사람 저 사람의 약물 치료에 관심을 보였다. 어느 날은 환자 가족 중 누군가가 처방된 약의 용량에 대해 언급했는데 마요이가 보기에 너무 많거나 너무 적었는지 그 사실을 환자에게 알리기도 했다. 흰 가운과 눈어림으로 하는 약 처방 덕에 사람들은 마요이를 애정 어린 표현으로 '닥터 마요이'라고 부르기 시작했다. 마요이도 병동 복도를 걷다 환자들이나 의료인 '동료들'과 이야기 나누기를 좋아했다. 주변 사람들의 기운을 북돋아 주는 좋은 의료 대행인이었던 셈이다. 항상 한 사람 한 사람, 옆 침대 환자든 간호사든 침대 시트를 갈러 오는 사람이든 뭐 필요한 건 없는지 주의 깊게 살폈다. 그런 마요이의 성품을 생각해 보면 아마도 얼룩이 묻은 페르난도의 침대 시트를 집으로 가져와 직접 빨려고 했던 듯하고, 몇 년이 지난 후 그 시트를 부스카글리아가 쓰게 된 것이다.

일상에 있는 각각의 사물이 귀히 여겨야 할 요소가 된다면 이 네모난 천 조각 또한 귀하다. 페르난도의 투병이 병원 침대 시트를 병원 밖으로 나오게 했고 자식들을 지구 반대편으로 보냈다. 그 끝에서 부스카글리아가 나타났고 이제 침대 시트, 당시에는 수의라고도 할 수 있었던 침대 시트는 '빛의 영양'을 노래하는 사랑하는 친구의 잠자리가 되어주었다.

11

우리는 늘 우리가 사는 집에 페인트칠하는 것을 좋아했다. 이 일에는 새 단장이라는 의미와 새로운 시작의 약속이라는 의미가 담겨 있다. 어떤 경우에는 벽을 칠하고 나서야 벽이 더러웠다고 의식하기도 했다. 흰 벽의 기쁨은 곧 부활의 기쁨이다.

그래서 우리가 집을 칠하기 시작하고 나서야 이웃들이 우리에게 관심을 나타내기 시작한 것은 자연스러운 일이다. 그때까지 우리는 이웃들에게 가끔 내려와 며칠 머물다 가는, 그렇게 오래 버려졌던 집에 용케도 며칠씩 머무는 방문객일 따름이었다. 집을 흰색으로 칠하는 것은 집의 존엄성을 지켜 주는 상징적인 일이기도 했지만 마을에 통합되는 하나의 방법이기도 했다. 어떤 의미에서 우리가 우리를 둘러싼 곳의 언어를 사용하기 시작했다는 뜻이었다.

작업이 한창이던 어느 날 아침 건너편에 사는 노부부 라파엘라와 마누엘이 나타났다. 몇 미터 되지 않는 두 집 사이의 공간에서 서로 팔짱을 낀 채 한동안 왔다 갔다 하고 있었다. 라파엘라가 짧은 걸음을 한 걸음씩 내딛도록 마누엘이 부축하고 있었다. 마당으로 들어오시라고 하니 안 그래도 페인트칠한다고 난장판인데 들어와 방해가 되고 싶진 않다며 사양했다. 이미 알고 있었을 텐데 우리더러 후안루의 가족이냐고 물었다. 그 밖에도 이런저런 이야기를 조금씩 나눴다. 마을에 대해, 시골에 대해, 바람에 대해. 특히 바람에 대해 많이 이야기했는데 이 지역에서는 흔한 일이지만 그날도 바람이 불고 있었다. 마누엘이 이야기해 주어 우리는 집 마당의 위치가 제대로 잡혀 있고, 그래서 세찬 동풍이 부는 계절에도 마당에 있으면 바람을 피할 수 있다는 걸 알게 되었다.

그로부터 몇 해 동안 서로의 안부 다음으로 묻는 우리의 두 번째 대화 주제는 언제나 바람이었다. 마을 사람들의 삶의 일부분이라고 할 이 기상 현상 덕분에 우리는 서로 친해지기 시작했다. 마누엘과 라파엘라는 우리가 마을에 올 때마다 우리가 오기 전에 바람이 얼마나 세게 불었는지 얼마나 오래 불었는지 이야기했고, 우리가 머무를 며칠 동안 바람이 어떻게 불지 — 그들의 예상 — 알려 주었다. 저기압이 어떻고 상층부의 기단이 어떻고 하는 이야기는 하지 않았다. 시속 70킬로미터의 돌풍이라는 표현 대신 고양이들도 날려 버릴 바람이라고 했다. 2주 동안 동풍이 계속되면 지긋지긋하다고 했고, 서풍이 바다의 물기를 마을로 실어 올 땐 참 상쾌하다고 말했다. 마누엘은 또 이렇게 말했다. 이번 주엔 비가 내릴 거야, 80리터쯤. 100리터, 어떨 땐 200리터. 그러고는 그 정도 강수량이면 풍경이 어떻게 변하는지, 산과 저수지와 밭의 모습과 주민들의 생활이 어떻게 달라지는지 이야기했다.

　　그때쯤 나는 중국의 풍수지리에 관한 책을 읽었는데 책에 따르면 모든 살아 있는 존재들을 연결하는 기(氣), 또는 생명의 기운은 물에 의해 멈추고 바람에 의해 전해진다고 한다. 어쩌면 그것이 우리가 그곳에서 지내는 걸 좋아하게 된 또 다른 이유였을지도 모른다. 무질서 속의 시(詩), 그리고 삶에 활력을 주는 기운을 끌어오는 바람.

　　라파엘라와 마누엘의 이야기 덕분에 집이 15년 동안 비어 있었다는 이야기, 그리고 마지막으로 살던 사람들은 부부였는데 늙을 때까지 함께 살았고, 남편이 죽은 후 홀로 남은 아내를 자식들이 노인 요양원으로 데려갔다는 이야기를 알게 되었다. 그들은 우리가 집을 흰색으로 칠하는 것을 보고 칭찬했는데 따로 말은 하지 않았지만 아마 누군가가 이런 촌구석에 관심을 가진 데 대해, 자신들이 늙어 가고 있는 이곳, 이 마을에서도 가장 끝에 있는 이곳까지 찾아와 새로운 삶을 시작했다는 데 대해 고마워하는 것 같았다. 마리는 손에 붓을 든 채 그들을 지켜보았다. 라파엘라가 이리 가까이 와 보라고 손짓했는데 마리가 가만히 있자 아나이스가 살살 용기를 북돋았다. 라파엘라가 주먹에 꼭 쥐고 있던 캐러멜 하나를 마리의 조그마한 손 위에 놓아 주었다. 그러고는 마리의 손가락을 모아 접어 주며 식사하고 나서 먹어야 한다고, 그러니 잘 가지고 있어야 한다고 말했다. 그게 우리가 그들에게 받은 첫 번째 선물이었다. 새로운 관계의 시작을 축하하는 환영의 선물. 돌부리에 걸려 넘어질까 봐 조심조심하며 멀어지는 그들을 바라보며 나는 캐러멜에 대해 생각했고, 또 어쩌면 마리의 존재로 인해 나이 든 그들에게 어떤 희망의 기운 같은 것이 전해졌으리란 생각도 들었다.

12

2013년 바로 그해 어느 봄날 해 질 녘에 그 집에 도착했는데 우리가 작은 우리라고 부르던 곳에 있던 돼지우리가 없어졌다. 언제나처럼 차를 대고 아나이스와 내가 짐들을 내려 집으로 옮기는 동안 마리는 벌써 사라지고 없었다. 고양이들을 쫓아갔거나 딱정벌레를 보러 갔거나 지난번에 왔을 때 잃어버린 공을 찾으러 간 것이다. 아직 음식들을 냉장고에 다 넣기도 전에 마리가 돌아와서 부엌문으로 고개를 내밀고 누가 작은 집을 가져갔다며 우리더러 같이 가 보자고 했다. 아나이스는 그때 만삭이어서 진지한 몸짓으로 못 나간다고 하더니 내게 손짓으로 대신 나가 보라고 했다. 나는 마리와 함께 마당으로 나가 집을 빙 돌아 뒤쪽으로 갔는데 정말로 돼지우리가 사라지고 없었다. 작은 우리에 남아 있는 건 담쟁이덩굴로 덮인 그 커다란 나무 한 그루뿐이었다. 옆에 건축물이 없이 홀로 서 있으니 나무는 더욱 커 보였다. 나무 아래엔 떨어진 열매가 가득했다. 송이송이 자라던 작고 동그란 열매들이 나무와 연결이 끊어지고 나니 모두 조글조글하고 말라 보였다.

나무의 수관 안에서, 정확히는 줄기에서 굵은 가지들이 갈라져 나오는 부분마다 담쟁이덩굴 또한 잎이 빽빽한 수관을 이루고 있었다. 그 수관 속 수관 위쪽과 옆쪽으로는 나뭇가지들의 끝부분이 스스로 빛을 찾아 담쟁이덩굴로부터 빠져나오려는 것처럼 보였다. 손님이 주인을 집어삼킨 셈이다. 태풍이 부는 계절이 오면 담쟁이덩굴은 나무에 달린 돛과 같은 역할을 해 가지가 갈라져 나오는 부분마다 자리 잡은 담쟁이덩굴의 풍성한 잎들이 세차게 흔들릴 것이다. 하지만 큰 나무의 줄기는 그 자태가 어떤 바람에도 흔들리지 않을 것 같았다. 그건 참새들도 알고 있었고, 그래서 참새들은 해가 질 때쯤이면 보금자리를 찾아 나무에 모여들었다. 마리와 함께 나무 앞에 서 있던 그때도 참새들이 밤을 보낼 은신처를 찾아 모여들고 있었다. 왁자지껄한 모습이 마리에게는 파티하는 것처럼 보였나 보다. 새들이 아주 잘 지내고 있네 하고 말했다. 나는 딸아이를 바라보며 수긍했다. 그러면서 나는 하늘을 나는 법을 알고 싶다고 말했다. 나도. 마리가 말했다. 너는 날아서 어딜 가고 싶니? 내가 물었다. 몰라. 한동안 우리는 조용히 있었다.

　　돼지우리가 있던 자리의 경계선 부근에도 아무 흔적이 남아 있지 않았다. 닭 볏처럼 솟은 담장의 아랫부분조차 남아 있지 않았고, 작업하다 남은 돌덩이도 없었다. 정말 아무것도 없었다. 그렇게 큰 공사가 아니었던 건 확실하다. 가로세로 4미터 넓이의 땅 위에 세워져 있던 네 면의 두꺼운 담장과 양쪽으로 경사진 지붕 하나가 다였다. 그래도 벽을 다 허물면 돌들이 꽤 될 테니 몇 트럭은 실어 날라야 할 것이었다. 돼지우리의 증발은 나를 혼란스럽게 했다. 거기다 마리가 이 상황을 탐정 놀이로 바꿔 버리는 바람에 우리는 완전히 옆길로 새고 말았다. 정말로 누군가 그 작은 집을 들고 가기라도 한 것처럼.

　　누가 훔쳐 간 거야. 마리가 말했다. 누가 그랬을까? 그러게, 누가 그랬을까? 내가 마리의 말을 따라 했다. 우리 둘은 웅크리고 앉아 범죄 현장을 주의 깊게 관찰했다. 어쩌면 진흙이 말라붙은 자리에 찍힌 장화 자국이나 일꾼이 던지고 간 담배꽁초라도 발견하게 될지 모르는 일이었다. 나는 바닥의 흙을 한 움큼 쥐어 코에 가져다 대고 냄새를 맡았지만 어떤 힌트도 얻지 못했다. 마리가 내게 왜 흙냄새를 맡느냐고 물었는데 나는 뭐라고 말해야 할지 몰랐다. 영화에서 그런 장면을 수십 번은 보았기에 무의식적으로 한 행동이었다. 마리하고 나는 이미 같은 영화 장면 속에 있었기 때문이다.

그 정도 양의 돌을 가져가서 어디에 두었을까? 나 자신에게 물었다. 마리는 이제 수색의 범위를 넓혀 자기 허리 높이까지 오는 잡초들이 무성한 곳으로 걸어 들어갔다. 잠시 후 무언가를 찾았는지 나를 부르더니 금속 조각을 들어 보였다. 마리가 말했다. 아빠. 나는 고개를 들고 마리가 들고 있는 물체를 바라보았다. 침대 밑판에 탈착이 가능한 다리 부품 같았다. 나는 고개를 가로저었다. 마치 신참 형사가 발견한 단서를 잘못된 단서라며 제외하는 베테랑 경찰 조사관처럼. 그 금속 조각으로는 이 일을 한 자들을 찾을 수 없을 거야. 다시 나만의 수색 작업으로 돌아가려던 순간 나는 다시 고개를 들었다. 왜냐하면 마리가 서 있던 곳 너머에 있던 무언가가 내 주의를 끌었기 때문이다. 우리가 어떻게 눈 뜨고도 저걸 못 보고 있었지? 마리! 네 뒤를 봐! 내가 말했다. 딸아이는 뒤를 돌았고 그곳에는 대략 1미터 50센티미터쯤 되는 돌로 된 담벼락이 있었다. 나는 재빨리 다가갔다. 돌담을 손으로 만져 보고 막 지어진 것임을 확인했다. 뒷마당의 흙바닥을 지지하는 역할을 하고 있었고, 그 뒷마당은 몇 년 후 닭들이 살게 될 곳이다. 새로운 담벼락으로 인해 높은 테라스와 낮은 테라스가 만들어졌다. 높은 쪽이 뒷마당, 낮은 쪽이 작은 우리. 그때까지 두 공간 사이는 그냥 흙 비탈이었다. 겨울비가 내리면 질벅질벅한 신창으로 변해 풀포기를 발판 삼아 밟고 걸어가야만 했고, 그렇게 하더라도 신발을 버리는 일은 어쩔 수가 없었다.

지금은 새로운 담벼락 덕분에 마당이 넓어지고 한편으로는 테라스의 형태가 만들어졌다. 그런데 이 담벼락은 돼지우리를 헐면서 나온 돌들로 지은 건가? 마리가 자기도 그 질문엔 답을 모르겠다는 듯 어깨를 으쓱하고는 내게 다른 쇳조각을 보여 주었다. 그것도 답은 아닌 것 같다고 내가 말했더니 마리는 쇳조각을 바닥에 다시 버렸고, 나는 후안루에게 전화를 걸었다.

후안루는 미리 얘기한다는 걸 깜빡 잊었다며 형 페르난도가 미장이 팀을 데려와서 돼지우리를 철거하고 옹벽을 친 거라고, 내년 여름에 딸들을 위해서 가정용 간이 수영장을 설치하고 싶어 한다고 이야기해 주었다. 돼지우리를 헐 때는 포클레인을 동원했고 허문 벽의 돌들을 담벼락 공사에 썼으며 남은 건 라파엘라와 마누엘의 집 축대를 보수하는데 썼는데 그들이 굉장히 고마워했다고, 그 집 텃밭은 겨울이면 이삼 넌마다 한 번씩은 꼭 흘러넘친 빗물에 잠겼다고 했다.

전화를 끊었을 때 마리는 이미 어디론가 가고 없었다. 잠시 나는 새로 공사한 곳을, 질이 좋고 수준 높은 결과물을 살펴보았다. 불그스레한 노을빛이 돌들에 비쳐 철광석 분위기가 났다. 후안루와 내가 만들었다면 아마 여름 내내 공사에만 매달려야 했을 것이다. 돼지우리의 벽을 쇠망치로 내리쳐 부수고 부서진 돌들을 손으로 분류하며 정리했을 것이다. 그러고는 삽으로 돌과 시멘트를 섞어 저 둑을 쌓아 올리는 데 몇 날 며칠을 보냈을 것이다. 그렇게 만든 둑은 나중에 변형되거나 혹은 충분히 두껍지 못하다는 이유로 몇 년이 흐른 뒤 다시 보수해야 했을 것이다. 페르난도와 전문 미장이 팀이 맡아 한 공사에서는 일어나지 않을 일들이었다.

나는 바로 그 부분, 그의 결단력에 대해 생각했다. 그에게 닥친 일들을 진행할 때 우회하지 않고 불필요한 계산을 하지 않는 멈출 수 없는 힘에 대해. 그는 여름에 간이 수영장에서 놀며 딸들이 누리게 될 기쁨에 대해 상상했을 것이고, 그렇다면 트럭과 포클레인과 미장이 팀을 거기 부르는 것 말고 다른 뭐가 필요했을까. 나는 전에 후안루가 창고에 갖다 놓은 초콜릿 통을 들고 그 안에 가득한 볼트와 너트를 뒤적거리던 내 모습이 떠올랐고, 그게 좀 바보 같다는 느낌이 들었다. 그때 나는 꼭 맞는 두 개의 볼트와 너트가 필요했는데 도무지 찾을 수가 없었다. 나는 그동안 얼마나 많은 시간을 볼트와 너트를 찾는 데에, 공구를 고치는 데에, 작업을 어떻게 해야 하는지 생각하는 데에 쓴 걸까? 페르난도라면 작은 도전 과제들을 나와는 아주 다른 방식으로 하나하나 해결하지 않았을까? 아니지, 그라면 그런 작은 도전 과제들을 생각하기나 했을까? 아니었을 것이다. 그 공사 이후로는 집에 그런 대담한 변형이 이루어지진 않았고, 그렇게 육중한 기계가 들어오지도 않았다. 다음으로 포클레인이 그 집에 온 날은 집을 무너뜨리고 이그나시오의 프로젝트에 길을 내주기 위해 땅을 평평하게 고르는 날이 될 것이다.

세상에는 그의 대담한 결단이 적당한 자리와 우리의 자잘하고 소소한 일들이 적당한 자리가 있다고 생각하면서도 내가 종종 활용이라는 개념에 대해 지나치게 엄격한 나머지 초점에서 너무 빗나갈 때가 있지 않나 하는 생각이 들었다. 나는 필요한 걸 우리가 이미 가지고 있다면 뭐 하러 새로 사야 하지 하고 스스로 말하곤 했다. 이미 있는 걸 다시 이용하는 편이 더 좋지 않나? 그럼, 당연하지. 버리는 것보다는 이미 존재하는 것에 새 생명을 주는 편이 언제나 좋지. 하지만 때때로 진짜 가치 있는 건 시간일 때가 있다. 내가 집 안에서 꼭 맞는 한 쌍의 볼트와 너트를 찾아 헤맨 날은 시간을 잘못 쓴 경우다. 그날 나는 철물점에 가서 100개들이 나사 한 상자를 사 와 내 시간을 다른 더 좋은 일들을 하는 데 써야 했다.

아녜스 바르다는 영화 「이삭 줍는 사람들과 나」에서 활용이라는 개념에 대해 아름다운 방식으로 우리에게 이야기한다. 팔십 분 남짓한 시간 동안 감독은 다양한 집단의 줍는 사람들의 삶을 보여 준다. 다른 사람들이 버린 것을 찾아 쓰는 사람들. 생산에서 소비로, 다시 생산으로 계속 돌아가는 멈추지 않는 수레바퀴에서 내려선 사람들. 그렇게 무한정으로 돌아가는 바퀴. 제목의 이삭 줍는 사람들이란 그들 모두를 일컫는다. 이삭 줍는 여자[8]는 아녜스 바르다 자신인데 카메라를 들고 프랑스 전역을 여행하며 다른 시네아스트들이 찍으려 하지 않는 것들을 찍는다. 예를 들면 카메라를 깜빡 잊고 끄지 않아 그녀가 걷는 동안 끈에 매달려 덜렁거리는 렌즈 뚜껑과 땅바닥이 같이 찍힌 영상을 영화 안에 주워 담기도 한다. 나는 이 영화를 보면서 감독이 나를 위해 이야기하고 있다고, 내가 생각만 하고 어떻게 표현해야 할지 모르는 것들을 대신 말해 주고 있다고 느꼈다. 그런 일이 부스카글리아의 노래를 들을 때에도, 나탈리아 긴츠부르그[9]의 책을 읽을 때에도, 호르헤 데 오테이사[10]의 작품을 볼 때도 일

8   영화의 프랑스어 원제는 '이삭 줍는 사람들과 이삭 줍는 여자(Les glaneurs et la glaneuse)'다.

9   이탈리아의 소설가이자 정치인이자 극작가. 대표 작으로 『가족어 사전(Lessico Famigliare)』(1963) 이 있다.

10   스페인의 조각가이자 시인. 바스크 민족 정체성을 바탕으로 활동했으며 바스크 학파의 초석을 다졌다.

어난다. 그들의 목소리가 또 다른 여러 목소리와 합쳐서 콜라주가 만들어지고 나는 그 콜라주를 통해 내가 진정 누구인지에 접근할 수 있게 된다.

「이삭 줍는 사람들과 나」에서 바르다 감독은 어느 순간 봉투에서 렘브란트의 그림이 담긴 사진엽서들을 꺼내는 자기 손을 카메라로 잡는다. 렘브란트의 아내 사스키아의 초상화가 보이고 다음으로 옷에 달린 목장식의 클로즈업 사진엽서가 보인다. 바르다는 그 클로즈업 사진 위로 자신의 손등을 올리고 카메라를 더욱 가까이 가져가 익스트림 클로즈업 숏으로 잡는다. 죽음을 앞둔 아흔 살[11]에 가까운 여자의 주름진 피부다. 그는 자신이 만든 다큐멘터리의 개봉을 얼마 남겨 놓지 않은 채 죽음을 맞이할 것이다. 내레이션이 이어진다.

보아라, 이게 내 계획이다.

11　작가의 착각으로 보인다. 아녜스 바르다 감독이 「이삭 줍는 사람들과 나」를 찍은 것은 2000년으로 그때의 나이는 일흔한 살이다. 아녜스 바르다 감독이 2019년 타계할 때가 아흔 살이다. 자신이 만든 다큐멘터리 「아녜스가 말하는 바르다 (Varda par Agnès)」(2019)의 개봉을 앞두고 사망했다.

한 손으로 다른 손을 찍는 것.

공포감에 빠져든다.

묘한 느낌이다.

짐승이 된 기분이다.

더 나쁘지, 나는 나조차도 정체를 모르는 짐승이다.

13

2013년 여름에 베르타가 태어났고 베르타가 세상에 나올 때 겨드랑이에 끼고 온 빵[12]은 바로 내 첫 책—운 좋게도 내가 계속 글을 쓸 수 있게 해 준 책—의 출판이었다. 그 큰 선물을 생각한다면 사실 베르타가 원하는 이름인 드로이드로 그냥 불리게 두어도 되었을 것이다.

한참 시간이 지나 그 집이 철거되기 몇 달 전 우리는 마당에서 저녁을 먹고 있었다. 저녁 식사 시간이 좀 늦었는데 왜냐하면 그날 종일 해변에서 노느라 모두가 기진맥진했기 때문이었다. 그때 베르타가 포도 덩굴이 있는 화단의 이파리들 사이에서 바스락거리는 소리를 들었다. 우리를 비추고 있는, 허공에 줄로 엮어 놓은 전구들이 내는 약한 빛으로는 소리를 내는 게 무엇인지 보이지 않았다. 나는 아무것도 못

12 '겨드랑이에 빵을 끼고 오다.'는 아이가 행운이나 복을 가지고 태어난다는 스페인어 속담이다.

들은 척했다. 늦은 밤에 예기치 않은 상황을 나서서 해결하고 싶은 마음이 들지 않았기 때문이다. 큰 곤충일 수도 있고 설치류일 수도 있었다. 우리는 집 안이 아니라 밖에 있는 것이었으니 그냥 모르는 척했다. 화단의 포도 덩굴과 칼라꽃과 접란에서 떨어진 이파리들 사이에서 무언가의 움직임이 계속되었다. 소리가 아주 분명하게 들려서 내가 아무리 모른 척한다 해도 멈출 것 같지 않았다. 아나이스는 도마뱀붙이일 거라고 단언했고, 나는 그 말을 듣고는 안도의 숨을 내쉬었다. 왜냐하면 도마뱀붙이는 다른 파충류들과 달리 평판이 좋은 녀석이었기 때문이다. 여름밤에 우리를 물어뜯는 음흉한 모기들을 주식으로 한다는 이유로 도마뱀붙이는 그런 좋은 평판을 얻었다. 게다가 나는 전에 실제로도 이 집에서 벽에 붙어 있는, 크기가 꽤 되는 도마뱀붙이 한 마리를 본 적이 있었다. 문제가 해결됐군. 그렇게 생각하면서 나는 저녁 식사를 계속했다. 하지만 아니었다. 잎이 바스락거리는 소리에 신음 소리가 더해졌다. 나는 서둘러 근처 어딘가에서 나는 소리인 모양이라고, 아니면 멀리서 개가 우는 모양이라고 말했다. 하지만 신음은 계속되었고 그때 마리가 고양이 소리야라고 했다. 아나이스는 핸드폰을 집어 들어 손전등 기능을 켜고는 화단 쪽으로 다가갔다. 이파리들을 뒤적이니 그곳에 자그만 생쥐만 한 크기의 새끼 고양이가 있었다. 눈알은 막으로 덮여 있었고 얇디얇은 태아의 피부였으며 배 쪽에는 배배 꼬인 마른 덩굴손 같은 탯줄이 아직 그대로 달려 있었다. 마리와 베르타는 현장으로 가까이 다가갔고, 나는 상황을 좀 피하려고 계속 밥을 먹었다. 이 늦은 밤에 내게 나타난 게 의지할 곳 없는 가련한 고양이 새끼라니. 녹초가 될 만큼 피곤한 날이었고, 나는 다음 날 새벽같이 일어나야 했다. 아나이스와 아이들은 고양이가 맞는다며 나에게도 가까이 와 보라고 했다.

작은 짐승은 매우 허약해 보였고 눈을 뜨지 못하는 것 같았다. 거기 얼마나 그러고 있었는지, 어미는 어디 있는지 알 길이 없었다. 그러고 보니 그 흔하던 길고양이가 당시 우리가 그곳에서 지내는 동안에는 마당에 한 번도 나타나지 않았다. 원래는 대문으로 고개를 들이밀곤 했고, 아무도 고양이가 들어오는 걸 막지 않았기에 고양이들은 마당을 조용히 가로질러 부엌 쪽으로 향하곤 했다. 몇 마리는 플라스틱 발을 헤치고 고개를 안으로 집어넣었는데 포도 덩굴 아래에서 글을 쓰다 그런 모습을 보면 나는 손을 휘휘 젓거나 쉭쉭 하고 작게 소리 내어 쫓아내곤 했다. 실내로는 고양이들을 들이지 않고 싶었는데 왜냐하면 반은 길고양이, 반은 들고양이여서 한나절을 잡초가 우거진 곳에서 지내거나 마을의 식료품 시장 뒤편에 있는 쓰레기통 부근에서 지내곤 했기 때문이다. 이빨로 칼새의 새끼를 물고 지나가거나 들쥐 한 마리를 문 채 작은 우리에 있는 무화과나무들의 낮은 가지가 있는 쪽으로 가는 것을 본 적도 여러 번이었다.

아나이스와 내가 둘 다 새끼 고양이를 맡아 돌보는 걸 주저하는 동안 딸들은 망설임 없이 자기들이 새끼 고양이를 맡겠다고 했다. 금세 조그만 바구니를 찾아오더니 헝겊 쪼가리를 몇 장 깔고 거기에 새끼 고양이를 뉘었다. 뭔가 먹여야 할 것 같아서 우리는 서랍을 뒤져 약물을 정량 투약하기 위해 쓰는 작은 주사기를 하나 찾아냈다. 아이들이 간신히 우유 한 방울을 새끼 고양이의 입안에 넣어 주는 데 성공하나 했더니 곧바로 코로 토해 내고 말았다. 아나이스와 나의 도움으로 다시 주사기로 우유 주는 것을 시도하면서 아이들은 동시에 고양이에게 어울리는 이름을 찾으려고 애쓰고 있었다. 아나이스는 계속해서 아이들에게 저 고양이는 오늘 밤을 넘기지 못할 가능성이 크니 너무 큰 기대를 품지는 말라고 타일렀다. 아나이스는 아이들이 예상되는 여러 경우에 대비하고 있기를 바랐다. 아이들은 알았다고, 잘 알고 있다고 하면서도 다가올 미래보다는 눈앞의 현재에 더욱 집중했다. 그렇게 그곳에서 아이들이 그 조그마한 입에 정확한 양의 우유를 주입하는 기술을 익힐 때 수목 보호판이 있는 곳에서 다시 이파리들이 바스락거리는 소리와 또 다른 울음소리가 들려왔다.

14

다음 날 아침에 내가 눈을 떴을 때는 아직 해가 뜨기 전이었다. 잠에서 깬 채로 잠시 침대에 그대로 누워 새끼 고양이들이 먹을 것도 없이 밤을 지새운 건 아닐까 생각했다. 옷을 갈아입고 얼른 고양이들을 보러 갔다. 아이들이 두 침대 사이에 바구니를 놓아두었다. 나는 바구니를 들고 부엌으로 가 등 하나를 켜고 손끝으로 새끼 고양이들을 만졌다. 두 마리 다 몸을 뒤트는 것으로 내 물음에 답했고 서로 몸을 포갰다. 살아남았다. 나는 마리와 베르타가 버려진 새끼 고양이들을 잘 돌보겠다는 약속을 지켰다는 걸 알았고, 그게 좋았다. 그 순간 전날 밤엔 생각하지 못했던 걱정이 불현듯 찾아왔다. 새끼 고양이들이 이 순간을 이겨 낸다면 그다음엔 어떡해야 하지. 우리는 아직 집에서 동물을 키울 준비가 되어 있지 않은데. 나는 주사기를 가져온 다음 둘 중 더 약해 보이는 녀석을 손 위에 올려놓았다. 몸 전체가 손가락과 손목 사이 오목한 곳에 쏙 들어왔다. 호랑이 무늬를 가지고 있었고 머리는 이상하리만치 불룩했는데 마치 최종적인 형태가 그 안에서 부화를 기다리며 웅크리고 있는 듯했다. 조그마한 몸이 굉장히 차가웠다. 주둥이 사이로 주사기에 달린 관을 집어넣었을 때 고양이가 천천히 돌아눕는 걸 보고서야 나는 아직 살아 있구나 생각할 수 있었다. 배고픔에 칭얼대거나 하지는 않았다. 우유 중 일부는 입가로 흘러내렸고 일부는, 나는 그렇게 믿고 싶었는데, 잘 삼켰다. 한 번에 조금씩 빨아 마시더라도 몇 시간 간격으로 꾸준히 먹이면 좋을 것 같았다. 나는 바구니에 새끼 고양이를 다시 눕히고 다른 한 마리에게도 똑같이 우유를 먹였고, 이 녀석 역시 활기를 찾은 것처럼 몸을 움직였다. 한두 시간 뒤면 햇살이 유리창을 통해 들어올 거라는 생각에 나는 바구니를 동향 창가로 가져다 놓았다. 바구니 뒤에는 천으로 가리개를 만들어 세워 직사광선은 닿지 않으면서 온기는 전달되도록 할 것이다. 그 아이디어를 머릿속으로 생각하면서 나는 손을 씻고 커피와 토스트를 준비하고 멀리 보이는 바다를 바라보며 아침 식사를 했다. 의식하지도 못한 채 나는 마리와 베르타가 그러고 싶어 해서가 아니라 나 자신이 그 새끼 고양이들을 기르고 싶다고 생각하고 있었다. 일단 중요한 처음 며칠을 넘기고 나면 앞으로 뭘 해야 하는지 알게 되겠지.

아침 식사를 끝내고 내가 딸들이 잠에서 깨어나 임무를 교대하기를 기대하며 두 번째로 우유 먹일 준비를 하려는데 이미 그때 호랑이 무늬 고양이는 죽어 있었다. 마치 내가 아침에 일어나기를 기다리며 밤새 간신히 버틴 듯. 아니면 원치도 않았는데 내가 억지로 우유를 먹이는 바람에 끝을 재촉했을 수도 있다. 나는 예상치 못한 슬픔을 느꼈다. 고양이가 찾아온 것도 사실 예상치 못한 일이었다. 게다가 전날 밤 저녁을 먹을 때만 해도 나는 딱히 큰 관심이 없지 않았던가. 어쩌면 나의 삶과 고양이의 삶을 연결하는 포유류로서의 형제애와도 같은 감정이었을지도 모른다.

죽은 녀석을 아직 살아 있는 제 형제 옆에 두고 싶지는 않았고 그렇다고 쓰레기통에 버린다는 생각은 내가 견딜 수가 없었다. 불과 몇 분 전까지만 해도 살아 있던 몸이었으니까. 그래서 나는 바구니에 깔아 두었던 천 조각 하나로 미니어처 수의를 만들어 곱게 입혔다. 의식은 우리를 하나로 묶어 주고 우리보다 더 큰 무언가 — 혈통, 시대, 문화, 인간의 조건 — 와 연결되게 한다. 이 의식을 치르는 동안 스무 살 때 겪은 일이 떠올랐다. 한 친구와 레온 지방에 있는 베가세르베라 협곡의 깎아지른 듯한 바위 아랫길을 함께 걸었던 적이 있다. 한 해 전 대학교에서 알게 된 친구였다. 함께 웃곤 하던 우리만의 농담과 어딘가 초현실주의적이었던 그의 유머를 기억한다. 인형 목소리를 흉내 내어 돌멩이나 떡갈나무 나뭇가지가 말하는 것처럼 연기하곤 했다. 그가 내게 루크레티우스의『사물의 본성에 관하여』를 선물한 일도 기억한다. 당시엔 읽어도 무슨 말인지 하나도 몰랐지만. 우리는 함께 걷다 죽은 염소의 뼈를 발견했다. 그 친구는 두 손으로 염소의 머리뼈를 들어 올리더니 이리저리 살펴보다가 뜻밖에도 바위에 던져 박살을 냈다. 그때 나는 설명할 수 없는 마음의 고통을 느꼈는데, 그 고통은 삼십 년이 흐른 뒤에 죽은 새끼 고양이가 쓰레기통에서 운명을 다할 수도 있단 생각을 했을 때 느낀 고통과 같았다. 그리고 나는 그날 그 난폭한 행동 때문에 그 친구와 내가 멀어지게 되리란 걸 알았다. 삶과 문화에 관해 이야기를 함께 나누던 친구, 오비디우스와 베르길리우스 이야기로 나를 현혹했으나 어떤 이유에서인지 자신이 자신보다 더 큰 무언가의 일부라고 여기지 못하는 것 같던 친구.

죽은 고양이를 뒷마당으로 가져가 먼 쪽 풀숲에 놓아두고 다른 동물들의 먹이가 되게 하거나 거름이 되게 하는 게 가장 바람직한 방법이었을 것이다. 그것이 자신의 환경으로 돌아가 자유로워지는 길이었을 것이다. 하지만 마리와 베르타에게 이야기하지 않고 결정할 수는 없었다. 저 삶들을 책임지고 있는 건 그 아이들이었으니까. 나는 아이들이 고양이가 죽었다는 소식을 듣고 울까 봐 조금 겁이 났지만, 동시에 이 작은 사건이 아이들에게 죽음이라는 사실을 직접 맞닥뜨리는 좋은 기회라는 생각도 했다. 아나이스는 나보다 훨씬 더 오랜 시간 사랑하는 이의 죽음과 함께했기에 내 생각과 같을 것임을 알고 있었다. 많은 사람이 놓치곤 하지만 아나이스가 내면화하고 있는 게 있다. 바로 죽음의 불가피성. 아나이스는 삶을 있는 그대로 받아들이는 소박한 지혜를 지녔는데 그녀가 삶을 이해하는 이유는 바로 삶이 끝날 것임을 알고 있기 때문이다.

나도 아이들을 지나치게 보호하려고 한 적이 많았지만 사실 나는 아이들에 대한 과잉보호를 매우 싫어한다. 어떤 위험이나 트라우마로부터 떨어뜨려 놓으려는 것은 마치 고통이나 절망이 바람직한 삶의 일부분이 아니라고 생각하는 것 같다. 그런데 사실 그런 고통이나 절망에 대한 경험 없이 존엄하고 자율적인 삶은 존재하지 않는다. 그리고 모든 괴로움의 어머니는 바로 죽음이다. 시간의 저편에 죽음이 있다는 걸 알면서 그 죽음에 힘겹게 도달하기를 조용히 기다리는 것은 대부분의 사람에게는 끊임없이 고통이 솟아나는 샘과 같다. 평정심을 유지하면서 죽음에 가까이 다가간다는 것은 인간에게 주어진 근본적인 과제다. 그렇게 가까이 다가 가는 과정에서 사실 삶이 풍요로워진다.

15

마리와 베르타는 우리가 경고할 틈도 없이 잠에서 깨자마자 고양이 바구니로 직행했다. 놀랍게도 아이들은 눈물 한 방울 흘리지 않았다. 아나이스가 전날 밤 수차례 이야기해 둬서인지 이런 가능한 결말에 대해 준비된 것처럼 보였다. 조그마한 수의를 입힌 새끼 고양이를 보여 주자 내가 몇 시간 전에 슬퍼했던 것처럼 아이들도 슬퍼했다. 그러고는 아까 내가 아침을 먹을 때 고양이를 기르고 싶다고 생각했던 것처럼 아이들도 아침을 먹으며 남은 한 마리의 새끼 고양이를 기르고 싶다고 생각했을 것이다. 식사 후 마리는 조개껍데기 하나를 열심히 장식하면서 죽은 고양이의 이름을 티그레[13]라고 지어 조개껍데기 안에 적었고, 마지막으로 RIP라고 썼다. RIP가 무슨 뜻이야? 언니가 매직펜으로 무

---

13 스페인어로 호랑이.

언가를 적는 걸 계속 지켜보던 베르타가 물었다. 편히 잠드소서, 내가 대신 답해 주었다. 라틴어야. 편히 쉬라는 뜻이야.

아이들이 창고에서 낡은 호미를 찾아냈는데 오래 써서 반질반질한 손잡이가 왠지 후안루에게 매번 연장들을 빌려 주곤 하는 옆집 사는 마누엘 것 같았다. 어쩌면 이 양반, 몇 달째 호미를 찾고 있을지도. 물을 마신 후 머리에 두건을 쓰고서 딸들은 수의를 입힌 고양이와 호미와 조개껍데기를 들고 정오의 햇볕 아래로 나갔다가 한 시간 뒤 얼굴이 벌게져 돌아왔다. 잘 묻어 주었니 하고 물었더니 응, 햇빛 피해서 서늘한 곳에 잘 묻었어라고 간결하게 대답했다. 아이들은 곧장 바구니에 있는 살아남은 한 마리에게 밥을 주러 갔다.

가자마자 바로 고양이에게 이름부터 지어 주었다. 마르코. 아이들은 이 고양이만큼은 제 이름도 모르고 죽게 둘 수가 없었다. 번갈아 가며 우유를 먹였고, 천으로 몸을 덮어 주며 몸이 따뜻한지 살폈으며, 그러면서도 직사광선은 받지 않게 했다.

그날 하루가 지나고 다음 날이 왔다. 나는 그날도 동트기 전에 일어나 밤새 굶었을 새끼 고양이를 조심스레 쥐고 우유를 먹였다. 우유를 먹이고 나니 새끼 고양이가 평온해하는 게 느껴졌다. 배가 불러 그런 듯했다. 고양이의 고로롱거리는 소리가 듣고 싶었으나 조용하기만 했다. 해가 떴고,

아나이스가 마르코의 안부를 물었고, 이어서 마리가 나와 마르코는 어떠냐고 물었다. 마지막으로 베르타가 무슨 꿈을 그렇게 많이 꿨는지 부은 눈에 뒤엉킨 머리를 하고 나타났다.

해는 높이 떴고, 나와 아나이스는 거의 죽음까지 갔다가 돌아온 새끼 고양이를 혹시 키우고 싶어 할 만한 친구나 지인은 없는지 꼽아 보고 있었는데, 그때 베르타가 양손으로 바구니를 들고 나타나 천천히 고개를 가로저으며 우리에게 죽음의 소식을 알렸다. 시에스타[14] 시간이었고 한여름이어서 고양이를 묻어 주는 의식을 또 한 번 치르러 숲으로 가기에는 적당한 시간이 아니었다.

볕이 사위어 가길 기다리던 그날 오후 나는 공책에 메모를 끄적였다. 먼저 아주 짧은 시간이지만 반려동물이었던 고양이들과의 인연에 관해 썼고, 전해 봄 바르셀로나에 출장 갔을 때의 일이 떠올라 기록해 두었다. 그날 쓴 내용은 이러하다. 나는 지하철로 사리아 지구에 도착한다. 높은 지대에 자리한 부촌이다. 지상으로 나오려는데 역사 출구 위 투

____

14   더운 여름 오후 일을 멈추고 낮잠 시간을 갖는 스페인 관습. 이 소설의 배경인 안달루시아가 더운 지역이기 때문에 시에스타 문화가 다른 지방에 비해 더 보편적이다. 주로 2시부터 5시가 시에스타 시간이다.

명 지붕에 동네 부동산—부동산 이름은 영어로 그냥 부동산이란 뜻의 '리얼 에스테이트'였다—광고가 붙은 게 눈에 들어온다. 광고의 카피는 이랬다.

사는 곳에서, 놀자! 사는 곳에서, 살자!

각각 여섯 음절로 된, 각운을 맞춘 두 구절. 광고가 전하려는 메시지는 이렇다. 기쁨에 몸을 맡길 수 있는 곳, 어떤 놀이를 하더라도 맘껏 활개 치며 놀 수 있는 곳을 살 곳으로 선택하라고. 그럴 수 있을 때 그곳은 온전히 삶을 누릴 장소가 된다고. 간결하면서도 아름다운 신념을 담은 말이어서 마치 에두아르도 갈레아노[15]가 쓴 글 같았다. 그런데 문제는 그 문구가 동네 풍경이나 공원 사진 위에 쓰여 있지 않았다는 것이다. 광고 이미지는 예쁜 고급 주택 정원에서 축구를 하는 아이들 셋의 이미지다. 케이크 위에 마지막으로 앵두를 얹듯 골키퍼를 보고 있는 사랑스러운 강아지가 이미지

15 　우루과이 작가이자 언론인. 라틴아메리카의 착취와 불평등과 수탈의 역사에 관한 다양한 저서를 남겼으며, 라틴아메리카에서 가장 영향력 있는 비판적 지식인 중 하나이기도 하다. 복잡하고 깊이 있는 주제를 간결한 문장으로 표현해 내는 문체가 인상적이다.

의 마무리를 장식한다. 어떤 이유에서인지 상상 속 장면에서 이상화된 가족 모델의 마지막 장식은 꼭 강아지다. 충직한 동료인 강아지는 가족에게 헌신하니까. 가족을 분열시키는 건 불만 가득한 얼굴의 사춘기 아이일 것이다.

그날 오후 여전히 뙤약볕이 계속되었지만 아이들은 밖에 나가게 해 달라고 끊임없이 졸라 댔다. 마르코를 티그레에게 데려가고 싶어서 안달이었다. 그렇게 서너 번을 계속해서 조르는 아이들에게 못 이겨 너무 늦게 돌아오지 말라고 이르며 모자를 쓰고 물을 챙겨 나가는 조건으로 외출을 허락해 주었다. 아이들은 순식간에 뙤약볕에 나갈 준비를 마쳤다. 마치 자기들이 믿음직한 아이들이라는 것을 우리에게 확인시키듯 얼굴에 선크림을 조막만 한 손으로 탁탁 찍어 발랐고, 베르타가 바구니와 고양이를 들었다. 그 후엔 아이들이 우리가 안 보이는 곳에서 준비를 더 했거나 아니면 아마도 아나이스와 내가 둘 다 잠시 밖에 있을 때 나갔거나 어쨌든 우리는 아이들이 나가는 걸 보지는 못했다.

아이들이 없는 동안 나는 계속해서 글을 썼다. 시골 마을에서 자란 소년이었기에 나는 당연하게도 도시에서는 겪을 수 없는 자유의 경험 같은 것을 내 딸들에게도 주고 싶다. 보행자 전용 도로에서는 겪을 수 없는 것들. 그래서 이곳 마을에 있는 동안만큼은 아나이스나 나나 아이들에 대한 걱정을 일정 정도 내려놓는다. 아이들은 차에서 내리면 곧장 우리 시야에서 사라지기 일쑤고 다시 나타날 땐 종종 어딘가 멍이 들어서 온다. 바위에 기어오르는 일은 아마도 세비야 5번가에 있는 것보다 더 위험할 것이다. 그래도 우리는 아이들이 마을의 거리와 골목과 언덕을 헤매고 다니게 둔다. 잘 아는 영역의 한계를 스스로 넓히며 탐험을 계속하도록. 아이들은 들로 나가 양 떼와 소 떼가 오가는 오솔길을 돌아다니며 동물들의 지도와 자기들의 지도를 겹쳐 보기도 한다. 아이들은 아이들만의 '미지의 땅'에 매일 발을 들여놓는다. 그리고 언제나 그곳에서 뭔가 예상치 못한 것을 가지고 돌아온다. 온전한 형태의 염소 머리뼈나 겨울 벽난로에 불쏘시개로 쓰기 좋은, 씨앗은 다 날아가고 없는 마른 솔방울, 또는 사냥총의 탄피 같은 것들.

나간 지 한 시간 반쯤 지난 후 나는 아이들이 집으로 돌아오는 모습을 보았다. 얼굴은 붉었고 땀으로 번들거렸다. 마리는 통나무를 실은 조그마한 손수레를 밀고 있었고 베르타는 바퀴 흙받기 앞쪽 끝을 잡고 끌고 있었다.

"장작은 누구 거니?" 내가 물었다.

"들판에 그냥 있던데."

“통나무가 잘 잘린 거 보이니?”

“응.”

“그렇다면 이 통나무는 주인이 있다는 뜻이야.”

아이들은 “설마 저 손수레를 끌고서 통나무를 원래 있던 곳에 다시 갖다 놓으란 말은 아니죠?”라는 얼굴을 하고 나를 바라보았다. 장작 무더기 맨 위에는 빈 바구니가 통나무 두 개 사이에 끼워져 있었다.

“왜 통나무를 가져온 거야?”

“풀밭에 고양이가 다니는 길을 만들려고 가져왔지.”

“고양이들이 길을 잃거든.” 베르타가 덧붙였다.

나는 숨을 크게 한 번 내쉬고는 아이들에게 뒤편에 장작을 쏟아 놓으라고, 그리고 저녁 먹게 손을 씻고 오라고 했다. 어차피 내가 나중에 이웃 중 누가 이 나무의 주인인지 알아보고 왜 말도 없이 나무를 가져왔는지 설명해야 했다.

16

2013년엔 그 집에 거의 가지 못했다. 왜냐하면 첫 소설이 가져온 행운 때문에 나는 일 년 내내 이곳저곳으로 여행을 다녀야 했고, 그다음 해 초까지 그렇게 보냈다. 그사이 겨울비가 오면 집 벽의 회칠은 조금씩 벗겨지고, 꿀벌은 집 앞 로즈메리의 꿀을 마시고, 개미는 계속해서 땅에 개미굴을 파고, 마누엘의 텃밭 토마토는 묘판에서 지지대로 자리를 옮기겠지만 나는 그 모습을 보지 못할 것이다. 그곳에서 멀리 떨어진 곳에서 작가라는 새 직업이 약속하는 미래를 위해 앞으로 나아가기 바빴으니까. 그렇게 오래 그 집에 가 보지 못했던 게 조금 힘이 들었는데 왜냐하면 그 집은 이미 내 마음속에 싹을 트고 자리를 잡았기 때문이었다. 비탈진 하얀 마을도 마찬가지다. 내 발걸음은 돌고 돌아 그곳을 향할 것 같았으니까. 나는 시골 마을에서 나고 자랐고, 내 삶을 마치는 곳도 시골 마을이었으면 했다.

일 때문에 여행을 다니는 사이사이 세비야에서 15킬로미터쯤 떨어진 곳에 있는, 당시 사고뭉치 친구들과 함께 가꾸던 텃밭에는 자주 갔다. 그 텃밭은 그동안 내가 땅을 일구는 일을 시도한 세 번째이자 마지막 시도가 되었는데, 땅을 경작하는 일에 열정이 있기는 했으나 텃밭이 집에서 너무 멀어서 매일 갈 수는 없었다. 땅을 일구는 일의 즐거움은 두 가지 요소에 달려 있다는 것을 알았다. 손을 쓴다는 것, 그리고 지속해서 가야 한다는 것. 나는 기억한다. 다른 사람들과 함께 쟁기로 땅을 갈아엎던 것을, 밭의 둑을 만들던 것을, 감자를 심던 것을. 나는 기억한다. 토마토 줄기의 곁순을 톡 따던 것을, 손가락에서 나던 시큼한 냄새를, 흙 위에 당근 씨를 흩뿌리던 것과 싹을 솎아 주던 것을. 어느 여름날 오후 수북한 호박잎 아래 커다랗게 열린 애호박을 발견했을 때의 놀라움, 바스락거리던 호박 줄기, 여름이 무르익어 갈 때 토마토의 매끈한 표면, 가지의 반들반들한 보랏빛, 그리고 갓 수확한 피망과 양파를 다져 소금과 올리브유에 버무려 먹는 피카디요[16]의 맛, 하루의 노동을 끝내고 수확한 밭에 앉

16 고기, 채소 등의 재료를 다져 소스에 버무린 요리. 스페인, 멕시코, 쿠바, 도미니카공화국, 푸에르토리코, 코스타리카, 필리핀 등 스페인어권 국가에서는 흔한 요리다. 나라와 지역에 따라 레시피가 달라진다.

아서 먹는 그 맛. 텃밭을 그만두게 된 건 마음이 아파서였다. 모든 소소한 일과 그 기쁨이 매일매일 그곳에 있는데 나는 매일매일 계속해서 그곳에 있을 수가 없으니까.

내가 일구던 첫 번째 텃밭은 세비야 산타크루스 지구의 기와지붕 건물 옥상에 직접 지은 것이었다. 어느 날 오후 나는 친구와 함께 공사장에서 버려진 거친 송판 몇 장을 가져다 집 옥상에 가로세로 2미터, 깊이 1미터 30센티미터의 상자 모양 틀을 짜서 설치했다. 나무 상자 아래에 굵은 다리를 네 개 만들어 끼워 넣었고, 어떤 면이든 칠판으로 바꿔 주는 마법 페인트로 나무판 전체를 칠했다. 내가 상추를 가꾸는 동안 딸 마리는 분필로 그림을 그리며 놀게 하려고 생각해 낸 아이디어였다. 아직은 견딜 만한 더위의 봄날 긴 오후를 딸과 함께 옥상에서 보내는 것이 좋았다. 같은 공간의 고요함 속에 각자 할 일에 몰두하면서 언제까지나 곁에 있고 싶었다.

시간이 흐르면서 내가 마리와 함께 있던 그 장면은 자연스럽게 나의 소년 시절 아버지와 함께 있던 장면을 재현하고 있다는 생각이 들었다. 아버지는 당시 어머니와 함께 움막같이 생긴 공방에서 책을 제본하는 일을 했다. 어머니가 먼저 실로 종이를 엮으면 아버지가 제본의 마무리 공정을 맡았는데 작업이 이루어지는 그 공간은 내게 매우 특별한 세계였다. 나는 오후만 되면 내가 오가는 다른 어떤 세계와도 다른 그 세계로 들어갔다. 그곳은 학교와도 집과도 길거리와도 들판과도 전혀 비슷한 점이 없었다. 전문적인 장비와 자재와 고유한 냄새로 가득한 작업 공간이었고, 그곳의 풍경에선 임시성이 아주 잘 드러났다. 바로 그곳에서 아버지는 내 손에 태어나서 처음으로 망치를 쥐여 주었다. 나무 토막 하나와 쓰던 못 몇 개를 같이 주며 굽은 못을 펴는 방법과 못을 박는 방법을 가르쳐 주었다. 아버지가 일하는 데 내가 방해될까 봐 재미있는 놀잇감을 주려고 했는지도 모른다. 아마도 그랬을 테지만 한 번도 묻지는 않았다. 어쨌거나 나는 다른 이유가 있다고 생각하는 게 더 좋았다. 그러니까 아버지는 나를 곁에 두는 걸 좋아했던 것이라고, 궁극적으로는 해방된 존재로 자라게 하려는 마음에서 나에게 망치 다루는 법을 가르쳐 준 것이라고. 나의 자율성에 기여할 수 있는 활동을 통해 나를 교육한 것이라고. 망치라는 단순한 도구를 적절히 다루는 데 다른 사람의 도움이 필요하지 않은 사람이 되라고. 시간이 지나면서 그런 종류의 가르침을 더 받게 되었다. 펑크 난 타이어를 고치거나 콘센트를 교체하거나 끌로 연필을 깎거나 낡은 기와지붕을 해체하거나 시멘트와 모래와 물을 혼합하는 법을.

에피소드가 하나 생각난다. 나는 열두 살이다. 알리칸테에서 하는 여름 캠프—어머니가 주방 냄비 세트 판매왕에 올라서 부상으로 받았다—에 왔다. 어머니는 집안을 돌보면서 자식 여섯을 키우고 아버지와 함께 제본 일도 하는데, 그 와중에 시간을 내어 마을 거리를 돌며 친구 앙헬리타와 함께 냄비와 포크 나이프 수저 세트를 판다. 운전은 하지 않아서 아버지가 근처 마을까지 태워다 준다.

여름 캠프는 시내에 있는 옛 교도소에서 진행된다. 내가 열두 살인 건 확실하다. 왜냐하면 LA 올림픽에 참가한 스페인 농구 국가대표 팀의 경기가 계속 열렸고, 스페인 팀은 결승에 올라 미국과 맞붙었기 때문이다. 그때 아이들은 모두가 대표 선수들의 이름을 줄줄이 꿰고 있었다.

어느 날 아침 감독관 한 명이 교도소 운동장 트랙 바닥의 팬 곳을 보수하고 있다. 나는 그가 왜 그 일을 하는지 내가 왜 그곳에 함께 있는지 모른다. 내가 삽을 들고 그를 도와 시멘트 반죽을 만들고 있었던 건 확실하다. 감독관은 나보고 소질이 있다며 칭찬한다. 집에 돌아와 그 애길 했더니 아버지 눈이 반짝인다. 보수 작업은 어떤 것이었고 어떻게 해냈느냐고 묻는다. 정말로 그에게 도움이 되었는지, 그래서 가족이 나를 자랑스러워해도 되는지 알고 싶은 것이다.

아버지가 돌아가셨을 때 나는 아버지의 망치, 그 전엔 아버지의 아버지 것이었던 망치를 물려받았다. 아버지의 아버지 망치라고 한 부분은 집에 대한 내 첫 기억과 마찬가지로 논란의 여지가 있기는 하다. 언젠가 그렇다고 들었을 뿐이다. 아버지한테 들었는지 어머니한테 들었는지는 모르겠다. 어쩌면 온전히 내가 만들어 낸 이야기인지도 모른다. 기억이란 원래 연약한 것이라고들 말하지만 시간이 지나면서 나는 기억이란 게 연약하다기보다는 오히려 타협의 산물이라는 생각이 든다. 기억을 담당하는 기관이 마치 황실 관료처럼 기계적으로만 일하는 것 같아 불안하다. 그는 감정적인 연관을 가지고 일하기보다는 먹고사는 일에 묶여 있는 자다. 이 경우에는 문서 담당관이라고 해 보자. 매일같이 자신의 책상 앞으로 밀려드는 서류를 각각 분류에 꼭 맞는 서가에 꽂아 정리해야 한다. 그는 서류 자체에는 관심이 없고 책상 위를 빨리 비우는 데에만 관심이 있다. 직업적 열정에서가 아니라 벌받을 것이 두렵다.

책상 위에는 기억들이 올라와 있고 그는 분류되지 않은 기억들이 책상 위에 머무르는 시간을 가능한 한 최소화해야 한다. 책상에 남아 있느니 분류에 꼭 맞지 않는 서가에라도 가는 편이 낫다. 즉 분류에 맞지 않는 서가란 기억이 영원히 길을 잃는 세계다. 내 머릿속의 황실 관료는 무언가에 정신이 팔려 그 망치에 대한 기억을 헷갈릴 만한 서가에 꽂았다. 망치는 할아버지 것이었을 수도 있고 아니었을 수도 있다. 하지만 확실한 사실이기만 하다면 중요한 의의가 있는 것이 하나의 사물에 사물 그 자체를 넘어서는 의미를 부여하기 때문이다. 흔한 연장 하나가 하나의 유산이 된다. 망치가 할아버지 것이지 않았을까 하는 합리적인 의심은 아버지의 직접적인 증언이 있었다고 가정하기만 한다면 사색의 범위를 더 확장해 볼 수도 있다. 더 오래전부터 전해져 내려왔다고. 증조할아버지로부터나 더 이전부터. 그렇다면 망치라는 하나의 유산은 다시 프로메테우스가 신들로부터 불을 훔칠 때 썼던 회향풀 줄기와 비슷한 의미를 갖게 된다. 그러면 에드먼드 드 발[17]이 회고록 『호박 눈의 산토끼』를 통해 시도했던 것처럼 나도 망치에 대한 가족과 조상들의 증언을 통해 내 가계도를 그릴 수도 있다. 물론 내 가족은 그의 가족과는 달리 문학의 재료가 될 만한 이야기가 부족하다. 에드먼드 드 발의 경우에는 일본 조각품 네쓰케[18]의 행방을 쫓는 과정에서 부유한 유대인 가문의 역사를 따라 20세기 유럽의 역사가 함께 그려진다.

---

17 영국의 현대 도예가이자 작가.
18 根付. 에도 시대 일본에서 주머니 대신 담배나 돈, 약 등을 넣어 허리에 달고 다니던 공예품.

할아버지는 바다호스의 바닥 타일공이었다. 내 아버지와 같은 이름인 니콜라스라고 불렸다고 오랫동안 생각했지만 사실 실제 이름은 레안드로였다. 또한 공화군에 의해 죽었다고 생각했지만 알고 보니 할아버지를 죽인 건 국민군이었다.[19] 국민군의 도시 점령 직전 계속됐던 폭격[20]에 누나가 무사한지 확인하기 위해 야간 통행금지 시간에 집을 찾아가던 할아버지는 바다호스의 성문에서 국민군 병사의 총에 맞아 죽었다. 아버지 생전에 더 많은 이야기를 나누지 못한

19   스페인 내전(1936~1939)은 프랑코 장군의 쿠데타에 맞서 제2공화국을 수호하려 했던 노동자, 농민, 지식인, 노조, 사회주의자, 무정부주의자, 공산주의자가 가담한 공화군과 군인, 지주, 상류층, 우익 정당, 가톨릭교회를 중심으로 한 국민군이 벌인 전쟁이다. 국민군의 승리로 스페인은 1975년 프랑코가 죽을 때까지 군부 독재 치하에 놓이게 된다.

20   스페인 내전 초기 국민군이 포르투갈 국경 지대에 자리한 전략적 요충지 바다호스를 차지하기 위해 공화군과 전투를 벌여 그곳을 점령하게 된다. 바다호스 점령 직후 국민군은 공화군과 민간인 약 4000명을 광장에 모아 놓고 기관총으로 학살한다. 바다호스의 학살로 불리는 이 사건은 당시에 당연히 진상 조사조차 이루어지지 않다가 스페인이 민주화되고 한참이 지난 2007년에야 대량 학살로 인정받았다.

게 유감이다. 가족의 비밀과 침묵을 더 파고들지 못한 것도. 아버지가 과거를 봉인한 이유가 기억을 담당하는 황실 관료의 실수 때문인지, 아니면 단순히 두려움[21] 때문인지 이제는 알 수 없게 된 것도.

나는 아버지로부터 망치보다 더 중요한 것을 물려받았다. 아버지 덕에 나는 망치를 쓰는 일의 흥미로움을 안다. 이것이야말로 분명 내가 받은 유산의 가장 본질적인 부분이다. 아버지는 학교 선생님이었고 그의 천직은 교육자였으나 개인적으로 그는 수행자였다. 평생 진정한 관심은 자식들 모두에게 손을 쓰는 법을 가르치는 데 있었다. 그런 가르침이 어느 정도 집안 분위기를 만들었고 또한 우리가 속한 사회 계급의 일부분을 이루기도 했다. 어쨌든 우리 집에서 자연스러웠던 건 마치 다른 집에서 일상적으로 독서나 기도를 했던 것처럼 그렇게 손을 쓰는 일이었다.

21 스페인 내전 중은 물론이고 내전이 끝난 후에도 프랑코 지지자들이 공화파 지지자들을 제멋대로 색출해 테러를 자행하곤 했다. 할아버지의 죽음이 잘못 전해지거나 비밀에 부쳐진 것은 죽음 이후 40년 가까이 군부 독재가 계속되는 상황에서 보복과 탄압과 테러에 대한 두려움 때문이었을 것이다.

나는 레안드로 할아버지가 당신의 것이었을 수도 있는 그 망치를 즐겨 썼는지 알지 못한다. 그냥 가지고 있기만 했을 수도 있다. 망치는 그 시대에 어느 집에서나 가장 기본적인 연장이었으니까. 아버지 세대를 포함해서 당시 사람들에게 망치를 쓸 줄 모른다는 건 있을 수 없는 일이었다. 그렇다고 그들이 전능했던 것은 아니다. 기술을 전수받은 사람이 아니라면 해서는 안 되는 일들도 있었다. 이를테면 구두 수선이 그러했는데 구두 수선은 구두 수선공에게 맡겨야 한다. 이와 관련해서 분명히 밝혀 둘 이야기가 있다. 당시 사람들은 모든 일을 기술자에게 맡길 형편이 되지 않으면서두 직접 하면 할 수 있을 일 중 어떤 일들은 일부러 하지 않는 편을 택하곤 했다. 한계를 잘 알고 있어서이기도 했지만 아마도 전문 기술 종사자들의 영역을 존중해서 그랬을 것이다. 너는 네 구두를 직접 수선하지 않아, 비록 할 줄 알더라도. 그리고 나는 내 당나귀를 위한 짚 바구니를 직접 꼬아 만들지 않지. 마을 어느 구역에서 풀이 자라는지, 네가 8월 아침이면 마을 어디에 가서 짚풀을 구해 오는지 뻔히 알더라도.

몇 넌에 걸쳐 배우게 된 교훈이 하나 있다. 내 주의력과 에너지를 좀 더 적절한 방식으로 쓸 것. 그 과정에서 내 안에 긴장감이 생기더라도. 나는 얼마 전까지만 해도 어떤 일의 과정 전체를 완벽하게 해야 한다는 유혹에 곧잘 넘어가곤 했다. 목재로 다락을 짓는다면 그것을 설계하고 자재 조달 계획을 수립하고 연장을 구비하고 적당한 작업 공간을 찾고 설계에 따라 공사를 진행하고 기한 내에 방을 완성하는 것까지.

어느 날 목재소에서 원형 전기톱이 돌며 원래는 단면이 직사각형이던 나무 대들보가 정사각형의 단면으로 깨끗이 둘로 나뉘던 장면을 기억한다. 또 그 잘린 목재들을 후안루가 빌려온 왜건에 한가득 싣고 한 친구의 시골집으로 가 직접 재단하고 대패질하고 사포질하던 내 모습도 기억한다. 그리고 우리 집에서 재단된 목재를 짜맞추고 사포질하고 니스 칠하던 것도 기억한다. 그 일을 지금 한다면 나는 대패질과 사포질 같은 가장 힘든 작업은 직접 하지 않을 것이다. 단순히 톱밥을 들이마시기 싫어서라거나 겉보기에 지루한 작업에 시간을 들이기 싫어서는 아니다. 그런 일들을 다른 사람에게 맡기는 편이 나은 이유는 내가 감당할 수 있는 공정 중에서도 특히 그 부분들은 내가 가진 도구가 너무 좋지 않기 때문이다. 환경이 갖춰지지 않은 상태에서 하는 일, 또는 나쁜 연장을 가지고 하는 일이 작업의 진행 자체를 중단시키지는 않을지라도 작업의 즐거움을 갉아먹고 만다. 조도가 너무 어두운 조명, 지지가 잘되지 않아 불안정하게 흔들리는 작업대, 관리가 안 되었거나 품질이 너무 낮아 잘 들지 않는 드릴 날. 작은 걸림돌들이 결국 몰입을 어렵게 만든다. 결국 몰입의 문제다. 꼭 다락방을 짓는 일만이 아니라 하나의 과제에 온전히 정신을 쏟는 일은 다 그렇다.

'넘겨주다'라는 말과 '전체의'라는 말[22]은 어원이 같다. 넘겨주는 것은 주는 것이며, 준다는 말의 재귀 용법은 자신을 주는 것이다. 어떤 일에 자신을 넘겨준다는 말은, 혹은 어떤 사람에게 자신을 바친다는 말은 타자에게 자신을 구성하는 어떤 부분을 내주다는 말이다. 그 넘겨줌은 최소한 내 경험상 상호 양도로부터 시작되고, 둘의 연합을 추구하는 일이다. 나는 네게 나의 이 부분을 주고 너는 내게 너의 이 부분을 준다. 양쪽 부분은 가운데 공간, 너와 내가 함께하는 공간에서 하나로 섞인다. 금속을 용접할 때와 비슷한 과정이다. 두 금속 조각은 처음에 분리되어 있지만 어떤 물질이 한쪽에서 다른 쪽으로 옮겨 가고 한데 융합되고 결국 이전과는 다른 새로운 것이 만들어진다. 분리되기 힘든 것이.

22   스페인어로 entregar의 어원은 라틴어 integrare 다. 이는 스페인어 entero의 어원인 라틴어 integer에서 파생한 말이다. 라틴어 integer는 '온전한', '전체의'라는 뜻이다.

그 통합을 강하게 만들어 주는 것이 바로 서로 넘겨주는 과정이다. 어떤 종류의 통합에 관해 이야기하든 마찬가지다.

칠판 벽으로 둘러싸인 상자 텃밭을 만들 때도 나는 아마 마리의 손을 바쁘게 만들어 마리가 단순한 도구들을 쓸 줄 알게 되길 바란 것 같다. 그리고 확실한 건 내가 딸과 공유할 공간을 만들었다는 사실이다. 그곳에서 마리가 노는 동안 나는 일하면서도 아이를 곁에 가까이 둘 수 있었다. 텃밭은 내 직장은 아니었으니 상황이 꼭 들어맞지는 않지만, 그래도 나는 그곳에 있으면서 보통은 우리가 일할 때 아이들이 있는 곳과는 분리된 장소에서 일하게 되는구나 하는 생각이 들었다. 아이들이 우리를 일터에서, 작업장에서, 직장에서 보는 경우는 드물다고. 우리가 생계를 유지하고 아이들을 먹여 살리기 위해 일하는 과정을 아이들이 그 현장에서 지켜볼 경우는 별로 없다고.

17

내 첫 소설책 때문에 한동안 시골 마을에 가지 못했다가 오랜만에 다시 돌아갔을 때 우리는 그사이 집이 움직였다는 걸 알아차렸다. 집이 스스로 어딘가로 갔다거나 같은 거리의 다른 부지로 옮겨 갔다거나 하는 건 아니다. 그런 일은 현실에서가 아니라 위르크 슈비거[23]의 동화에서나 일어날 수 있는 일이니까.

처음 알아차린 건 어느 정오에 양파를 기름에 볶으려고 할 때였다. 웍에 기름을 두르는데 기름이 중앙이 아니라 한쪽으로 흘렀다. 화구 위에 웍을 다시 수평을 맞춰 올려놓아 봤지만 여전히 기름이 한쪽으로 흘렀다. 그때 나는 조리대에 꼭 맞게 짜 넣었던, 가스레인지가 놓인 문짝 부분이 그 옆 싱크대보다 살짝 꺼져 있는 걸 발견했다. 나는 실을 늘어

23　스위스의 동화 작가.

뜨렸다. 문짝으로 된 상판을 받치는 하부 장 역시 틀어져 있었고, 더 살펴보니 가구가 문제가 아니라 가구 아래 바닥이 움푹 꺼졌다. 실제로 집의 전면부 벽부터 안쪽으로 실내 바닥 전체가 눈에 띄게 기울어져 있었다. 그러고 보니 스페인식 바닥 타일 또한 땅의 새로운 형태에 맞춰 재배열되어 있었다. 끝이 살짝 들어 올려져 맞물린 모습이 마치 물고기 비늘 같았다. 우리는 집의 나머지 부분들도 꼼꼼히 살펴보았고, 아니나 다를까 거리 쪽에 닿은 침실 벽도 조금 가라앉아 있었다. 앞마당도 마찬가지였다. 마치 이 집 전체가 파도 타는 늙은 서퍼라도 되는 양 비탈을 따라 미끄러져 내리는 것 같았다.

그날 밤 우리는 침대에 누워 침실 벽 아래로부터 천장까지 죽 금이 간 자리를 눈으로 좇았다. 흰 벽을 갈라놓는 그 틈은 어두웠고, 폭은 손가락 굵기 정도였다. 우리는 그날 밤 저 틈이 더 벌어져 결국 지붕이 우리 위로 내려앉는 게 아닐까 하는 생각을 하기 시작했다. 마치 프랑스 어린이 만화에 나오는 두 갈리아인 주인공 아스테릭스와 오벨릭스가 사는 집[24]의 모습처럼.

24 만화 「아스테릭스」에 나오는 집은 벽이 없고 정면에서 볼 때 삼각형 모양의 지붕만 땅 위로 솟아 있는 형태다.

만약 집이 무너진다면 또 어떤 것들이 지붕 아래 갇힐지 방 안 이쪽저쪽을 눈으로 훑었다. 방에 어울리지 않게 커다란 옷장, 싸구려 소파 침대, 서랍장, 구석에 세워 놓은 나무판 몇 장. 누운 우리의 정면에 보이는 벽 반대편엔 샤워 물을 데우는 온수기가 달렸다. 담요가 든 궤짝도 있고 침낭을 넣어 둔 상자도 하나 있다. 종이 상자도 몇 개 쌓여 있다.

그러다 어느 순간 아나이스는 방의 모습을 가지고 여기가 호텔이라면 별 몇 개짜리일지 점수를 매겨 보자고 했다. 별 다섯 개짜리 호텔부터 시작해서 하나씩 빼 나갔다. 이 방에는 전용 욕실도 없고 미니 바도 없고 텔레비전두 독서 등도 캐리어를 두는 선반도 거울도 다리미판도 없다. 호텔 객실 벽에 보통 걸려 있기 마련인 시시한 명화 하나 없다. 그 대신 우리 방에 걸려 있는 건 사진 액자 몇 개인데 공통 분모는 아이들이 등장하는 흑백 사진이라는 것이다. 사진들은 모두 20세기 초의 이미지다. 더블린의 길거리에서 노는, 얼굴에 숯검정을 얼룩덜룩 묻힌 아이들. 주디 갈런드[25]처럼 곱슬머리를 하고 예쁘게 차려입은 소녀가 플라스틱 장난감 전화기

25　미국 영화배우이자 가수. 빅터 플레밍 감독의 1939년 영화 「오즈의 마법사」에서 주연을 맡았으며, 이 영화 도입부에서 후에 수없이 리메이크된 「오버 더 레인보우(Over the rainbow)」의 원곡을 불렀다.

에 대고 전화 통화를 흉내 내는 모습. 그 꿈꾸는 듯한 시선. 액자 속 이미지들은 전부 스테레오타입의 순수함에 대한 찬양을 드러내고 있다. 아일랜드 아이들의 양 볼에 묻어 있는 숯검정은 천진함의 상징이지 ― 아이들은 자유롭고 행복하게 오후 시간을 보낸다 ― 비참함을 상징하는 건 ― 아이들은 갈 데가 없어서 길에서 시간을 보낸다 ― 아니라는 듯.

침실은 수영장 전망도 해변 전망도 정원 전망도 아니다. 체크인 데스크도 없고 주차장도 따로 없다. 천장에는 정방형의 모기장 ― 그 안에 있으면 험프리 보가트 주연의 영화 「아프리카의 여왕」[26] 속 한 장면에 들어와 있는 것 같았다 ― 을 달 때 박아 놓은 구부러진 못 네 개가 툭 튀어나와 있다. 모기장은 침대 캐노피 같기도 해서 어쩐지 중세 분위기가 나기도 했다.

다음 날 아침이 되면 분명 우리가 직접 아침을 차릴 것이다. 병원 침대 시트가 집에 왔듯이 이 방의 침대 시트도 다른 침대에서 쓰던 것이어서 매트리스와 크기가 맞지 않는다. 솜이불 대신 아주 얇은 모포 여러 장을 겹쳐 놓았는데 그중 어떤 것도 침대 양옆을 다 덮지 못한다. 자는 동안 나도 모르게 몸을 뒤척이면 모포가 다 뒤엉키고 시트도 벗겨져

---

26 존 휴스턴 감독(1951년).

다리와 함께 말리고 마는 게 꼭 천으로 된 진창에서 자는 것 같다. 심지어 어느 날 밤엔 침대 밑으로 쥐가 한 마리 기어들어 와 기겁하고 깬 적도 있다.

별을 매기는 일은 진작에 끝났다. 우리는 이곳이 보여주는 결함들을 따져 보느라 이미 마이너스 점수를 매기기 시작했다. 화장실 문은 잘 닫히지 않는다. 창고로 가는 길에 있는 문에는 임시로 망치 손잡이가 달려 있다. 온수기 보일러는 돌아갈 때마다 윙 하는 소리를 낸다. 그리고 분명 가장 큰 문제는 벽의 갈라진 틈과 침대 머리 쪽으로 주저앉은 바닥이다. 그날 밤 우리는 평평한 침대에서 자기 위해 임시방편으로라도 해결책을 찾아야 했다. 우리는 작은 우리로 나가서 가로세로 10센티미터 정도 크기의 네모난 나뭇조각 몇 개를 가져왔다. 일단 그 나뭇조각들을 침대 머리 쪽 다리 밑에 괴어 놓고 아침에 일어나서 기울어진 바닥 문제를 제대로 해결할 방법을 생각해 보자고 말했다. 그런 말들이 늘 그렇듯 다음 날 아무것도 하지 않았다. 심지어 갈라진 틈은 점점 벌어져서 몇 달 뒤 우리는 다시 침대의 수평을 맞추기 위해 그 나뭇조각들을 벽돌로 대체했다.

우리 방은 사람들이 관습적으로 "아름답고 편안한"이라고 말하는 것과는 정반대 자리에 있었다. 그렇다고 의례적인 엄숙한 분위기와도 거리가 멀었는데 사실 우리는 바로 그런 점을 좋아했다. 역사적인 조약에 서명하는 무대가 되기에는 최악의 장소니까. 종전 선언이나 항복 선언이나 합병 선언에도, 종교 회의의 윤리 강령을 전 세계에 선포하기에도 마찬가지다. 그래서 우리는 우리가 밤을 보내는 이 방에 반어적인 의미로 '링컨 침실'[27]이란 이름을 붙였고, 그 이름이 상당히 으리으리한 느낌이 나서 마음에 들었다.

27 미국 백악관에 있는 침실 이름. 링컨 대통령이 이 방에서 게티즈버그 연설문을 작성했다.

18

2014년 봄에 나는 태어나서 처음으로 철을 용접했다. 그리 대단해 보이지도 않고 아마 실제로도 그렇게 대단한 일은 아니겠지만 적어도 내겐 용접 작업이 마치 구약 성서만큼이나 신비로움이 가득한 일이다.

당시 그 집을 오가는 일은 이미 일상이 되었다. 이그나시오의 일에 대해 생각하지 않은 지도 좀 되었고, 사실 우리는 그가 존재하지 않는 것처럼 지냈다. 우리는 집을 자주 드나들었고 친구들을 초대했으며 일도 계속했다. 그 집이 우리 집이 아니라는 사실을 무시한 채로 집을 보수하고 여기저기 손볼 계획을 세우곤 했다.

조금씩 창고에 연장들이, 집 뒤 작은 우리에는 자재가 쌓여 갔다. 마당에 빨랫줄이 필요하면 우리는 적당한 철재를 골라 자르고 구멍을 뚫고 나사를 박았다. 샤워실에 커튼을 달아야겠으면 드릴과 쐐기와 나사만 준비하면 끝이었다.

계단 한 단을 놓기도 하고 모기장도 달고 물 새는 곳도 막고 끽끽 소리가 나는 문이나 탁자에 기름칠도 했다. 매번 그곳에 방문할 때마다 우리는 그런 작업에 시간을 투자했다. 그것이 우리가 공동 공간에 이바지하는 방식이었고, 그 일들은 조금씩 조금씩 내게 기쁨을 주는 원천이 되었다. 마리가 그랬던 것과 똑같이, 그리고 베르타도 걸음마를 떼고 나면 그렇게 하겠지만 나도 이제는 차를 세우면 용수철처럼 튀어 나갔다. 마리는 새로운 곳을 탐험하러 나갔고, 나는 나를 기다리고 있는 작업을 찾아서, 또는 포도 덩굴이 얼마나 자랐나 보러 그렇게 튀어 나갔다. 조금씩 무너져 내리는 집의 입장에서는 좋은 일이었다. 진짜로 어딘가에서 무너져 내린 조각이 하나쯤은 바닥에 있었고, 누군가는 바닥에서 그 조각을 주워 다시 제자리에 맞춰 넣었다. 우리 가족과 교대로 그곳을 방문하던 후안루는 대체로 자기가 시작한 뒤 끝내지 못한 작업을 내게 남겨 두곤 했다. 아니 어쩌면 자기가 중요하다고 생각하는 일을 특별히 내게 맡긴 것이라고 할 수도 있겠다. 어쨌거나 우리의 그런 활발한 작업 때문에 어느 순간 집 뒤편 창고에는 연장들과 다양한 자재들이 바닥에 수북이 쌓이기 시작했고, 필요한 물건을 찾으려면 언제나 다른 물건 아래에 깔려 있어서 여간 찾기가 어려운 게 아니었다.

또한 우리가 가져다 놓은 겨울옷이나 겨울 모포, 침대

커버도 차곡차곡 쌓였다. 가스난로, 이동식 바비큐 그릴, 후안루의 자전거, 숯불을 피울 숯 포대, 페인트 통, 아나이스의 아버지가 주신 전동 공구들. 그 전동 공구들은 아직도 전기를 꽂으면 작동한다는 게 놀라워서 절이라도 해야 할 구시대의 유물이었다. 어쨌거나 창고를 계속 쓰려면 분명 뭐든 해야만 하는 상황이었고, 그래서 4월의 어느 주말 집 뒤 작은 우리에서 일할 만한 날씨가 되었을 때 우리는 널찍한 합판, 충분한 수의 강철 사각 파이프 한 더미, 원형 그라인더, 후안루가 새로 산 용접기를 싣고 그 집으로 갔다. 새 용접기는 작고 조작이 간단한 것이었다. 어릴 적 시골 마을 금속 공방에서 보았던 용접기들과는 전혀 달랐다. 그때 본 것들은 더 크고 바퀴가 달려 있었고 숙련된 전문가들만이 조작할 수 있었다. 후안루의 용접기는 그에 비하면 크기가 작았고 심지어 크로스백처럼 어깨끈까지 달려 있었다.

후안루의 계획은 바닥부터 천장까지 닿을 선반 장을 창고 양쪽 벽에 짜 넣는 것이었다. 안쪽 벽엔 작은 창이 북서쪽을 향해 나 있어 그곳을 통해 창고에 빛이 들었다. 선반 장을 사는 대신 직접 만들 때의 장점은 아무래도 우리의 필요에 꼭 맞게 만드는 게 가능하다는 점이다. 예를 들어 자전거 둘 곳을 만들 수도 있고, 또 바로 그 위에 선반을 놓아 자전거 부품과 액세서리를 보관할 수 있다. 또한 커다란 숯 포대를 보관할 공간이나 서핑 슈트를 걸어 둘 곳도 만들 수 있고, 후안루의 형 페르난도가 언젠가 가져다 놓은 서프보드도 선반 위에 보관할 수가 있다.

작은 우리가 창고 옆에 바로 붙어 있었고 자유로이 움직이기 충분한 공간이 되었기에 우리는 그곳에 작업 공간을 마련했다. 게다가 새들의 나무—딸들이 뒷마당의 나무를 새들의 나무라고 부르기 시작했다—그림자가 그곳을 편안하게 만들어 주었다. 잡동사니들을 치우고 풀을 베다가 나는 큰 나무를 뒤덮고 있던 덩굴손이 하나의 종이 아니라는 걸 알고 한참 쳐다보았다. 그때까지는 분명 한 종의 덩굴손이 나무를 뒤덮고 있다고 생각했다. 그런데 잎이 두 종류로 구분되었다. 어떤 잎은 갈라진 모양이고 다른 잎은 둥근 모양이었다. 매일 그곳을 지나면서도 그 사실을 이제야 깨닫게 되었다는 데에 적잖이 놀랐다. 마치 암실의 현상액 속에서 사진이 인화될 때 이미지가 서서히 떠오르는 것처럼 그 나무도 내 눈앞에 조금씩 조금씩 자신의 이미지를 드러냈다.
나무 그늘에 마련한 작업 공간에서 우리는 상판이 없이 강철 뼈대만 남아 버려져 있던 테이블을 지지대로 활용했다. 윗부분이 세로로 긴 직사각형 형태였는데 그 테이블 뼈대 위에 우리가 작업할 강철 사각 파이프를 조임쇠로 고정한 뒤 절단 작업을 했고, 네 귀퉁이의 직각을 기준으로 삼아 구조물을 짰다.

작업을 시작하기 전에 도면을 그렸는지는 생각나지 않는다. 후안루가 줄자를 가지고 창고를 들락거리며 내게 각각의 사각 파이프를 얼마만큼의 길이로 잘라야 하는지 얘기해 주었다. 나였다면 공간의 치수도 여러 번 재고 작은 설계도도 그렸을 것이다. 이렇게 만들면 불편한 점은 없을까, 또 필요한 건 뭐가 있을까 생각하느라 몇 시간을 보냈을 것이다. 크기를 정하기 위해 향후 선반에 올려놓게 될 짐의 무게까지 어림잡아 계산해 보려고 했을 것이다. 그렇게 사전 준비 단계에서 많은 시간을 잡아먹었을 게 불 보듯 뻔하다. 프로젝트의 세부 사항들에 빠져 허우적거리면서 바로 실행에 옮기지 못하고 지지부진했을 것이다. 후안루는 일을 나와 다르게 보았다. 어차피 선반을 짜 넣을 공간 바로 옆에서 일하는데 뭐 하러 종이에 그림을 그리나, 눈앞에 있는 공간을 두고 뭐 하러 그 공간을 도면으로 그리나 생각했다. 눈대중으로 높이를 정하고 벽에 굵은 연필로 표시한 뒤 그 높이를 파이프 재단 테이블로 가 말해 주기만 하면 됐다. 그 생각이 맞는 것이 내 방식대로 일했다가는 작업 첫날부터 지쳐 손을 놓아 버렸을 것이다. 후안루는 항상 즉흥적으로 일을 시켜서 나를 난처하게 만들곤 했다. 그래서 처음에는 같이 일하기가 좀 힘들었다. 나는 무슨 일이든 진지하게 받아들이는 경향이 있으니까. 그런 비슷한 상황들이 이후에도 아주 많았고 어쩌다 한 번씩은 둘 사이에 긴장감이 감돌기도 했다. 하지만 늘 집이 변함없는 모습으로 그곳에 있었다. 그리고 집은 늘 필요로 하는 게 있었고, 그 필요는 우리 둘을 굴복시키기에 충분했다. 또한 그곳은 완벽함이나 과시욕이 들어설 자리가 아니었다. 어차피 우리가 하는 모든 게 머지않아 잔해가 되어 끝날 운명이라면 최적의 해결책을 찾는다는 게 무슨 의미가 있을까? 심사숙고하며 시간을 버릴 이유가 있을까? 집은 분명한 주파수로 신호를 보내고 있었고, 그에 가장 잘 공명한 사람이 후안루였다. 좀 더 적응해야 하는 사람은 바로 나였다.

그 주말에 나는 그렇게 적응하기 위해 강철 사각 파이프를 셀 수도 없이 잘랐다. 바닥에서 천장까지 수직으로 세울 기둥이 필요했고 선반을 지지할 가로 파이프도 있어야 했다. 나는 두 개의 파이프가 만나는 자리가 직각으로 예쁘게 딱 떨어지도록 양 끝을 45도로 잘랐다. 그러기 위해 매번 각도를 정확히 재고 송곳으로 금속 위에 금을 그었고, 그러느라 영 진도가 나가지 않았다. 후안루가 줄자를 들고 창고에서 나와 내가 일하는 모습을 보고 마음에 들지 않았는지 끙하는 소리를 내더니 빨리빨리 좀 하라고, 그렇게 하다간 일이 끝나겠느냐고 한 소리 했다. 그래서 나는 삼각자와 송곳을 옆으로 치워 두고 이미 자른 파이프를 기준 삼아 눈대중으로 파이프를 잘랐다.

파이프 재단이 다 끝난 어느 아침 우리는 용접을 시작했다. 둘 중에는 후안루가 경험이 있어서 용접기를 맡았다. 그런데 오후에 전화 한 통을 받고는 통화를 하러 몇 미터쯤 멀찍이 걸어 나갔다. 크게 손짓을 해 가며 통화하다 이쪽저쪽으로 왔다 갔다 하기도 했고, 호들갑스럽게 몸을 움직이며 큰 소리로 웃기도 했다. 그러다가 조금씩 조금씩 멀어지더니 마을로 이어지는 내리막길로 걸어가 시야에서 사라져 버렸다. 몇 년을 같이 지내면서 알게 될 일이었지만 후안루는 자주 그렇게 사라졌다. 전화를 받으면 전화기를 귀에 딱 붙이고 어디론가 걸어가 사라지고는 몇 시간 뒤나 한밤중에 돌아오곤 했다.

후안루가 돌아오길 기다리면서 선반 장이 들어설 벽에 선반 장의 정면도를 그려 보았다. 그리다 보니 긴 자를 대고 치수에 맞게 정확히 선들을 긋게 됐고, 강철 파이프의 두께와 선반 장에 올릴 널의 두께도 표시했다. 스케치만 해 보려던 건데 설계도에 가까워졌다. 아래쪽에는 무겁고 지저분한 자재를 넣고, 중간에는 연장, 나사못, 전기 재료, 솔, 작업복 등을 올리고 가장 높은 선반에는 뚜껑이 달린 커다란 투명

플라스틱 바구니에 겨울옷을 넣어 보관하면 될 듯싶었다.

벽 위에 도면을 다 그렸더니 한 시간 가까이 지났으나 후안루는 여전히 돌아오지 않았다. 전화도 받지 않았고, 계획에 없는 도면을 그리느라 재미있었던 시간을 빼면 아무 일도 못 한 채 허투루 시간을 보내고 있었다. 이럴 거면 파이프 끝을 정확히 45도로 천천히 공들여 자르는 데 이 두 시간을 쓰는 편이 나았을 거라는 생각이 들었다. 다른 사람들이 일하는 방식을 받아들이면서 배우게 되는 것들도 분명 있지만 내 식대로 뭔가를 할 때의 재미도 꽤 큰 법이니까. 자기만의 방식이라는 게 느릴 수도 있고 너무 세세한 부분에 집착하게 될 수도 있으며, 그 결과물은 엉터리로 나올 수도 있고 의외로 훌륭하게 나올 수도 있다. 어쨌거나 작업을 하는 하나하나의 몸짓 안엔 우리 스스로가 표현되어 있다.

날이 저물어 가는데도 후안루가 돌아올 기미가 보이지 않아 그가 할 작업을 내가 이어서 해 보기로 했다. 잘라 놓은 파이프 두 개를 골라 직각으로 맞대어 놓고 클램프로 작업대에 고정했다. 잘린 부분이 정확히 45도가 아니었기 때문에 틈이 좀 벌어졌다. 나는 장갑을 끼고 용접 마스크를 쓰고서 접지 클램프를 사각 파이프에 접촉이 잘되도록 단단히 고정한 뒤 용접봉 홀더를 움켜쥐었다. 용접기의 전원을 연결하니 냉각 팬이 돌아가는 소리가 들렸고, 그 소리는 마치 최면을 걸듯 예전의 기억 속으로 나를 데려갔다. 어릴 적 살던 집 맞은편에 있던 정비소에서 용접 작업을 처음 보았던 때로. 아버지와 나는 부러진 내 자전거 프레임을 들고 이웃에 사는 정비공에게 함께 갔다. 더러운 푸른색 점프슈트 작업복을 입은 남자와 기름때로 얼룩진 그의 손, 그리고 불꽃—동강 난 프레임을 다시 붙이는 기적을 행할 때 튀는 푸른 불꽃—을 보지 말라던 아빠의 경고가 기억난다. 용접할 때 나던 탁탁 불꽃 튀는 소리가 멎자마자 나는 고개를 돌렸고, 그제야 볼 수 있었다. 프레임이 다시 합쳐진 부분에서 번쩍이던 빛이 서서히 빛을 잃어 가는 모습, 강렬한 붉은빛을 띠다 주황색으로, 그리고 회색으로 변하는 모습을. 용접 후 우둘투둘한 부분을 용접 망치로 땅땅 내리치던 소리도 선명히 들리고, 기적처럼 금속이 녹아 붙어 남은 이음매도 눈에 선하다. 그날 나는 자전거를 타고 집에 돌아왔고, 그 뒤 다시 자전거를 타고 놀았다. 자전거를 타고 인도 턱을 내려가고, 앞바퀴를 들어 올리고 타고—최소한 그러려고 시도는 했다—급브레이크를 밟고, 페달을 꾹꾹 눌러 가며 오르막길도 올랐다. 그리고 기적과도 같은 프레임 이음매는 그 모든 힘을 다 버텼다. 한 번도 부러진 적이 없었던 것처럼.

　나는 정신을 똑바로 차리지 못하고 조금은 방심한 상태

로 파이프를 맞대어 놓은 부분에 용접봉 끝을 가져다 댔다. 나에겐 불가사의했던 그때의 기적, 오직 전설의 정비공 또는 그 정도의 사람들에게만 허락된 기적 같은 일이 마법처럼 내게도 그냥 일어나기를 기대하면서. 그랬다면 내 무모한 도전에 대한 보상이 될 것이다. 하지만 용접봉이 금속에 닿기 직전에 두려움이 밀려왔다. 일어서서 용접 마스크의 안면 보호대를 머리 위로 올렸다. 마스크는 머리뼈 모양에 꼭 맞게 귀 위쪽을 감싸는 일종의 테로 머리에 고정되어 있었다. 측면에 나사가 있어서 안면 보호대를 위로 올리면 모자챙처럼 고정되는 방식이었다. 용접 작업을 하고 싶을 때 모자챙을 다시 내리기만 하면 얼굴 전체가 다시 보호대로 완전히 덮인다. 그런데 고정 나사가 잘 죄어지지 않았는지 보호대를 올리자마자 보호대가 내 눈앞으로 다시 내려왔다. 다시 올려 보았지만 다시 아래로 떨어졌다. 모든 기기의 전원을 다 끄고 마스크의 나사를 다시 죄고 싶은 유혹이 일었으나 그러지 않았다. 어서 빨리 내 유년 시절로 돌아가 그 푸른빛을 내며 탁탁 튀는 소리를 듣고 그때 정비소에서 나던 냄새를 맡고 싶은 마음이 더 컸다. 안면 보호대를 내린 그대로 나는 용접봉을 다시 접합할 부위에 가져갔다. 그 끝이 드디어 금속에 닿았다. 그러나 푸른색 불똥이 튀기는커녕 용접봉이 사각 파이프에 달라붙어 끝에서부터 집게 부분까지 점점 벌겋게 달아오르기 시작했다. 어떻게 해도 떼어 낼 수가 없었다. 몇 초간 힘껏 당겨 보았으나 허사였다. 용접봉 전체가 이제 허옇게 달아올랐고, 나는 감전이 되거나 불이 날 것 같은 두려움에, 아니 갑자기 폭발이 일어나 옆에 있던 나무를 바람보다 훨씬 강한 힘으로 뿌리째 날려 버리는 상상, 그 나무가 집을 덮쳐 원래 허물어질 운명이던 집이 예상보다 일찍 허물어지고 마는 상상 때문에 패닉 상태에 빠진 사람이 으레 그러듯이 플러그를 그냥 뽑아 버렸다. 냉각 팬이 잠시 더 돌다 서서히 멈췄고, 그 몇 초 사이에도 나는 모든 게 더 나빠질 것 같은 생각이 들었다. 내가 무모한 짓을 지지르는 바람에 모두가 다 죽을지도 모른다고. 내가 프로메테우스라도 되는 줄 알았던 탓에.

19

그날 밤 나는 노벨상을 받는 꿈을 꾸었다. 노벨문학상이 아니라 추첨을 통해 수여하는 노벨상이었다. 웁살라 대학교의 한 연구자가 알프레드 노벨의 유언 중 조항 하나를 새로 발견했는데 어떤 이유에서인지 그전에는 아무도 주목하지 못했던 조항이었다. 그 조항에는 의학, 화학, 생리학, 문학, 물리학 분야와 인류의 평화에 공헌한 업적을 인정할 수 있다면 모든 인간의 삶에 적용되는 운이라는 요소 또한 인정하는 게 필요하다고 명시되어 있었다. 그러니까 탁월함이란 노력의 문제만이 아니라 운 또한 개입되는 문제라고. 철학자의 돌을 찾던 중 소변에서 인(P)을 발견한 독일의 연금술사처럼. 그래서 노벨이 특별한 상 하나를 수여하기로 했다. 당연하게도 추첨을 통해서. 그리고 그 추첨은 평생 노벨이 추구했던 휴머니즘 정신에 따라 심사 당시 살아 있는 모든 사람이 후보자에 포함되었다. 살아 있는 모든 사람이라는 말보다 더 휴머니즘을 표현할 수 있는 말은 없으며, 다시 말해 누구든 인간이기만 하다면(내 생각에는 어디에선가 전 세계 인구 조사를 했을 것이다.) 상 받을 자격은 충분하다는 것이다. 스웨덴 아카데미 상임 사무총장이 공식적으로 낭독한 심사평에 따르면 내 수상은 순수한 우연에 의해 결정된 것임을 강조하면서도 행운 자체에만 이 수상의 영광을 돌릴 수 있는 것이 아니라 단면 가로세로 20밀리미터의 강철 사각 파이프를 용접하려고 땀 흘려 노력한 시도에도 그 영광을 돌리고 싶다고 말했다.

스톡홀름 시청사 블루홀에서 열린 노벨상 만찬 자리에서 나는 가슴에 메달이 주렁주렁 달린 연미복을 입은 남자와 아나이스 사이에 끼어 있었는데 너무도 당연하다는 듯 내 작업복, 깨끗하게 빨지도 않은 작업복을 입고 있었다. 연단에 올라 스웨덴 최상류층 사람들 앞에 선 나는 내가 끼고 있는 두꺼운 용접 장갑 때문에 연설문의 페이지를 넘기기가 꽤 힘이 들었다. 게다가 용접 마스크를 쓰고 있었는데 안면 보호대를 위로 올릴 때마다 계속해서 앞으로 다시 떨어져서 도무지 미리 써 두었던 수상 소감을 읽을 수가 없었다.

잠에서 깬 나는 부엌으로 가는 길에 중간 방을 지났다. 후안루의 침대는 흐트러지지 않은 채 그대로였고, 다른 침대에 마리 혼자 베개에 발을 올려놓고 자고 있었다. 아침을 먹고 노트에 방금 꾼 꿈의 내용을 기록했고, 작업복—이제는 수상 복장이라고 해야겠지만—으로 갈아입은 후 밖으로 나가 집을 빙 돌아 작업하던 곳으로 갔다. 용접봉은 집게와 함께 여전히 파이프에 붙어 있었다. 들러붙은 부분은 마치 전날 밤 베수비오 화산이 분화해 용암이라도 흘러든 것 같은 모양이었다. 방울집게를 최대한 파이프 쪽에 바짝 붙여 용접봉을 떼어 내고는 눌어붙은 부분을 줄질하여 제거했다. 이른 시간이었고 식구들을 깨우고 싶지 않았기에 전동 그라인더를 쓰지 않았다. 망쳐 놨던 작업을 그럭저럭 원상 복구하고 나서는 용접 경험이 있는 친구에게 전화를 걸어 기본적인 용접기 사용법을 알려 달라고 했다. 그는 이어 붙일 부위에 어떤 각도로 전극을 대야 하는지, 용접기의 강도를 어느 정도로 조절해야 하는지, 결정적으로는 스파크 튀는 소리가 치킨 튀길 때 나는 소리처럼 들려야 한다고 말해 주었다. 치킨이라니 하고 생각했다. 이어서 그는 전극을 계속해서 대고 있다가 그 부분이 끈처럼 늘어지면 안 된다고 경고했다. 그렇게 계속 대고 있을 필요가 없다고, 계속 대고 있다간 금속에 구멍이 나 버리거나 아예 붙지 않을 수도 있다고 했다. 점 찍듯 대는 거야, 그러고는 식길 기다려, 그다음에 다시 갖다 대, 이걸 반복해야 하는 거야. 그래서 나는 그의 말대로 하는 데 오전 시간을 다 보냈다. 절반은 점 찍듯 잘됐고 절반은 구멍을 뚫고 말았다.

　점심때가 되어 후안루가 돌아왔을 때 나는 용접 작업—내가 한 일을 그렇게 부를 수 있다면—을 절반 정도 마친 상태였다. 후안루는 얘기가 길다며 바에 갔다가 사람들과 어울리게 됐고, 이래저래 밤을 새웠고, 작업하던 게 있으니 돌아온 거라고 말했다. 나는 굳이 자세한 얘기를 듣고 싶지는 않았고, 다만 그가 너무 피곤한 나머지 빨리 쉬고 싶어서 너그러워진 마음으로 내가 그간 해 놓은 작업에 대해 좋게 평가해 주길 바랐다. 그는 내가 용접한 파이프들을 가까이 가서 살펴보고 구멍 뚫린 부분들을 손가락으로 쓸었다. 허술함이 분명히 보이는데도 그는 힘이 많이 들었겠다고, 썩 훌륭하지는 않아도 이 정도면 괜찮다고, 나머지도 계속 용접해도 되겠으니 자기는 잠을 좀 자러 가야겠다고, 언제 일어날지는 모르겠다고 말했다.

　만약 후안루가 내 사장님이었다면 나는 해고됐을 것이다. 하지만 그는 사장이 아니었고, 게다가 그에게는 분명히 존경할 만한 점이 있었는데 중요한 일과 부차적인 일을 잘 구분할 줄 안다는 점이었다. 다른 곳도 아니고 그 집에서라면 작업의 결과물은 문제를 해결하거나 필요를 충족시키기만 하면 되었다. 결과물이 훌륭해야 한다든가 보기에 좋아야 한다든가 손가락으로 쓸었을 때 접합 부위가 느껴지면 안 된다는가 하는, 우리가 훌륭한 수공예품을 볼 때 평가하는 모든 항목은 그에게 아무런 의미가 없었다. 물론 나에겐 그렇지 않을지도 모르지만. 나는 사실 아직도 유용한 것이 예쁠 수도 있다고 생각하니까. 아니, 예뻐야 한다고 생각하니까.

주말에 작업은 모두 끝이 났고 창고가 깨끗이 정리되었다. 아직 페인트칠이 완전히 마르지 않고 여전히 쥐가 드나드는지 퀴퀴한 냄새가 나긴 했어도 바닥에 너저분하게 쌓여 있던 물건들이 이제는 모두 선반 장에 아래위로 잘 정리되어 있었다. 그런 의미에서 우리는 목표를 달성했다. 접합 부분들은 완벽하지 않았지만 선반 장은 구조적으로 튼튼했고 모든 하중을 견디고도 남았다. 나는 접합 부분들을 다시 보면서 이제 긴 여정의 첫걸음을 내디뎠을 뿐이라는 생각이 들었다. 다음에 용접할 땐 더 잘할 것이라고, 그 주말의 경험 이후 나는 행복한 마음으로 불꽃이 탁탁 튀는 소리를 즐기게 될 것이고 온도를 적당히 조절할 줄 알게 되며 다시는 금속에 구멍을 뚫지 않을 거라고. 그때는 몰랐다. 내가 미래에 수없이 용접을 시도하고도 결코 만족할 만한 결과물을 얻지 못하리란 걸. 결국 용접 기술은 제대로 익히지 못하고 굴복하고 말게 되리란 걸. 그래도 실패가 세상의 끝은 아니라는 걸, 하려고 하는 일에 실패하는 것이야말로 세상 속에서 존재할 수 있는 유일한 방식이라는 걸.

20

　그로부터 며칠 동안 용접 에피소드와 노벨상 꿈은 내게 생각할 거리를 주었다. 이렇게 말할 수 있을지 모르겠지만 둘은 같은 현상의 두 극단이었기 때문이다. 하나는 어떻게 하는지도 모르면서 무언가를 처음 하려고 시도한 이야기이고, 다른 하나는 어떤 일의 최고 수준, 전문적인 분야에서의 최정상을 상징하는 상에 관한 이야기이니까.

　그 집에서 나는 준비되지 않은 상태로 새로운 일들에 도전하곤 했다. 준비되지 않았어도 그냥 그 일들에 단순하게 힘을 쏟았다. 어떨 때는 일을 망치기도 했고 어떨 때는 필요를 충족시킬 정도는 되었으며 또 가끔은 만족할 만한 결과물을 얻기도 했다. 그러는 과정에서 내가 배운 것은 동기와 결과를 분리하는 법이었다. 어떤 과정의 끝에 나오는 결과물은 불충분할 수도 있다는 걸 알았지만 그렇다고 그 과정을 시작하는 것을 막을 수는 없었다. 아니 오히려 내 안에서는 훌륭함이라는 미덕이 그 가치를 잃어 감에 따라 행운과 우연성이 힘을 얻었다. 우리는 길고 꼼꼼한 작업 끝에 얻은 성취를 높이 평가하고 아무런 노력 없이 우리 앞에 뚝 떨어진 것들에 대해선 평가절하하는 경향이 있다. 추상표현주의 화가 마크 로스코의 그림보다는 낭만주의 화가 들라크루아의 그림을 좋아하는 사람이 언제나 더 많은 이유도 들라크루아의 그림이 로스코의 그림보다 더 노력을 쏟은 작품처럼 보이기 때문이다.

나는 오랫동안 글쓰기에 그 원리를 적용했다. 글이 하나 떠오르더라도 보통 의심부터 했고, 그 아이디어는 결국 휴지통에 버려지곤 했다. 굉장한 노력을 수반하지 않은 글은 훌륭한 글이 될 수 없다고 생각했다. 하지만 훌륭함이 장엄한 것과 가깝다면 우연성은 유머와 더 친하다. 사실 두 가지 영역은 똑같이 다 필요하다. 그러나 그 집에서 지내던 시기의 내 인생에서는 가벼움과 우연이 더 중요했다.

부스카글리아가 다시 생각났다. 그 사람은 지성과 본능과 유머가 자연스럽게 물 흐르듯 연결되어 있었는데 나는 평생 그만 한 사람을 본 적이 없다. 그의 훌륭함에는 어떤 속임수도 없었다.

그를 처음 알게 된 날은 하비에르와 내가 우루과이 몬테비데오에서 두어 주 지낸 뒤 막 카보폴로니오에 도착한 날이었다. 우리는 도시를 좀 벗어나고 싶었고, 현지에서 만난 친구 카림이 우리에게 해변에 갈 만한 곳을 몇 군데 추천해 주었다. 우리는 휴양 도시 푼타델에스테에 갈 수도 있었는데 갔으면 우리가 좋아하지 않았을 것이다. 한적한 푼타델디아블로도 좋은 선택지가 될 수 있었고, 피리아폴리스에서는 777개의 하트 모양 돌멩이를 전시해 놓은 것을 보았을 텐데, 카보폴로니오는 바로 들어가도 되지만 그 옆 작은 해변 마을 발리사스에서 바닷가를 따라 걸어서 들어갈 수도 있는 곳이다. 우리는 걸어서 들어갈 수 있다는 카보폴로니오를 선택했다. 해변을 따라 걸으면서 모래사장 위에 죽어 있는 바다사자를 몇 마리 보았고, 카보폴로니오에 도착해서는 숙소를 잡았다. 그날 밤 산책하다 오두막집 앞에서 하는 작은 공연을 보게 되었다. 부스카글리아의 음악은 처음부터 나를 사로잡았다. 낡은 기타로 뜨거운 소리를 냈다. 단순한 곡이 아니었는데도 그의 왼손은 기타 목 위에서 자연스럽게 놀았다.

공연이 끝나고 우리는 그에게 다가가 멋진 공연이었다는 소감을 전했고, 나는 스페인에서도 이런 공연을 할 생각이 없냐고, 공연할 만한 장소들을 찾아 주겠다고 했다. 나는 그의 CD를 받고 헤어졌고 그로부터 7개월 후 마드리드 아르구모사 거리의 아파트 4층에 있는 셰어하우스에서 인터폰으로 그와 이야기하게 된다. 어떤 이유에서인지 4층에서 아파트 공동 현관을 열어 줄 수가 없었고, 그래서 나는 현관 열쇠를 양말 속에 넣어 발코니에서 그에게 던져 주었다. 그 장면을 추억할 때면 지금도 우리는 웃곤 한다.

21

그해 여름 우리는 그 집에 자주 오갔다. 우리만이 아니라 후안루와 친구들, 친구의 친구들도 자주 오갔고, 그뿐 아니라 바다를 보러 근처에 왔다가 이미 입소문이 꽤 나 있던 그곳에 이끌려 들르게 된 지인도 많았다. 점심때쯤에 나타나 와인이나 로모데오르사,[28] 아니면 미지근하고 달착지근한 멜론, 말라가주의 산맥을 넘어오는 도로변에서 파는 카스텔라, 포르투갈산 고급 커피, 카디스산 치차론[29] 등을 테이블 위에 올려놓고 식사 자리에 합류하곤 했다. 그럴 때면 아이들은 마당을 차지하고 놀았고 오후엔 낮잠을 잤다. 다시 소리 지르고 웃고 고양이들을 쫓아다니곤 했고, 주변을 탐험하다 돌아올 땐 진드기를 달고 오기도 해서 조심스레

28 스페인식 돼지 등심 절임.
29 소금에 절인 돼지 삼겹살을 튀긴 것. 술안주로도
    먹고 요리에도 넣어 먹는다.

다 털어 내야 했다. 그렇게 그곳을 오가던 시절에 나는 모두가 잠에서 깨기 전의 고요한 시간을 이용해 글을 썼다. 아침에 일찍 일어나 커피와 빵을 준비하고 포도 덩굴 아래에서 글을 쓰곤 했는데 그해 여름만 해도 덩굴은 마당의 한쪽만 차지하고 있었다. 그 아래엔 테이블보가 깔린 테이블이 있었고, 나는 그곳에 앉아 글을 썼다. 그럴 때면 내가 글을 쓰는 일로 먹고살 수 있다는 사실이 여전히 믿기지 않아 새삼 놀라곤 했다.

그러던 어느 날 나는 봄부터 죽 봐 오던 것, 하지만 사실 진짜로 관심을 두지는 않았던 것에 눈길이 멈췄다. 포도 덩굴의 잎이 얼룩덜룩했고 아예 누렇게 변색했거나 주글주글해진 잎도 많았으며 가장자리가 말라 있기도 했다. 포도송이마저 물러져서 싱싱한 포도알을 찾기 힘들 정도였다. 그해 후안루가 화단에 심었던 부겐빌레아 나무는 그에 비해 싱싱하고 건강해 보였다. 가지는 위로 쭉쭉 뻗어 아픈 포도 덩굴 잎 지붕을 뚫고 올라 선명한 하늘빛 배경에 펼쳐진 것이 마치 불꽃놀이의 불꽃 모양 같았다. 부겐빌레아 꽃턱잎의 강렬한 진분홍빛이 누리끼리한 포도잎과 대비되었다. 그 계절에 포도잎은 원래 사방으로 뻗어 가려는 본능에 따라 짙은 녹색으로 우거져 있어야 했다. 그랬다면 9월까지 내내 잘 영근 포도송이가 주렁주렁 매달렸을 것이다. 그러면 우린 일어나 손을 뻗기만 하면 맛 좋은 후식을 즐길 수 있었다. 자연은 우리에게 아낌없이 베푼다.

하지만 그런 내 생각과는 달리 그해 여름 그 집 마당엔 인색한 여름이 왔다. 수확할 것이 없으니 베풀지 못하는 여름이었다. 내가 가꿔 본 텃밭에는 포도나무도 덩굴도 없었지만 어차피 같은 식물이고 과채류이니 자낭균류가 기생하여 소위 흰가룻병에 걸리기 쉽다는 건 알았다. 토마토를 키울 때 병을 퇴치하려고 애써 본 적이 있는데 일단 한번 걸려서 퍼지고 나면 박멸하기가 너무 어렵다는 걸 그때 배웠다. 균류가 자리 잡고 식물 전체를 잡아먹어 버리기 전에 미리 구리 성분이 든 약을 쳐 균류가 자라지 못하게 해야 한다. 이 집 마당의 포도 덩굴에도 초봄에 미리 약을 쳐야 했는데 그때는 생각을 미처 못 했다. 그 순간 머릿속에 퍼뜩 좋은 아이디어가 떠올랐다. 포도 덩굴의 병에 대한 해결책이라면 라파엘라가 가지고 있지 않겠는가. 어쨌거나 라파엘라는 소녀 때부터 평생 그 고장에 살면서 텃밭을 가꾸어 온 데다 맞은편 집에 있는 포도 덩굴 또한 지켜봤을 터였다. 하루 또 하루, 한 해 또 한 해.

라파엘라의 집 문을 두드리고 답을 기다리는 동안 나는 영화에서 본 것처럼 스승의 지혜로운 말씀을 기다리는 젊은 문하생이 된 기분이었다. 중국 악기 공[鑼]이 있어야 하는 게 아닌가 생각했다. 라파엘라의 집은 우리 집과 마찬가지로 마을 가장 안쪽 경계에 있었다. 집 너머로는 들판뿐이었다. 앞마당에서는 우리 집에서 보는 것과 똑같이 비탈면 아래쪽으로 펼쳐진 풍경을 볼 수 있었다. 평탄한 흙색 바탕에 목초지와 야생 올리브나무와 떡갈나무의 수관이 한데 어우러져 있었다. 높은 곳에서, 그리고 멀리서 보니 모든 게 평평하게 보였다. 마치 쌍안경으로 보는 것처럼. 천변에 키 큰 오리나무가 빽빽이 자라 줄을 지어 늘어서 있어서 시냇물이 어떤 모양을 그리며 흐르는지 상상할 수 있었다.

라파엘라는 분명 알 거야 하고 나는 기다리는 동안 중얼거렸다. 그렇게 생각한 이유는 라파엘라가 1932년에 이 마을에서 20킬로미터쯤 떨어진 농장에서 태어났고 스물한 살이 될 때까지 그곳에 죽 살다가 결혼해서 지금 마누엘과 사는 이 집으로 이사 왔기 때문이다. 아주 어릴 적 아버지를 여의었고, 다섯 남매를 홀로 키워야 했던 어머니는 집안일의 많은 부분을 어린 자식들에게 맡겼다. 라파엘라는 어려서부터 농사일을 도왔다. 나는 대여섯 살 난 여자아이가 닭에게 모이를 주고 집 뒤편에 있는 작은 텃밭에 마늘을 심는 모습을 상상했다. 라파엘라는 들에 다녀올 때마다 엉겅퀴며 달팽이, 마저럼이나 오레가노를 가져와 우리에게 나눠 주곤 했는데 내 상상 속 소녀의 이미지는 그런 라파엘라의 이미지와 잘 어울렸다. 한번은 내가 다리가 아파 조금 저는 모양을 보더니 직접 만든 로즈메리 알코올 한 병을 준 일도 있었다. 그걸로 마사지해 보라고 했는데 실제로 이틀 정도 지나자 통증이 가셨다.

문이 열리길 기다리면서 나는 앞으로 하게 될 대화를 미리 상상했다. 왠지 이렇게 말할 것 같았다. 포도 덩굴을 낫게 하려면 보름달이 뜨는 날 마늘 한 통을 히비스커스 오일에 담그라고, 그러고 열하루 동안은 그냥 두라고. 열하루가 지나면 나는 오일에 불을 붙여 조금 태우고, 남은 오일로는 막 잎이 나기 시작하는 포도 덩굴의 부드러운 줄기 끝을 적셔야 할 것이다. 그러면 옆에서 라파엘라가 몇몇 성인들의 이름을 언급하면서 경구를 읊을 것이고, 그렇게 우리는 9월의 태양처럼 빛나는 포도를 수확할 것이다.

드디어 라파엘라가 문을 열고 나타났다. 평소 집에서 입는 가운 차림이었고, 실내용 슬리퍼를 신고 있었다. 건너편 우리 집에 잠시 들를 때도 신고 오던, 아니 마을 어디를 가든 늘 신던 슬리퍼였다. 나는 라파엘라에게 포도 덩굴의 상태에 관해 설명하고는 무슨 방법이 없겠냐고 물었다. 이제 공이 울리기 직전이었고, 나는 선조의 지혜를 받을 것이다. 라파엘라는 내 말을 듣고 잠시 생각하더니 이렇게 말했다. "그거 분명 인터넷 찾아보면 나올 텐데."

22

인터넷엔 실제로 여러 가지 퇴치법이 나와 있었는데 전부 다 때를 놓쳤다. 이미 6월이었고 시간을 되돌릴 수는 없었다. 우리는 포도송이들을 전부 잘라 냈고, 딸아이들이 그걸 가지고 가 이웃집에서 풀어놓고 키우는 닭들에게 던져 주었다. 그리고 또 우리는 죽은 잎과 병든 가지도 다 걷어 냈다. 병을 치료할 수 없다면 짐이라도 덜어 주어야 한다고 생각했다. 그 순간 다시금 벌거벗은 모습의 포도 덩굴을 보고 있자니 상태가 갑자기 명확하게 인식되었다. 이 식물이 얼마나 오랫동안 돌보는 이 없이 버려져 있었는지. 바닥에서 몇 센티미터도 안 되는 높이에서 줄기가 갈라져 굵은 가지들이 뻗어 나와 꼬이고 얽히면서 위로 자라 평원 쪽 전망을 가리고 있었다. 오랫동안 사람이 살지 않은 집이었으니 줄기 아래쪽에서 싹이 새로 나 이런 굵기로까지 자라는 걸 막을 사람이 없었을 것이다. 너무 굵어서 이제는 식물을 크게 해치지 않고서는 잘라 낼 수도 없었다. 좀 더 위쪽의 얽힌 부분은 덩굴시렁을 이고 있는 형국이었는데 어찌나 굵은지 덩굴시렁이 다 기울어질 정도였다. 오래전 이 덩굴시렁을 만든 사람이 누구였든 식물이 이렇게 왕성한 생명력을 가졌으리라고 예상하지 못했음이 분명하다. 아니 어쩌면 누구나 어떤 순간에는 그렇게 생각하듯이 죽을 날은 영원히 오지 않고, 언제나 같은 자리에 있으면서 줄기 아랫부분에서 싹이 날 때마다 잘라 낼 수 있으리라고 생각했는지도 모른다.

　　포도 덩굴을 떠받치는 구조물은 취약했는데 건물 외벽의 시멘트 기둥과 마당 한가운데에 있는 시멘트 기둥 위에 배관 파이프 두 개를 걸쳐 놓은 것이었다. 하나는 위에서 두 기둥을 연결하고, 또 다른 파이프의 한쪽 끝은 중앙 기둥 위에 놓이고 한쪽 끝은 다른 쪽 외벽에 박혀 있었다. 원래는 튼튼하게 고정되었을 두 개의 파이프에서 외벽 방향으로 철망이 설치되었는데 외벽에 구멍을 뚫고 거기에 플라스틱 앵커를 끼워 넣은 뒤 한쪽 끝이 나사로 된 쇠고리를 박아 철망을 고정해 놓았다. 그렇게 방치된 채 오랜 시간이 흘러 포도나무가 야생화되면서 가지의 무게와 식물의 끈질긴 생명력에 벽에 박힌 쇠고리들이 다 뽑혀 나왔다. 그날 가지들을 걷어 내고 나니 그제야 그런 상태가 눈앞에 모습을 드러냈다. 두 외벽이 만나는 모서리 부분에서 덩굴시렁이 얼마나 주저앉아 있었는지 그 아래로는 고개를 숙여야만 지나갈 정도였다. 그리고 아마 예전에 포도 덩굴을 가꾸던 사람이 마지막 몇 해 동안에는 점점 무거워지는 덩굴을 지지하기 위해 임시방편의 해결책을 계속 쓴 듯했다. 공중에 이런저런 것들이 한데 엉켜 있는 모습이 굉장히 불안해 보였다. 아연 도금 철선, 대롱대롱 매달린 플라스틱 앵커, 벽 여기저기 뚫린 구멍, 길이와 굵기가 제멋대로인 쇳조각, 노끈, 볼트와 너트, 빗물받이, 도금 안 된 철사, 시멘트 덩이, 쇠막대, 나사못. 마치 우리 머리 위에 철물점이 펼쳐진 것 같았다. 그 카오스와 같은 상태를 한데 합쳐 놓은 건 바로 끊임없이 자라나는 자연이었다. 매년 봄 새로 나는 싹들이 비어 있는 공간을 메웠고, 덩굴손이 갖가지 금속 부품들을 얽었다. 식물이 무질서를 품에 안았고, 모든 걸 덮어 온화한 모습으로 만들었다. 여름에 옥상에서 내려다보면 포도 덩굴이 무성한 잎을 빽빽하게 달고 있는 풍경일 뿐이어서 그 모습이 마치 아마존 정글의 미니어처 같았다. 정글 안에 그런 혼돈이 숨겨져 있으리라곤 생각되지 않았다. 다만 작은 숲이 햇빛을 받으며 바람에 살랑거릴 뿐이었다.

우리가 집을 쓰게 되면서 카오스와 같은 상태를 해결하는 건 당연한 일이라고 생각했다. 조금만 일하고 가꿔 준다면 포도 덩굴은 다시 힘을 찾고 우리는 살기 더 좋은 공간을 얻을 것이다.

식사 시간에 나는 후안루와 아나이스에게 이 계획을 이야기했고, 그날 오후 우리는 바로 작업에 들어갔다. 우리는 그냥 지저분한 것들을 좀 정리하고 있던 걸 손보는 정도에 그치는 것이 아니라 그늘이 드리워지는 자리를 더 넓혀서 집 건물 모양처럼 L자 모양으로 만들 생각이었다. 그렇게 하면 집의 중심부 외벽 앞까지 그늘을 만들 수 있어서 어둡고 시원한 집 내부와 빛이 강한 외부의 너무 심한 격차를 줄이는 중간 지대가 생길 것이다.

다른 상황 — 집이 우리 소유라든가 — 이었다면, 혹은 다른 사람 — 전문가 — 이 있었다면 우리는 그렇게 그날 오후 바로 작업을 시작하지는 못했을 것이다. 하지만 집은 우리 소유가 아니었고, 그 집에서 영원히 살 것도 아니었으며, 후안루나 나나 전문가가 아니었다. 후대에 남길 예술 작품을 만들어야 하는 것도 아니었고, 우리에게 돈을 댈 고객의 요구에 맞출 필요도 없었다. 집주인에게 허락을 구할 일도 물론 아니었다. 심지어 자재를 사러 갈 필요도 없었다. 얼마 전 집을 리모델링한 친구들이 작은 우리에 온갖 것들을 쌓아 두었기 때문이다. 또한 거기엔 튼튼한 옷걸이도 여럿 있었다. 아나이스가 몇 년간 매니저로 일했으나 얼마 전 문을 닫아야 했던 등산용품점에서 가져온 것이었다. 세비야 근교 알하라페의 어느 시골집에 달려 있던 창문 두 짝과 창틀까지 다 갖춘 철제 창 세트도 있었다. 화물 운반용 나무 팰릿은 물론이고 철조망과 골함석도 있었고, 심지어 후안루가 헤레스델라프론테라에 사는 남자에게 구매한, 연식이 아주 오래된 구식 지프차의 비포장도로용 타이어도 있었다. 시간이 지나면서 그곳엔 모래 더미와 자갈 더미도 생겼고 이동식 소형 콘크리트믹서, 낡아서 갈라진 호스, 철제 침대 밑판도 여러 개 생겼다. 싱글 침대 사이즈도 있었고 더블 침대 사이즈도 있었다. 몇 년 뒤의 일이지만 그 집에 살게 될 동물들을 위해 짚 더미도 쌓아 놓게 된다. 그리고 후안루가 사다 놓은 별의별 물건들도 쌓일 것이다. 도로변 광고판에서 해체한 패널(좋은 철판이라고 후안루는 말했다.)이나 그 지지대 구조물(좋은 강철 파이프지.), 낡은 트럭 방수포(방수용으로는 최고야.), 단열 세라믹 황토 블록(이걸로 뭔가 만들 거야, 두고 봐.), 장식용 수경 타일.(이건 평생 가는 거야.)

　그곳에 '샤타헤히'라고 이름 붙인 건 마리였다. 프랑스어로 말하면 다 예쁘게 들린다고, 쓰레기를 쌓아 놓은 곳까지 예쁘게 들린다고 아이는 말했다. 마리는 프랑스어를 몰라서 그냥 스페인어 단어를 말할 때 프랑스식 발음을 과장되게 흉내 낼 뿐이었다. 고물상을 '샤타헤히'로, 문을 '포흐테'로, 나무는 '악볼'로. 그런 식으로 자동차를 가리키면서는 '코쉬'

라고 말했다.[30]

우리는 배관 파이프와 철망만 남기고 포도 덩굴에 얽혀 있는 쓸모없는 것들을 다 걷어 내기 시작했다. 그런 다음 철망은 새로 철사를 가져와 보수했다. 중앙 기둥에서 외벽으로 이어지는 파이프 위에 새로 차양을 달았는데 새로 단 차양은 사실 쓰레기장에서 주워 온 널찍한 철제 격자 구조물이었다. 필요 이상으로 크긴 했지만 버려지기 전에도 어딘가에서 지붕으로 쓰인 구조물이라 새로운 차양으로 쓰기엔 완벽한 물건이었다.

이튿날 오전에 우리는 필요에 맞게 차양의 모양을 만들기 위해 여기저기 잘라 냈고, 그렇게 새로 만들어진 끝부분들을 용접하는 건 내가 맡았다. 그때쯤 후안루는 용접 일에서 거의 손을 뗐다. 내가 마치 금속 기술자라도 되는 양 나에게 다 맡겼다. 내가 용접에 푹 빠져 있었으니 그로서도 별도리가 없었다. 내게서 용접기를 뺏는 건 어린아이에게서 아이스크림을 뺏는 것과 같았을 테니까.

외벽 위에 새로 만들어진 차양은 후에 포도 덩굴 잎사

---

30 원래 스페인어 발음으로는 고물상은 '차타레리아', 문은 '푸에르타', 나무는 '아르볼', 자동차는 '코체'다.

귀가 무성해지면서 마당에 빛이 어른거리는 부드러운 그림자를 드리우게 된다. 그걸 보고 나서 우리는 어째서 전에는 이곳에 그늘을 만들 생각을 하지 않았을까 싶었다. 그늘을 만들고 나니 집에서 문만 열면 만나는 공간으로까지 우리의 거주 공간이 확장되었으니까. 아침마다 라파엘라와 마누엘이 토마토나 오이를 나눠 주러 왔다가 그 그늘에서 잠시 앉았다 가게 된다. 그곳에 앉아서 후안 루이스, 그러니까 후안 루의 안부를 묻거나 마요이의 안부를 묻곤 했다. 멈출 줄 모르는 바람이나 고요한 여름날의 더위에 관해 이야기하게 될 것이다. 시원한 병맥주를 드려도 한사코 거절할 것이다. 놀면 안 된다고, 가서 밥도 하고 낮잠도 자야 한다고. 그렇게 새로 생긴 그늘은 외벽을 희게 회칠했던 날과 마찬가지로 우리를 라파엘라와 마누엘, 그리고 마을 사람들과 가까워지게 만들었다. 우리는 그 마당에 뿌리를 내리게 되었고, 그것은 우리에게 텃밭의 수확물들을 나눠 주는 이웃의 마음에 뿌리를 내린 것과 같다.

　새 그늘은 집 내부와 외부 사이에, 내밀한 공간과 타인과 만나는 공간 사이에, 우리와 마을 사이에 중간 지대를 만들었다. 그렇게 그늘은 탯줄이 되었다.

23

8월 말 즈음 처음 우리가 그 집에 도착한 날 문을 열어 주었던 남자가 오후마다 마당 앞을 지나가기 시작했다. 보통 7시경 나타나 예의 그 선원 같은 인사를 하고는 페레스라는 이름의 백마 한 마리가 묶여 있는 큰 우리 쪽으로 걸어갔다. 잠시 후 걸어간 쪽에서 다시 반대 방향으로 말을 타고 지나 갔고, 비탈면을 따라 내려가 시야에서 사라지곤 했다.

이제는 이름을 알지만 목에 난 흉터 때문인지 해군 특 유의 경례 같은 인사 때문인지 자꾸 「보물섬」이 생각났다. 그 래서 그 무렵 내 노트에는 그가 빌리 본즈나 본즈라는 이름 으로 등장하기 시작했는데 사실 집에서 우리끼리 이야기할 때 이미 본즈라고 부르기 시작한 터였다.

그와 대화하기까지는 시간이 조금 걸렸다. 어느 날 오후 그가 빨랫줄을 매단 집 앞 기둥 중 하나에 말을 묶더니 뭘 두고 왔는지 큰 우리로 다시 갔다. 나는 부엌에 있었는데 로즈메리 너머로 말의 등이 보였다. 나는 손을 씻고 밖으로 나갔다. 등이 높은 크고 늠름한 말이었으나 조금 불안해 보였다. 내가 위협적인 존재가 아니라는 걸 받아들일 때까지 한동안 쓰다듬어 주었다. 목덜미는 윤기가 났고 관리가 잘된 말갈기를 길게 늘어뜨리고 있었으며 앞머리는 꼿꼿이 선 두 귀 사이로 흘러내렸다. 마구도 찬찬히 살펴보았다. 반질반질하게 닳은 가죽 코 끈, 그 아래 흐르는 땀. 말의 검고 깊은 두 눈동자는 마치 흑요석 구슬 같았다. 재갈이 단단히 물려 있었고 입가로는 쉴 새 없이 흰 거품을 내며 침을 흘려 그 아래 흙바닥을 적셨다. 나는 손으로 말의 목과 가슴을 쓸었다. 긴장했는지 피부가 움찔거렸는데 거기에 등에 몇 마리가 날아와 앉았다. 역시 가죽으로 된 안장. 안장의 등 부분과 안장머리에는 징이 박혀 있었고 무두질한 양가죽으로 일종의 방석을 덧대 놓았다. 그렇게 혼자 말 가까이에 있으면서 나는 왜 그렇게 많은 사람이 말이라는 동물에 열정을 보이는지 조금 이해할 수 있었다. 말은 인간의 몸에 비하면 굉장히 거대하다. 그리고 골격 구조에서 힘과 균형이 느껴진다.

　윤기 나는 말의 목을 쓰다듬다가 문득 하얀 털 빛깔과 거무죽죽한 내 손등이 굉장히 대조적이라는 생각이 들었다. 쓰다듬기를 멈추고 내 오른손을 자세히 들여다보았다. 손바닥이야 다른 사람의 손바닥과 크게 다르지 않을지 몰라도 손등만큼은 내 손등을 분명히 알아볼 것 같았다. 수천 번도 넘게 본 아버지의 손등이었다. 나와 똑같이 손가락은 길었고 뼈가 굵었으며 마디가 튀어나와 있었고, 툭 불거진 핏줄이 크리스티나 이글레시아스[31]의 조각 작품처럼 도드라졌다. 엄지손톱도 아버지와 나 둘 다 좌우가 넓고 주름졌는데, 아버지의 경우에는 오래 담배를 피워서 색이 노랬다. 아버지와 나의 손은 찍어 낸 듯 형태만 똑같은 것은 아니었다. 움직이는 방식이 같았다. 평소에는 거의 의식할 수 없을 정도로 작은 움직임들. 귀를 팔 때 손을 움직이는 모습, 걷거나 생각에 잠겼을 때 뒷짐 지는 모습, 자동차 운전대를 잡을 때의 모습이 완전히 똑같았다. 분명 의식적으로 나는 그를 흉내 낸 적이 없었다. 아마 내가 느끼지 못하는 사이에 그의 행동을 보고 무의식중에 기억하고 있었을 테고, 그래서 어느 날 그와 똑같은 방식으로 컵을 잡는 나를 보고 깜짝 놀라곤 하는 것이다. 깜짝 놀랐다는 말이 정확한 말이다. 나는

31 　스페인의 설치 미술가이자 조각가. 자연환경에서 영감을 받아 자연과 인간의 관계를 탐구하는 설치 작품들을 많이 작업했다. 공공 미술 프로젝트에도 꾸준히 참여한 그녀는 자연 재료와 인공 재료를 혼합해 사용하곤 하는데 버려진 등대가 예술 작품으로 탈바꿈한 「바다의 심연」이라는 작품에서는 진짜처럼 보이는 툭 불거진 식물 뿌리와 줄기들이 벽을 뒤덮게 만들기도 했다.

그가 몸을 움직이는 것처럼 움직이기 위해 무언가를 한 적도 없고 심지어 그러고 싶단 생각을 해 본 적도 없다. 아버지를 기억하기 위해 그런 몸짓이 필요하지도 않다. 당연히 그가 되고 싶다고 생각한 적도 없다. 단지 내 몸이 제스처를 기억하고 표현한 것뿐이다. 레안드로 할아버지를 관찰하는 일은 내가 좋아했을 것 같기는 하다. 하지만 내가 태어나기도 전에 서른여섯 살의 나이로 죽었다. 아마 할아버지는 아버지와 내가 망치를 잡는 방식으로 망치를 잡았을 것이다. 나는 손도 따로 기억력을 가진다고는 생각했지만 손에도 혈통이 있을 거란 생각을 해 본 적은 없었다.

본즈는 천으로 된 안장 가방을 들고 나타나 안장 위에 얹고 말 옆구리 양쪽으로 균형이 잘 맞게 늘어뜨렸다. 원래 페레스를 한 블록 아래 계곡 쪽에 묶어 두곤 했는데 후안루가 우리 집 옆 우리에 묶어도 된다고 했다고 내게 말했다. 그는 또 해 질 녘 들판에 나가 저녁 식사 전 짧게 한 바퀴 돌고 오는 걸 좋아한다고도 했고, 주말이면 종종 산속을 돌아다니다 노천에서 밤을 지내고 온다고도 했다. 그는 이야기하면서 말에게 복대를 채우고 마구의 가죽끈들을 단단히 조였으며, 끈의 길이를 조정하거나 안장 가방의 위치를 다시 잡기도 했다. 내가 갑자기 페레스의 반대편 모습을 보고 싶어서 뒤쪽으로 돌아가려는데 꼬리 근처까지 가자 본즈가 내 어깨를 잡아 뒷걸음질 치게 했다. 잘 모르는 말 엉덩이 쪽으로는 절대 그렇게 가까이 가지 말라고 했다. 뒷발차기 한 방에 어디가 부러질 수 있다고. 앞으로 본즈에게 배우게 될 많은 것 중 그게 첫 번째였다.

그가 계속해서 마구를 조정하는 동안 나는 그의 목 아래쪽으로 죽 그어진 흉터를 자세히 볼 수 있었다. 또한 오른팔을 어떻게 쓰는지도 눈에 들어왔는데 왼팔보다 확연히 짧았기 때문이다. 그때 그가 나를 돌아보아 나는 조금 놀랐다. 그는 기둥에서 고삐를 풀더니 말의 머리 위로 넘겼다. 한 손으로 안장머리를 붙잡고 부츠 신은 발로 등자를 딛고서 말 위에 올라탔다. 손가락을 이마에 대고 인사한 다음 페레스를 출발시켰다. 나는 말을 탄 본즈가 라파엘라와 마누엘의 집을 둘러 저 멀리 소 떼가 마을 쪽에 오지 못하도록 쳐 놓은 울타리 쪽문 쪽으로 천천히 멀어지는 것을 보았다. 그는 말에서 내리지 않은 채 쪽문을 열고 나가 다시 쪽문을 닫고는 더위가 한껏 누그러진 오후의 산책을 시작했다.

본즈의 커다란 흉터와 짧은 오른팔에 관해 이야기를 들려준 사람은 후안루였다. 왜 그의 별명을 우스바르나로 지었는지도 알게 되었다. 후안루만이 그를 그 별명으로 불렀는

데 어쩌면 나하고 얘기할 때만 그렇게 부르는 것도 같았다. 본즈는 산에서 말을 타는 걸 매우 좋아했고 결국 산에서 그 흉터를 얻은 것이라고 했다. 죽 뻗은 산맥은 경사가 급해질수록 더욱 험준해졌다. 계곡도 더욱 깊어졌고 주름진 산골을 따라 시내가 흘렀다. 산꼭대기엔 높고 깎아지른 석회암이 솟아 있었고 그 위로 다른 동물들의 죽음을 기다리는 독수리 떼가 날았다. 냇가엔 오리나무와 백양나무가 자랐는데 바람이 불면 잎사귀들이 저마다 윙크하듯 진녹색의 앞면과 은빛의 뒷면을 살랑거렸다. 낮은 쪽에는 붉은 두송나무와 야생 올리브나무, 지중해 부채야자나무, 양유향나무가 있었다. 좀 더 위쪽으로는 코르크나무가 산허리를 덮고 있었고 사이사이로 유칼립투스와 우산소나무가 한 그루씩 삐죽 튀어나왔다. 코르크나무는 그렇게 산 윗부분에서 빽빽한 숲을 이루었는데 산등성이 너머로, 또 고개 너머로 시야에서 사라졌지만 그 숲은 안달루시아의 세 개 주에 걸쳐 넓게 펼쳐져 있었다. 21세기가 된 지 한참이어도 여전히 코르크나무는 인근 주민들의 생계를 책임지고 있었다. 코르크나무 사이로는 초본 식물이 무성하게 자라 염소와 양과 소의 먹이가 되어 주었다. 날이 좋은 가을에 이곳을 찾는 사람들은 송이버섯을 채취하곤 했다. 그러나 무엇보다 코르크나무는 주민들에게 제 껍질을 내주었다. 솜씨 좋은 일꾼들이 조심스럽게 코르크를 채취하는데 몇 년이 지난 후 나는 그 장면을 내 눈으로 직접 보게 된다. 그리고 같은 날 늙은 당나귀 벨레냐는 나를 땅바닥에 내동댕이치게 된다. 산초의 당나귀가 방심한 산초[32]에게 그러는 것처럼.

코르크참나무는 길들지 않는 나무다. 과실수나 목재로 쓰는 백양나무처럼 줄지어 자라지 않는다. 코르크나무는 제가 좋은 곳에서 자란다. 깊은 산속에서 넓게 숲을 이루고 수관은 파라솔처럼 펼쳐진다. 비탈진 곳 가파른 곳 가리지 않는다. 그러니 누구든 코르크나 도토리를 채취하려 한다면 나무들 스스로 살기로 한 곳까지 직접 가야만 한다. 서식지는 보통 임도에서도 멀리 떨어져 있는 경우가 많다. 코르크나무의 껍질을 벗기고 나면 벗겨 낸 것을 들고 트럭을 댈 수 있는 길가나 나무가 없는 공터까지 가야 한다. 거리가 아주 먼 때도 있고 좀 가까운 때도 있지만 어쨌든 벗겨 낸 코르크는 아주 무거운 데다 나무 둘레가 얼마나 되느냐에 따라 다르긴 해도 그 형태가 크게 휘어진 넓은 판 모양이라 부피도 상당하다. 농업 노동과 임업 노동의 많은 부분이 기계화되기는 했지만 고립된 숲속에서 코르크를 운반할 경우는 다르다. 현재로서는 노새들이 누구보다 코르크 운반을 가

32 미겔 데 세르반테스의 『돈키호테』에서 당나귀를 타고 돈키호테와 함께 모험을 떠나는 인물.

장 잘한다.

본즈는 마부였다. 아버지로부터 짐 나르는 동물들에게 마구를 채워 산속 깊은 곳까지 몰고 들어가는 일을 배웠다. 그러니 숲속 나무 한 그루, 시내 한 줄기까지 속속들이 알게 되었다. 어디에 개구리가 사는지, 가장 더운 여름날 동물들이 어디서 목을 축이는지 잘 알았다. 야영을 할 만한 자리는 어디인지, 어디 가면 달팽이를 잡을지, 칼은 어디서 갈면 되는지, 치즈는 어디서 구할지, 외딴곳에서 여행자들을 위해 파는 시원한 맥주를 마시려면 어디로 가면 되는지까지.

본즈와 그의 아버지는 다른 일꾼들과 함께 어느 농장에서 일했다. 코르크를 벗기는 일은 아니었고 마을에서부터 코르크나무 숲까지 말을 타고 가서 코르크나무의 가지를 치는 일이었다. 본즈는 전기톱을 사용해 큰 가지를 잘라 내고 다시 가지를 잘게 잘랐다. 들판에 목재를 두고 몇 달을 말린 뒤 건조된 목재를 가지러 노새를 끌고 다시 그곳으로 갔다. 젊을 때부터 그 일을 했기 때문에 그는 기계를 능숙하게 다뤘다. 어쩌면 그래서였을 거야라고 후안루는 말했다. 부주의했던 거지. 전기톱의 가이드바를 대는 순간 톱 끝이 나무의 딱딱한 옹이에 걸렸다. 전기톱이 튀어 올랐고, 순간 본즈는 톱을 놓쳤고, 톱날이 그의 몸을 덮쳤다.

지체 없이 셔츠를 벗어 둘둘 뭉친 뒤 경정맥에 대고 압박한 사람은 바로 그의 아버지였다. 본즈가 피를 흘리고 있는 곳으로 사람들이 지프차를 가져올 때까지. 차가 군데군데 움푹 팬 구불구불한 숲길을 지나는 동안, 그리고 지방도로 빠져나와 병원에 도착할 때까지 아버지는 계속에서 그의 목을 힘껏 누르고 있었다. 피를 너무 많이 흘렸기 때문에 숲 속에서 그대로 죽지 않은 것이, 병원에 오는 길에 차 안에서 죽지 않은 것이 기적이라고 했다. 아버지는 그에게 두 번이나 생을 준 셈이다.

전기톱에 관한 이 이야기는 한동안 마을에서 화제가 되었다. 후안루는 내게 그때 그 전기톱이 스웨덴 브랜드 허스크바나라는 것까지 얘기해 주었다.

24

본즈는 늘 집 앞 빨랫줄 기둥에 페레스를 묶어 놓곤 했다. 사실 우리 집까지 오기 전에도 말을 묶을 데는 많았는데 늘 그곳에 말을 묶는 것을 더 좋아하는 듯했다. 어쩌면 대화를 하고 싶어서일 수도 있고, 아니면 단순히 외지인 가족에 대한 호기심 때문일 수도 있다. 그와 내가 흡연자였다면 그곳은 담배 한 대 나누어 피우기에 딱 좋은 장소였을 것이다. 성냥의 불빛이 그가 들에 나갈 때 자주 쓰는 모자의 챙 아래에서 그의 거친 얼굴을 비출 것이다. 우리는 둘 다 서서 고요하고 드넓은 지평선을 바라볼 것이다. 희뿌연 담배 연기가 우리를 감쌀 것이고 연기가 흩어지는 데는 조금 시간이 걸릴 것이다. 각자 자신이 들이마시는 악마의 맛에 취해 말없이 둘이 시간을 보낼 것이다.

하지만 그런 일은 본즈와 함께라면 불가능했다. 담배를 피우지 않았기 때문이 아니라 정말이지 말이 많았기 때문이다. 나는 그의 그런 점이 어떨 땐 좋았고 어떨 땐 좀 피곤했다. 그도 그럴 것이 처음 대화를 시작하고 어느 정도 지나면 했던 말을 또 하기 시작하곤 했으니까. 특히 주변에 다른 마을 사람들이 있을 때 더 그랬다. 그럴 땐 마치 익살스러운 개그 프로그램 진행자처럼 화제도 먼저 던지고 인물과 별명들을 소개하곤 했다. 똑같은 일화를 몇 번이나 이야기했고, 그런 일화들은 대개 과장되어 있었으며 항상 엄청난 양의 술 이야기가 빠지지 않았다. 그럴 때 보면 마치 태어날 때부터 봐 온 사람들 앞에서는 예상이 가능한 정해진 역할만 연기해야 하는 것 같았다.

그런데 그럴 때 말고 다른 사람들이 보고 있지 않을 때 늘어놓는 수다는 좋아했다. 우리 곁에 아무도 없을 때 그의 이야기는 훨씬 더 구체적이었다. 그는 내게 페레스와 들판에 관한 이야기를 들려주었고, 농장과 그 영역, 샘물이 솟는 곳과 오솔길과 식물들의 이름을 일일이 언급했다. 그가 부르는 식물 이름들은 시골 마을에서 흔히 그렇듯 식물도감에 나오는 것들과는 달랐다. 이미 굳어진 이름을 소리 나는 대로 변형해 부르는 이름이 있는가 하면 어떤 경우에는 그냥 완전히 새로운 이름이었다. 스페인 어느 계곡이든 그곳에 살던 사람들이 제각기 자기네들이 처음 발견한 식물에 이름을 붙여서 그런 건 아닐까 싶었다. 아주 태곳적부터.

본즈는 시원한 맥주라면 거절하는 법이 없었다. 그래서 나는 그가 말을 묶고 있을 때면 맥주 한 잔씩 건네곤 했고 그는 언제나 흔쾌히 받았다. 그렇게 우리는 대화를 시작하곤 했고, 정기적으로 그런 시간을 갖게 되었다. 나는 그날 오후 어디로 산책할 계획인지 물었고, 그러면 그는 그 지역에서만 쓰는 전문 용어를 사용해 가며 그날의 산책 코스를 묘사하곤 했다. 마을 길을 따라 죽 내려가 피크닉 구역까지 간 다음, 거기서 길을 벗어나 훌리안네 농장을 지나 개울을 건널 거야. 페레스가 거기서 목을 축이는 걸 좋아하거든. 그렇게 계속 이정표가 되는 장소의 이름을 하나씩 하나씩 언급하며 이야기를 이어 가곤 했다. 나는 그의 묘사를 통해서만 그 장소들을 알게 되었다. 때로는 좀 피상적이었고 때로 장황했던 그의 묘사는 점차 내 머릿속에서 마을 경계 너머 저 멀리 펼쳐진 미지의 땅의 신화적 이미지를 형성했다. 우리 집 마당에서 보면 계곡 가장 깊숙한 곳은 그 거리 때문에 세부적인 요소들을 구분하기 어려웠으나 그의 이야기 덕에 내 상상 속에서는 그 모습이 손으로 만질 수도 있을 만큼 선명히 떠올랐다. 그리고 그가 들려주는 장소 이름들은 꼭 어릴 적 서부 영화에 나오던 지명들처럼 들렸다. 우리는 남쪽으로 6마일을 말을 달려서 갈 거야, 위치스크리크까지 말이야, 거기서 헤어지도록 하자라고 주인공은 함께 고생하고 있는 지친 동료들에게 말하곤 했고, 그 말을 마치기가 무섭게 말에 박차를 가해 달려 나가곤 했다. 나는 그때 1마일이 뭔지, 남쪽이 어딘지, 위치나 크리크가 무슨 뜻인지도 몰랐다. 알파벳 W와 K가 뭔지조차 몰랐다.[33] 모든 게 낯설었고 신비로웠다. 본즈는 깎아지른 듯한 바위나 산 사이의 트인 땅에 관해 이야기했고, 그건 내가 사는 세상에 좀 더 가까운 이야기였으나 어릴 적 영화를 볼 때와 똑같은 호기심을 불러일으켰다. 그가 산에 가는 이유는 굉장히 다양했다. 누나 집 암말이 오늘도 우물가에 매여 있는지 보고 싶다든가, 저수지의 수위나 낙석 위험이 있는 곳이나 길이 끊긴 곳을 확인해 봐야겠다든가, 소 한 마리가 죽어 있다고 해서 보러 간다든가, 숲의 관리인이 노루들에게 먹이를 주려고 밥그릇을 놓아 둔 곳에 가 보려고 한다든가.

그가 돌아다니는 반경은 어떤 경우에도 그리 넓지는 않았다. 비행기를 탔거나 타려고 한다는 말을 들은 적은 한 번도 없었다. 주 경계 밖으로 나가는 일도 없었다. 그가 관심 있어 하는 세계는 페레스를 타고 둘러볼 수 있는 거리에 있었다. 가끔은 오후 한나절만 짧게 다녀왔지만 가끔은 일주

33 고유의 스페인어 단어에는 알파벳 W나 K가 쓰이지 않는다. 주로 외래어나 외국 지명, 인명에 쓰인다.

일찍 나갔다가 강한 햇볕 때문에 자글자글해진 피부에 반쯤 감은 눈을 하고 돌아올 때도 있었다. 나는 그가 말을 타고 그렇게 긴 여행을 하는 광경을 상상하곤 했다. 그냥 어디가 보겠다는 것 말고는 다른 뚜렷한 목적도 없이, 함께할 다른 이도 없이 홀로 떠나는 여행. 오직 그와 말, 그리고 그가 지나가는 길에 숨곤 하는 산짐승들뿐인 여행. 나는 그가 여행에서 돌아와 내게 들려주는 이야기를 좋아했다. 그는 언제나 낯선 세계의 이야기, 나는 상상만 해 볼 수 있는 곳들의 이야기를 가지고 돌아왔으니까.

또한 그의 이야기를 통해 짧은 반경 안의 세상에 대해 세세하고 정확한 지식을 얻게 되었다. 영역이 작다는 것이 특별한 방식으로 감각을 열어 주는 것 같았다. 이에 대해 생각을 많이 하게 되었는데 특히 그와의 시간이 지나고 세비야 중심가에 있는 집에 돌아오면 더욱 그랬다. 세비야에는 매일 수천수만의 관광객들이 전 세계에서 온다. 그들은 항상 도시의 몇몇 장소, 항상 똑같은 장소에만 모여 있다. 때로는 한 명의 가이드를 따라 무리를 이루어 움직인다. 멀리서부터 무리를 지어 찾아오는 관광객들을 보고 있으면 나 또한 언젠가 멀리 여행을 갔을 때 했던 여행의 방식이 떠오른다. 종종 먼 나라에 여행을 다녀올 때 내가 가져오곤 했던 건 결국 한 줌의 예쁜 엽서들뿐이다. 그 나라에 대한 지식을 얻지도 못했고, 이곳과는 다른 그곳의 사람들과 문화와 현실을 꿰뚫는 통찰을 얻어 온 건 더더욱 아니었다. 자양분이 풍부한 침전물 같은 것이 남지 않은 것이다. 이와 달리 본즈는 그 공간과 친밀하고 느긋한 관계를 유지했고, 내가 했던 여행과 달리 문화라는 장벽이 끼어들지도 않았다.

나 또한 시골 마을에서 자라긴 했는데 내 경우엔 떡갈나무와 올리브나무 사이에서 자랐다. 하지만 내 탐험에 대한 욕망은 주로 서부 영화와 거기 나오는 말들에게서 왔다. 말들은 두 발로는 갈 수 없는 곳에 우리를 데려다줄 수 있었다. 서부 영화에 나오는 사람들은 주로 세상을 등진 채 다른 사람들과 관계를 끊고 그저 광활한 평원이나 깊은 숲속으로 사라지곤 했다. 보통 사람들이 삶에 꼭 필요하다고 여기는 것들을 포기하면서. 나는 본즈를 그런 영화 속 등장인물로 상상하곤 했다. 신발도 벗지 않은 채 페레스의 고삐를 당기며 걸어서 강을 건너는 본즈. 한겨울 와이오밍주의 산악지대를 누비는 모피 사냥꾼처럼. 나는 그런 편안함을 경시하는 태도에 매료됐다. 서부 영화에서 모피 사냥꾼은 상류로 올라가면 분명 더 폭이 좁은 지점을 찾을 수 있었을 텐데도 꼭 그냥 넓고 깊은 지점에서 강을 건넜다. 아니면 바위가 있는 곳을 찾아 풀쩍 건너뛰어도 그만이었을 텐데. 하지만 영화 속 모피 사냥꾼들은 그런 대안을 선택하는 대신 차디

찬 물속에 발을 집어넣었고, 마치 아무 일도 없었던 것처럼 냄새나는 젖은 발로 가던 길을 계속 가곤 했다.

　나에겐 본즈가 그렇게 물속에 발을 집어넣는 모습이, 숲속 공터에 누워 있는 모습이 보였다. 모닥불을 피워 놓고 연기가 피어오르는 밤하늘 아래 나무에 둘러싸여 누워 있는 본즈. 모피 사냥꾼들처럼 부츠도 벗지 않고 옷도 그대로 입은 채 자는 것이다. 음험한 모기들 따위 무시하면서, 고요한 한밤중 늘어뜨린 팔 옆으로 작은 뱀 한 마리가 지나가든 말든 아랑곳하지 않고. 나도 그곳에 같이 있고 싶었다. 나도 익숙한 것들이 주는 편안함을 함께 경멸하면서. 본즈가 내게 옆자리를 내주려 하지는 않겠지만.

25

어느 토요일 아침 마당 앞을 지나는 페레스의 말발굽 소리가 들렸다. 밖에 나가 보니 페레스가 빨랫줄 기둥에 묶여 있었다. 본즈가 몇 미터쯤 떨어진 곳에서 사륜구동 지프차 앞에 선 남자와 이야기를 나누고 있었다. 조금 다투는 것 같기도 했는데 무슨 말을 하는지 알아들을 수가 없었다. 결국에는 일단 대화가 끝난 모양이었다. 남자는 차에 올라 시동을 걸고 후진을 해 말 가까이에 차를 붙였다. 본즈가 내게 인사를 건네며 저 사람은 말편자공인데 페레스에게 '신발을 신기러' 왔다고 했다.

그는 구릿빛 피부에 머리는 하얗게 셌고 눈가에 주름이 자글자글했다. 아래턱이 두껍고 다부졌으며 앙다문 입이 미소 짓는 인상을 만들어서 행복한 남자처럼 보였다. 본즈는 페레스의 머리에 씌운 굴레를 꼭 붙잡은 채로 그가 차에서 장비를 꺼내는 모습을 지켜보았다. 본즈가 가만히 말 머리를 붙들고 있는 모습은 거의 처음이었다. 보통은 말을 말뚝에 단단히 묶고 나서도 안절부절못하고 왔다 갔다 했다. 마구를 자꾸만 다시 채우고, 울타리 쪽으로 갔다가도 다시 와 말의 엉덩이를 토닥이거나 말빗으로 털을 빗겨 주곤 했다. 남자는 계속해서 차에서 뭔가를 꺼내다 갑자기 멈춰 서더니 본즈에게 손 좀 빌려 달라고 했다. 그러자 본즈는 말편자 박는 일로 돈 받는 게 아니냐, 지금 말을 붙들고 있으니 자기도 돈을 받아야겠다며 응수했다. 그에게선 이렇다 할 반응이 없었다. 묵묵히 두꺼운 작업용 앞치마, 오래 써서 닳고 닳은 앞치마를 맸다. 제 발치에 사각형 받침대를 놓고 그 위에 모루를 얹었으며, 그 옆엔 몇 가지 연장이 든 통과 못이 든 상자와 텅스텐 스터드가 든 상자를 나란히 놓았다. 그리고 드릴링 머신을 놓으면서 내게 전원을 연결해 달라고 부탁했다. 창고에 가서 전선 릴을 가지고 나오는데 문득 영화 「펄프 픽션」의 한 장면이 떠올랐다. 울프가 쿠엔틴 타란티노에게 커피 한잔을 부탁하는 장면. 그때부터 그들 사이에 관계가 형성되고, 주인공들 사이의 관계와 나란히 진행되는 둘의 관계는 공모 관계로 발전하는 듯 보이지만 어떤 경우에도 적당한 거리감을 잃지 않는다. 나는 전선 릴을 들고 집 안으로 들어가 플러그를 콘센트에 꽂았고, 말편자를 박을 곳까지 전선을 풀면서 밖으로 나왔다.

본즈는 그에게 전화한 지가 언젠데 왜 이렇게 늦게 왔느냐며 구시렁댔고, 또다시 돈 얘기를 꺼내며 왜 이렇게 많이 받느냐고 불평을 늘어놓았다. 남자는 웃음 짓는 것처럼 보였는데 본즈의 말이 웃겨서라기보다는 평상시 표정이 그런 듯했다.

일을 시작하기 전 말편자공은 말이 말뚝에 단단히 묶여 있는지 다시 한번 확인하고 페레스의 앞발부터 작업에 들어갔다. 먼저 몸을 숙여 말의 허리 아래로 들어가 시선은 말 엉덩이 쪽을 향한 채 제 머리를 말의 배에 딱 붙였다. 두 다리를 벌리고 발의 발목을 손으로 꽉 움켜쥐고는 자기 다리 사이에 넣은 다음 허벅지로 조여 말발굽이 움직이지 않게 만들었다. 낡은 말편자를 제거하기 전 그는 본즈에게 말 관리를 어찌 한 거냐고 한마디했다. 최소 한 달 전에는 전화를 해야 했다고. 그러자 본즈는 말편자 박는 일을 맡길 형편이 안 됐다면서, 그렇다고 직접 편자를 박자니 그렇게 낮게 몸을 숙이고 있을 기분은 아니었다고 말했다. 조금 억지웃음이긴 해도 이번에는 그가 진짜로 웃음을 지어 보였다. 그러고는 이내 작업을 이어 나갔다.

그는 말발굽 중간에 삐져나온 비틀린 못의 끝부분을 자루가 긴 방울집게로 일일이 잘라 냈다. 그다음 다시 방울집게로 편자를 잡고 힘껏 당겨 말발굽에서 뽑아냈다. 편자를 흔들어 털자 못들이 흙바닥으로 우수수 떨어졌다. 낡은 편자는 한쪽으로 던져 두더니 계속해서 말발굽의 웃자란 부분들을 깎아 냈고, 곧이어 발굽 안쪽을 두르는 하얀 선이 드러났다. 발굽 중앙의 연한 부분을 다치지 않게 주의하면서 더러운 것들을 조심스레 긁어냈다. 방울집게에 물린 자국을 큰 줄로 줄질하여 고르게 다듬었고, 발굽이 반반하고 깨끗해졌다고 생각했을 때 가져온 편자 중 하나를 골라 발굽에 대어 보았다. 그는 U 자 모양 편자의 양 끝이 말굽에 비해 더 벌어져 있다고 판단했다. 페레스의 앞발을 땅 위에 놓아주고 몸을 일으켰다. 내가 저 자세로 일했더라면 허리를 똑바로 펴는 데 십 분은 걸릴 것 같았다. 그는 곧장 모루 쪽으로 가 편자를 모루 위에 놓고 두들겨 적당한 모양을 잡았고, 편자를 다시 말굽에 대어 보고는 한 번 더 모루 위에서 최종적인 모양을 잡았다. 그렇게 모양이 잡힌 편자를 바로 말에게 가져가지 않고 먼저 드릴링머신 위에 놓은 다음 편자 양쪽의 홈 끝에 구멍을 뚫었다. 그리고 각 구멍에 작은 원기둥 모양의 탄화텅스텐 스터드를 끼우고 망치로 단단히 때려 박았다. 나는 지금 박는 게 뭐냐고 물었는데, 그가 대답하기도 전에 본즈가 나서서 저 텅스텐 돌출부로 말하자면 말편자보다 못대가리보다 단단하다면서, 못과 편자가 닳으면 바닥이 너무 매끈해져 돌을 깐 길에서 말이 미끄러질 수 있다고 알려 주었다. 말이 '신발'을 바꿀 때까지 텅스텐 스터드가 미끄러지지 않도록 잘 잡아 준다는 것이다. 저렇게 거대하고 힘이 센 동물의 균형과 안전이 렌틸콩 한 알만 한 크기밖에 안 되는 두 개의 작은 금속 돌출부에 달렸다니 참 신기했다.

　　다시 한번 그는 허벅지로 말발굽을 죄어 움직이지 않도록 하고 말편자를 정확한 위치에 댄 다음 대가리가 네모난 못으로 편자를 고정했는데 못대가리는 마치 잘 세공된 사파이어처럼 보였다. 못의 끝은 발굽의 벽을 뚫고 나왔다. 그때 그는 내가 한 번도 본 적 없는 공구, 그러니까 이빨이 달린 것 같은 납작한 혀 모양의 집게를 집어 들었고, 그걸로 못 끝을 아래쪽으로 구부리더니 힘을 주어 발굽 벽에 눌러 붙였다. 그렇게 하니 말이 편자를 잃어버릴 일은 없어 보였다. 나는 방울집게처럼 생긴 저 연장은 무엇이냐고 물었고 그는 편자 박는 작업에 쓰는 특수 공구인데 편자 못 고정 집게라고 부른다고 했다. 본즈가 옆에서 한마디 하기를, 내키질 않아 안 했을 뿐이지 자기가 직접 페레스에게 편자를 박아 줬더라면 저런 연장은 필요 없을 거라고 했다. 초보자들이나 쓰는 거라고. 남자가 이번에도 웃었다. 이제 편자는 말발굽에 제대로 자리를 잡았고, 새 편자 가장자리의 발굽을 반반하게 고르는 일만 남았다. 정말이지 새 신발을 신은 모습을 보는 것 같았다.

전에도 항상 그랬지만 나와 다른 일에 전문가인 사람이 하는 작업을 보는 일은 즐거운 것 같다. 몸을 쓰는, 그리고 손을 쓰는 각각의 직업과 그 일에는 고유의 제스처, 고유의 언어가 있다. 테니스든 말편자를 박는 일이든 생선 손질이든 피아노 조율이든 마찬가지다. 무용에서도 인쇄소에서도 소아암 수술실에서도 볼 수 있다. 하나의 직업이 사라질 때 그 신체 언어도 함께 사라진다. 작지만 정확한 동작, 말굽의 크기를 측정하는 기민한 손동작, 큰 줄로 줄질할 때 말굽의 조직에서 내뿜는 미묘한 냄새 같은 것들.

어느 일에 전문가인 사람은 그만이 가진 '언어'로 말한 때 보통 자기 몸을 거의 의식하지 않는다. 단순히 그 일을 하는 것이다. 어떤 평면 위에서 움직일 때 의식적인 생각은 불필요해진다. 마치 배움의 단계를 거치고 나면 지식이 근육과 힘줄과 뼈에만 저장되는 것 같다. 겉보기에는 뇌의 회백질이 작동한 흔적이 없다.

이런 특정 움직임의 목록 중에서 내가 가장 경이롭다고 생각하는 건 기타 연주다. 내가 열아홉 살 때부터 들었고 지금까지도 듣고 있는 연주자가 있다. 1954년 미주리주에서 태어난 기타리스트이자 작곡가인 팻 메시니다. 불과 얼마 전에도 나는 라이브 공연을 보러 갔다. 그 공연에는 버클리 음대 출신의 젊은 음악가 두 명도 함께 무대에 섰다. 메시니는

데뷔 때부터 그만이 낼 수 있는 소리를 우리에게 들려주는 기타리스트였다. 그의 연주는 다른 누구와도 닮지 않아서 두 소절만 들어도 그가 치는 기타라는 걸 알 수 있다.

거의 세 시간 가까이 공연하면서 그는 한 번도 악보를 보지 않았다. 왼손이 빠르게 움직이며 현란한 손놀림을 보여 주는데도 자기 왼손이 지금 어디로 가는지 확인하려고 지판을 보는 일도 없었다. 오히려 사람들이 기억하는 건 풍부한 표정과 눈을 지그시 감고 연주하는 모습이다. 악기를 배에 붙이고 상체를 뒤틀며 연주하는 모습도. 그는 연주하는 동안 왼 손가락, 엄지까지 포함한 다섯 손가락 모두를 사용해 수천 번 기타 현을 짚었다. 그의 정신은 곡과 곡 사이 관객의 박수에 감사의 마음을 전할 때만 잠깐씩 돌아오는 것 같았다. 그 외에는 자신만의 음악 속으로 완전히 녹아들었다. 손가락으로 연주하는 수천 개의 음 속으로. 마치 음악이 곧 육체인 것처럼, 오직 육체만이 이 연주를 책임지고 있는 것처럼.

메시니는 재즈 뮤지션인데 그렇다는 건 곡마다 어떤 부분들은 그가 연주하는 멜로디가 악보에 하나도 그려져 있지 않다는 뜻이다. 매번 새로운 멜로디가 흘러나온다. 그러니 한 음 한 음 짚을 때 의식적인 생각이 들어올 자리는 없다. 그 자리에 있는 건 나무와 금속으로 된 악기와 완전히 한 몸이 된 그의 몸뿐이다. 각 부분이 서로와 함께 있을 때 의미를 갖게 되는 반인반마 켄타우로스. 서로로 인해. 서로를 위해.

26

본즈가 말을 묶기 시작하기 훨씬 전부터 나는 빨랫줄 옆에 차를 대곤 했다. 그곳에 주차하는 걸 좋아했던 이유는 오전에 집 그림자가 드리워지기 때문이었다. 해가 솟아오르면서 그늘의 선은 땅바닥을 따라 조금씩 움직였다. 정오가 되면 나는 차를 몇 미터 앞으로 이동시켜 오후에도 계속 시원한 곳에 차가 있도록 했다. 아나이스는 그런 나를 보고 나이 든 사람들이나 그러지 않느냐고 놀렸다. 내가 차를 꼭 그늘에 대는 건 아마 아버지가 그렇게 하는 걸 보고 배운 것 같다. 그렇게 그늘 위치에 따라 차를 움직여 놓는 일은 그 시절엔 흔했는데 당시에는 에어컨도 없고 단열도 잘되지 않는 차가 많았기 때문이다. 아나이스의 얘기에도 불구하고 나는 계속해서 정오에 차의 위치를 바꿨고, 그렇게 하는 게 마음이 편했다. 나는 우리가 어디 가려고 차에 올랐을 때 내부가 찜통 같지 않기를, 운전대가 뜨겁게 타는 것 같지 않기를 바랐다. 게다가 내부가 60도나 70도까지 과열되면 플라스틱이나 고무가 녹아 유해 성분 같은 것을 뿜어낼 것 같은 느낌도 들었다.

그즈음 여느 날처럼 차의 위치를 옮기러 갔더니 타이어 하나가 펑크 나 있었다. 뭣 때문에 펑크가 났나 보려고 시동을 걸고 0.5미터 정도 후진시켰다. 확인해 볼 필요가 있는 의심스러운 것이 있어서 그랬는데 역시 의심은 들어맞았다. 네모난 금속 조각 하나가 타이어 홈 사이에 박혀 있었다. 사파이어가 박힌 듯했다.

트렁크에서 자동차 잭을 꺼내 와 차체를 들어 올린 뒤 펑크 난 타이어를 스페어타이어로 교체했는데 훨씬 더 얇고 휠 캡도 없었다. 나는 차체를 다시 바닥으로 내리기 전에 흙속에 묻힌 못이 분명 더 있을 것 같아 흙을 뒤적거리며 조금 시간을 보냈다. 말편자공이 한번 방문한 뒤 많은 말들이 똑같은 장소에서 그의 손을 거쳐 갔다. 본즈의 말은 물론이고 본즈 누나의 암말, 매형의 말, 거기에 여름이면 코르크 운반을 위해 모여드는 노새들과 친구들의 망아지들 등등. 빨랫줄을 매단 말뚝은 말편자공이 가장 좋아하는 작업 말뚝이 되었다. 아마도 차를 말뚝 가까이 댈 수 있어서였거나, 아니면 작업이 끝난 뒤 우리 집에 들러 씻기 편해서였을 것이다.

어쨌거나 나는 차량 정비소에 들러야 하는 상황이었지

만 그날은 일요일이었고 우리는 오후에 세비야로 돌아가야 했다. 후안루라면 내가 어떻게 해야 하는지 누구에게 도움을 청하면 되는지 알 거란 희망에 전화를 걸었다. 사실 희망이라기보다는 확신에 가까웠다. 이 마을에 처음 발을 들인 날부터 그는 쉼 없이 이 사람 저 사람들과 친분을 쌓았다. 바에 자주 들렀고, 사람들과 말을 타고 나가기도 하고 8월 한여름 파티가 열리는 곳이면 빠짐없이 참석했으며, 심지어 어느 해엔 시청의 크리스마스카드에 주인공으로 등장해 요셉 복장을 하고 성모 마리아와 당나귀 벨레냐와 함께 포즈를 취하기도 했다. 그가 1년도 채 안 되어 인기의 절정을 누리게 된 건 이렇게 말하긴 좀 그렇지만 마을에 불행한 사고가 생겼기 때문이었다. 관광객이 가장 많이 몰리는 어느 여름 성수기에 해변에 있는 한 식당에 불이 났다. 식당 안에는 마을 이웃들이 여럿 일하고 있었고 크게 다쳤다. 그중 몇몇은 로시오 성모 병원으로 이송되었다. 후안루는 그 소식을 듣자마자 마요이와 이야기해 병원 바로 옆에 있는 마요이의 집을 입원한 환자들 가족의 숙소로 내주었다. 예전에 마요이가 사람들의 안식처가 되어 주었던 것처럼 마요이의 집은 또다시 사람들의 안식처가 되었다.

그 일이 있고 난 뒤부터 사람들은 길에서 그를 만나면 멈춰 세우고 시장에 있는 바로 초대해 술을 한두 잔씩 권하곤 했다. 극소수를 제외하고 거의 모든 사람이 그를 소방관 님이라고 불렀다. 실제 직업이 소방관이었으니까. 나를 누군 가에게 소개할 일이 있으면 나는 그냥 소방관의 매부라고 하면 충분했다. 그렇게 소개하면 다들 그 즉시 문을 활짝 열 어 주었다. 내가 무슨 칼리파의 대신이나 왕의 전령이라도 되는 것처럼. 나는 자주 그 만능키를 사용했고, 그러면 언제 나 무사통과였다.

후안루는 내게 번호 하나를 주고는 바로 전화를 끊었 다. 마을에 하나뿐인 자동차 정비소 사장의 전화번호였다. 나는 전화를 걸어 자연스럽게 소방관의 매부라고 소개했고, 그날이 휴일이었음에도 그는 나보고 이십 분 뒤에 오라고 했다. 도착했더니 이미 셔터를 올려 두고 작업용 앞치마를 두른 채 앞주머니에 손을 넣고 있었다. 서로 인사를 나누고 서 차를 정비소 안에 대고 나는 그가 일하는 모습을 지켜보 았다.

일이 끝나자 그는 좀 비싸다 싶게 수리비를 불렀고 나는 돈을 건네며 감사의 말을 전한 뒤 그날 무사히 세비야에 돌 아가게 되었다는 생각에 가벼운 마음으로 정비소를 나섰다. 세비야로 가는 길에 밤이 되었고, 나는 운전하면서 낮에 있 었던 일을 다시 떠올렸다. 그 남자는 휴식일에 기꺼이 내 차 의 타이어를 수리해 주었다. 그의 필요보다 나의 필요를 우선시한 것인데 그런 일들이 일어날 때마다 세상은 좀 더 살 만해지고 존엄해진다는 생각이 들었다. 우리가 이 시골 마을에서 지내는 동안 그런 일이 많았구나 하는 생각도 들었다. 라파엘라가 작은 봉지에 담아 마당의 테이블 위에 놓아 두고 간 달걀. 그뿐인가. 토마토며 호박이며 양파에 마늘까지. 어느 겨울에는 우리가 도착하기도 전에 누군가 장작을 가져다 잘 쌓아 놓기도 했다. 시장 정육점 주인은 외상으로 고기를 주기도 했고, 바에 가면 누군가 잔을 돌렸다. 어느 날은 누가 작은 바닷가재와 붉은 새우와 조개와 홍합이 수북이 올라간 포르투갈식 해물탕 카타플라나를 들고 와 우리를 깜짝 놀라게 하기도 했다. 사실 스페인의 시골은 여전히 시골에 대한 고정관념이 그렇듯 서로 지나치게 속속들이 알아 간섭하는 관계로 이루어진 공간이고, 외지인들을 경계하는 닫힌 공간이다. 그럴 수 있다. 한정된 공간을 공유하는 소규모 인간 집단이라면 어디나 그런 성격이 있을 것이다. 하지만 시골 마을들을 이야기할 때 그 촘촘히 조직된 공동체적인 성격에 대해서는 덜 이야기하는 것 같다. 서로 돕고 나누는 사람들의 관계망, 일상에서 보여 주는 작은 행동, 길이나 상점에서 서로 건네는 인사, 서로가 서로에게 하는 작은 부탁.

　그다음 번에 마을을 찾았을 때 나는 돌길 위에 주차했다. 원래 말뚝으로부터 10미터 떨어진 곳이었다. 미래에 집이 헐리고 아파트가 들어설 때가 되면 아파트 앞 공간 확보를 위해 지금 빨랫줄을 매달고 있는 기둥들은 다 뽑혀 나갈 것이다. 새로 만들어질 장소에 주차할 차들 위로 지금과 똑같은 그늘이 드리워지지는 않겠지만 차주들은 분명 편자 박는 못 조각 때문에 타이어가 펑크 날 걱정은 하지 않을 것이다. 그런데 어떤 의미에서 아스팔트로 포장되는 일은 빨래를 널 기둥을 박기 전의 상태와 닮은 뭔가를 그 장소에 되돌려 주는 일이기도 할 것이다.

　우리가 그곳에 처음 당도하기 훨씬 전 집 앞 그 장소는 얇은 층의 시멘트로 포장되어 있었다. 분명 당시 살던 사람들이 직접 공사했을 텐데 완성도가 좋지는 않았기 때문에 시간이 흐르면서 낡아 갔고, 특히 마지막 10여 년 동안은 관리도 없이 방치된 상태였기에 더욱 망가졌다. 숱한 사람들과 동물들이 그곳을 지나다녔고, 무수한 날을 비를 맞고 또 햇빛을 받았다. 그 옆은 계곡 쪽으로 완만하게 경사졌고, 결국 원래 넓은 하나의 반반한 층으로 되어 있던 바닥은 부서지고 갈라져 조각나고 말았다. 그렇게 해서 내가 차 대기를 좋아했던 말뚝의 발치엔 모래와 오래된 시멘트 조각과 지피 식물이 한데 뒤섞여 있었다. 그 작은 혼돈의 공간에 못의 뾰족한 끝부분들이 숨어 있었다. 말편자공이 말이나 노새들에게서 오래된 편자를 떼어낼 때마다 방울집게로 끊어 낸 것들이 전부 그 속에 있었을 것이다. 편자 하나당 여덟 개의 못이 박혀 있고, 동물 한 마리에는 네 개의 편자가 있고, 동물들을 키우는 본즈의 가족은 많다.

그런데 그때 나는 본즈에게 다른 곳에서 말편자공과 만나 작업하라는 말은 하지 못했다. 그만큼 편한 사이는 아니었다. 그가 늘어놓는 수다와 농담은 여전히 그의 진짜 얼굴을 보여 주지 않는 것 같기도 했고, 나를 예의 바르게 대하고 있다는 느낌은 오히려 그를 완전히 믿고 편하게 대하기 어렵게 만들었다. 게다가 그 공간은 우리 것이라기보다는 그의 공간이라고 느끼기도 했다. 우리가 단지 방문객으로서 그곳에 있었던 반면 마을에 오랜 세월 살아온 사람은 다름 아닌 그였다. 다른 한편으로는 우리 집 문 바로 앞에서 모든 일이 일어나고 있다는 게 내 마음에 들기도 했다. 볼품없는 공터이지만 작업을 위해서든 축하를 위해서든 그곳으로 동물들과 사람들이 모여들었다.

그곳에서 동물들의 발굽에 편자를 계속 박으면서도 동시에 내 차도 그곳에 주차할 수 있으려면 뭔가 해야 했다. 처음에는 눈으로 못 조각들을 찾았다. 하지만 뾰족한 조각들은 너무 작고 땅바닥은 혼돈 그 자체여서 금방 포기하고 말았다. 굵고 빳빳한 털로 된 솔로 바닥을 쓸어 보기도 했지만 소용없었다. 시멘트 조각들 사이의 모래를 힘을 줘 쓸어 내려고 할 때마다 시멘트 조각의 모서리가 갈려 나와 모래가 더 많아지기만 했다.

금속 탐지기를 써야 하나 하는 생각에까지 미쳤을 때, 하지만 아직 실행에 옮기기는 전에 마리가 한 손에 둥근 원반 모양의 자석을 들고 나타났다. 오래된 스피커에서 나온 자석이었다. 마리는 학교에서 선생님이 검은 가루를 자석에 붙게 하는 마술을 보여 줬다고 했다. 아, 철가루.

나는 무릎을 꿇고 자석을 땅 위로 가져가 훑기 시작했다. 순간적으로 뒤틀린 못 조각들이 들러붙었다. 생각했던 것보다 금속 조각이 많았다. 조금 하다 보니 무릎이 아파 자석에 끈을 묶어서 늘어뜨린 다음 끈을 당기기 시작했다. 자석에는 점차 다양한 금속 조각들이 붙었다. 병뚜껑, 플라스틱 손잡이가 빠진 문구용 가위, 커피 스푼 같은 것들.

마리는 계단에 앉아 만족스러운 표정으로 나를 지켜보고 있었다. 자기 아이디어였고, 제대로 통했다. 그래서 그다음부터 그 집에 갈 때마다 딸아이는 제일 먼저 포도 덩굴로 달려가 가지에 걸어 놓은 자석을 챙겼다. 그러고는 빨랫줄 공터로 가 끈 달린 자석을 끌고 돌아다녔는데 그 모습은 마치 금속 덩어리를 끄는 것이 아니라 목마를 끌고 돌아다니는 것 같았다. 그렇게 지칠 때까지 공터 위를 쏘다녔다. 마리가 지치면 내가 교대해 똑같은 행동을 계속했다. 마리가 좋아했던 건 숨겨진 못 조각들이 자석에 붙어 모습을 드러내는 것이었다. 그 모래와 시멘트가 뒤섞인 혼돈 속에서 다른 방법으로 못 조각들을 찾아내기는 불가능했을 것이다. 자력이란 마리에게는 경이로운 현상이었다. 어른이 된다는 건 자력을 가진 금속 조각 하나가 모래 속에 숨겨진 수많은 못 조각들을 끄집어낼 힘이 있다는 것에 더 이상 놀라지 않게 되는 건가 하고 나는 생각했다.

27

창고에는 작은 우리 쪽으로 난 문 말고도 서쪽을 향해 난 조그만 창이 있었다. 알루미늄 창틀로 된 미닫이 창문이 있었는데, 알루미늄 새시는 한때 시장에서 큰 인기를 끌었으나 사실은 굉장히 비효율적인 창호였다. 알루미늄은 추위와 열기를 쉽게 전달했고 유리는 얇았으며 작은 배수 구멍으로 냉기도 새어 들어왔다.

창고에 있는 연장들은 대부분 값진 물건은 아니었던 것이 다른 데서 버려진 물건이거나 구식 모델이거나 했기 때문이다. 그중 아나이스의 아버지 것이었던 전동 드릴이 하나 있었다. 하도 오래전 공구라 125볼트용이었다. 작동하려면 너덜너덜한 플러그를 변압기에 꽂아야 했고 변압기의 전원선을 다시 콘센트에 꽂아야 했다. 그 전동 드릴로 작업한다는 것은 전동 드릴과 변압기를 둘 다 들고 다녀야 한다는 뜻인데 둘 다 아주 무거웠다. 게다가 공구와 변압기를 연결하는 플러그는 두께가 얇기까지 해서 콘센트 소켓 안에서 덜그럭거렸고, 접촉이 됐다 안 됐다 했다. 그러니 그 드릴로 작업하려면 한 손에는 드릴을 들고 다른 한 손으로는 드릴이 돌다가 멈추지 않도록 플러그를 꼭 누르고 있어야 했다. 무슨 서커스 단원이 한꺼번에 여러 개의 접시를 돌리는 쇼라도 하듯이. 바닥에서 일할 때는 그나마 나았지만 1미터 이상의 높이에서 드릴을 쓰려면 모든 게 복잡해졌다. 만약 플라톤이 아나이스 아버지의 드릴을 보았다면 그 드릴이야말로 '번거로움'의 순수한 이데아의 형상을 완벽하게 구현하고 있다고 설명했을 것이다.

그 작은 창에는 예전에 살던 누군가가 창살을 달아 놓았는데 그리 두껍지 않은 금속 막대 세 개를 창틀 안쪽 홈에 시멘트로 그냥 고정한 것이었다. 시간이 지나면서 시멘트는 닳아 조금씩 떨어져 나갔고, 창살 중 하나는 춤을 추듯 덜그럭거렸다. 방범창이라기에는 너무 약하고 대충 만든 티가 나서 도둑에게 들어오지 말라고 하기보다는 어서 들어오라고 메시지를 보내는 것만 같았다.

며칠 동안 나는 세 개의 얇은 창살을 바라보며 다른 때처럼 그걸 만든 사람을 궁금해했다. 세 개의 금속 막대가 그 사람에 대해, 그리고 창살을 설치했던 시대에 대해 말해 준다고 생각했다. 지켜야 할 것도 많지 않고 자기 것을 지키기 위해 쓸 자원도 많지 않았던 사람. 모든 게 부족했던 시절, 마음대로 쓸 재료가 별로 없어서 어쩔 수 없이 제대로 된 방식이 아닌 해결책을 찾아야 했던 시절. 뭔가를 수선하려면 분명 가까이 있는 것을 이용해야 했을 것이다. 나는 항상 그런 점에 끌렸다. 그런 녹록하지 않은 상황에서 최소한의 것들만 가지고 길을 열어야 하는 도전을 뜻하니까. 그런 뻔한 상황에서는 오히려 육체와 정신과 매체가 명료한 방식으로 결합한다. 자원이 별로 없는 환경에서 문제를 해결해야 할 때 우리의 지성은 주변에 있는 것을 가지고 두 손을 이용해서 할 수 있는 해법을 고안해 낸다. 그렇게 육체와 정신과 매체가 결합하면 그 창의 창살처럼 독특한 결과물을 낳기 마련이다. 나는 이러한 임시방편의 해결책들에 늘 매료되는데 그 시작은 내 어린 시절로 거슬러 올라간다. 내가 꼬마 아이였던 1970년대 말 1980년대 초에는 비어 있는 건축 부지나 공사 중인 건물이 많았다. 친구들과 많이 했던 놀이 중 하나는 인부들이 모두 집으로 돌아간 늦은 오후에 공사장 안으로 들어가는 것이었다. 나는 형틀 목공 노동자들이 공사 자재를 이용해서 만든 가구들을 기억한다. 앉아 쉴 수 있는 조그만 의자, 밥 먹을 때 쓰는 벤치, 깨끗한 옷을 걸도록 만든 옷걸이. 모두가 나무 판때기나 넓은 거푸집용 널빤지, 철사와 못을 사용해서 만든 것이었다. 임시방편으로 만들어진 작은 거실이라고 할 수 있었는데 공사가 끝나면 전부 큰 드럼통에 피워 놓은 모닥불 속으로 던져질 운명이었다.

내가 시골집에 있으면서 손보았던 것 중 유독 정이 가는 물건이 있다. 이탈리아산 모카 포트인데 언젠가부터 플라스틱 손잡이가 망가져 떨어져 나간 상태였다. 몇 해 동안 커피를 내릴 때마다 손잡이 없는 모카 포트를 조심조심 행주로 감싸 잡고 사용해야 했다. 한참을 그렇게 사용하다 결국 손보기로 했다. 나는 페레스의 낡은 말편자를 가져와 원형 그라인더를 이용해 반으로 잘랐고, 그 반쪽을 원래 손잡이를 나사로 고정하던 자리를 이용해 포트의 몸체에 잘 고정했다. 그 결과물은 모카 포트가 뜨거울 때 쉽게 다룰 수 있도록 문제를 해결해 주었을 뿐 아니라 동시에 사진작가 체마 마도스의 시각적 시[34]와도 같은 하이브리드 사물을 하나 창조해 냈다. 내가 모카 포트 문제를 해결하는 데서 미학적이거나 시적인 결과물을 얻으려고 한 것은 아니었다. 손을 데지 않고 커피를 내릴 수 있기만을 바랐을 뿐이다. 창문에 허약한 창살을 단 이에게도 미학적 의도가 있었던 건 당연히

34 스페인의 사진작가 체마 마도스의 사진 작품들은 일상의 오브제를 예상치 못한 방식으로 결합하여 초현실적이고 시적인 분위기를 만든다.

아니었을 것이다. 오히려 그에게 주어진 상황은 부족한 자원과 아마도 촉박한 시간이었을 것이다. 그런 생각을 하며 나는 어느 정도 튼튼한지 보려는 마음에 셋 중 가장 약해 보이는 금속 막대를 움켜잡았는데 그만 툭 하고 떨어져 나와 버렸다. 본능적으로 나는 뒤를 돌아보았다. 어디선가 누가 나를 보지는 않았는지. 물론 아무도 없었다. 하지만 꼭 누가 나를 본 것만 같았다. 나는 어쩐지 좀 민망해져서 막대를 제자리에 다시 끼워 넣고 비밀이라도 있는 사람처럼 슬쩍 자리를 떴다.

그날 밤은 잠을 이루기가 힘들었다. 쓸모 있는 것이나 값진 물건을 망가뜨렸다는 죄책감도 아니었고 집을 무방비 상태에 놓이게 해서 불안해한 건 더욱 아니었다. 내가 잠을 이루지 못했던 건 창문 문제를 해결할 가장 좋은 방법이 뭘까 하는 생각을 멈출 수가 없었기 때문이다. 내가 눈을 붙이지 못한 건 그런 열의 때문이었다. 당장 손으로 해야 할 작업이 있는 경우 항상 그랬다. 그런 일을 나는 일로 받아들이지 않고 도전 과제로 받아들이기 때문이다. 똑같은 금속 막대를 단순히 시멘트로 다시 붙여야겠다고 생각했다면 금방 잠들었을 것이다. 그보다는 뭔가 다른 걸 해 볼 기회가 아닌가. 뭔가 더 좋은 걸 할 수 있지 않을까 나는 생각했다. 뭔가 굉장한 것. 그런 것을 꿈꾸었다.

다음 날 공책에 상상한 걸 스케치해 보고 '샤타헤히'로 가서 필요한 재료들을 챙긴 뒤 작업을 시작했다. 아침나절부터 일하다 보니 잠을 못 자 몽롱했던 정신은 완전히 깨어났고, 그때 문득 나를 기운 나게 하는 건 부서진 물건을 고치는 일이 아니라는 것을 깨달았다. 어차피 내가 손으로 잡았든 그러지 않았든 시간이 지나면 떨어져 나가고 말았을 것이다. 창고에 있는 물건들을 지키려는 마음도 아니었다. 대를 물려 쓰고 있는 드릴을 지킬 필요는 더더욱 없었다. 분별력 있는 사람이라면 일을 덜어 주기는커녕 더 힘들게만 만드는 공구를 훔치려고 하지는 않을 것이다. 나를 진정으로 기운 나게 하는 것은 바로 작업 그 자체였다. 아무것도 정해지지 않은 상태에서 어떤 새롭고 구체적인 걸 만들어 낸다는 생각. 임시로 수선하여 쓰는 것보다 뭔가 더 하고 싶었다. 좀 오래갔으면 했다.

내가 하는 일이 늘 그렇듯 생각보다 훨씬 더 많은 시간이 소요되긴 했지만 세 개의 빈약한 금속 막대를 뜯어내고 드디어 내 손 위엔 균형 잡히고 튼튼한 방범창이 들려 있었다. 십자 모양의 창살은 창 바깥쪽의 벽을 지지하도록 네 개의 발을 달고 있었는데 마치 벽 위를 기어다닐 수도 있을것 같았다. '아름다운 작품이야.' 하고 속으로 생각했다. 용접한 부분을 다시 한번 살펴보았다. 조금 못생기고 표면이 고르진 않았지만 견고했다. 나는 우둘투둘한 부분을 갈아서 매끈하게 다듬고 사포질한 뒤 금속 부식 방지제를 바르고 진녹색 페인트를 두 겹 입혔다. 정과 망치로 벽에 네 개의 구멍을 뚫었고, 그 구멍에 철창의 네 발을 끼워 넣은 다음 시멘트로 틈을 메웠다. 시멘트가 마른 후 그 위에 흰 페인트를 발라 마무리했다. 작업을 마치고 나는 아나이스와 딸아이들을 부르러 갔다. 아이들더러 눈을 감으라고 하고는 손을 잡고 창고로 데려갔다. 내가 만든 작품 앞에 우리 넷이 나란히 섰을 때 나는 무슨 베네치아 화가 카날레토[35]의 그림이라도 공개하는 양 가족에게 이제 눈을 뜨라고 말했다.

눈을 뜬 마리는 깜짝 선물이 어느 거야 하고 물었다. 그도 그럴 것이 내가 미리 해 준 말도 없었을뿐더러 당연히 마리는 집에 달린 창문들에 평소 관심이 있지도 않았고, 심지어 수십 년 전에 달아 놓은 가는 철창을 기억해 둘 리도 없었다. 봐봐, 철창이 새것이야 하고 내가 말했다. 와, 초록색이다! 마리가 한 말은 그 한마디가 전부였다.

아나이스는 그래도 전부터 내가 뭘 하는지 알고 있었기

---

35   이탈리아의 화가 조반니 안토니오 카날은 풍경화의 대가로 정평이 나 있다.

때문에 좀 더 좋은 말을 해 주었다. 철창을 만져 보고 견고한지 흔들어도 보았다. 새로 칠한 초록색이 반짝반짝 빛난다며 칭찬도 했다. 잘했어. 아나이스는 그렇게 말하고 조금 웃었다. 왜 웃는 거야? 내가 물었다. 아니야, 아무것도. 내가 다시 말했다. 말해 봐, 뭐야. 그러자 아나이스가 음, 좋아 하며 말을 이었다. 진짜 잘 만들었어. 그건 분명해. 다만 철창이 정말 훌륭하긴 한데 다 쓰러져 가는 집에 저것만 너무 새것이라서 그게 좀 웃겨. 집을 지키기 위해서라고 한다면 이 집에는 창살 없는 창문이 여러 개 더 있다는 걸 알려 줘야겠네.

다음 날 후안루가 왔다. 그라면 분명 내 작업의 훌륭한 완성도와 실용성 모두를 온전히 알아봐 줄 거라고 생각했다. 역시 그랬다. 그는 마음에 들어 했다. 오, 예쁜데 하고 말했다. 손가락으로 접합 부위를 쓸어 보고 튼튼한지 확인하기 위해 창살도 몇 번 당겨 보고는 잘 만들었다고 했다. 색깔도 참 예뻐. 그렇게 한마디 던지더니 나보고 따라와 보라고 손짓했다. 우리는 건물 모퉁이를 돌아 창고 문 앞에 섰다. 후안루가 손으로 부드럽게 밀자 열쇠로 잠겨 있던 문인데도 그냥 쉽게 열렸다.

28

창고는 문이 제대로 닫히지 않는데도 계속해서 도둑들의 관심 밖이기는 했다. 그곳에 있는 물건들은 쓸모보다는 무게로 쳐야 값이 나간다는 걸 보는 사람이 알고 있을 것이 분명했지만, 그래도 나는 창살이 위엄을 보여 준다고 믿었고 그렇게 생각하는 것이 좋았다. 정말로 뭔가 역할을 하고 있다고. 그런 생각은 나에게 굉장히 중요했는데 이 집이 우리에게 중요해지기 시작하면서 집이 베풀어 준 아량에 뭔가 보답하고 싶었기 때문이다. 공동으로 쓰는 공간을 더 좋게 가꾸어서 더 편안하고 다정한 공간으로 만들고 싶었다. 창살은 실질적으로는 방범이라는 본래의 기능을 하지 못했지만 그건 오직 물질적인 관점에서 볼 때만 유용하지 않았을 뿐이다. 이렇게 말할 수 있는 이유는 누가 창살이라는 말을 입에 올리기만 해도 우리는 웃게 되었기 때문이다. 집이 딱히 많이 좋아질 수 있는 상태는 아니란 걸 생각했을 때 그

웃음이야말로 창살의 가장 큰 유용성인 셈이다.

　조금 엉뚱하기는 했던 그 작업 이후 몇 달 동안은 그곳에 가지 못했다. 우리가 다시 마을로 돌아간 것은 2015년 봄 초입이었다. 그 시절 우리는 오후에 장작 난롯불을 쬐며 시간을 보내기도 하고, 이런저런 자잘한 수리를 하거나 침대 커버를 벗겨 하나하나 빨기도 하고, 비와 바람이 허락하는 선에서 숲속을 걷기도 했다. 코르크나무들 사이로 샘물이 솟고 물이 크게 불어난 시냇물은 아래로 흐르며 작은 폭포를 이루었으며 폭포마다 양치식물 이파리 위에 물방울을 튕기고 있었다. 낮게 깔린 안개 너머에서 워낭 소리가 들려오곤 했다. 저 멀리 외양간을 지키는 개가 짖는 소리도. 산책을 하면서 나는 늘 숲속의 식물 중 내가 아는 건 꼭 마리와 베르타에게 이름을 알려 주려고 했다. 그 숲의 지배종이라고 할 수 있는 코르크나무 주변을 둘러싸고 자라는 관목과 풀들을 한데 지칭할 때 나는 '수행원단'이라는 표현을 즐겨 썼다. 코르크나무가 속해 있는 참나무속에 관해서도 이야기하고 참나무속에 얼마나 다양한 나무들이 많은지도 설명해 주었다. 도토리를 줍기도 하고 도토리 갓을 손가락 끝에 끼우고 놀기도 했다. 내가 기억력이 나빠 어떤 경우에는 이미 몇 달 전에 했던 이야기를 또 들려주곤 했다. 그래도 아이들은 귀 기울여 듣는 것처럼 보이기에 나는 그냥 열심히 설명해 주었다.

그렇게 산책하러 다니면서 문득 숲에는 잡초가 없다는 사실을 깨달았다. 코르크나무 아래 수북이 자라는 모든 식물은 딸아이들에게도 이야기했듯 코르크나무의 수행원단에 속했다. 그 관목과 풀들을 아름다운 이름으로 묶어 부르는 것은 존엄성을 부여하기 위해서만이 아니라 어떤 의미에서 식물들 사이의 협동적인 관계를 가리키기 위함이기도 했다. 수행원단에 속한다는 것은 공동 공간에 기여하고 있다는 뜻인데, 이 경우에는 지중해성 삼림의 생태계를 조성하고 있다는 것이다. 여기서 자라는 모든 식물은 각자 어떤 역할을 맡고 있으니 모두가 이 생태계에 필요한 존재들이다. 그 역할을 하지 않는다면 생태계가 스스로 그 식물을 밀어낼 것이다. 집 주변에서 자라는 이질적인 종들의 식물 군집과 코르크나무의 수행원단의 차이는 전자는 인간이 존재하고 후자는 인간이 부재하다는 것과 관련이 있다.

잡초, 스페인어 문자 그대로의 의미로는 '나쁜 풀'인데 우리가 그렇게 부르는 것은 단순히 우리 인간의 이익에 해가 되기 때문이다. 다르게 이야기한다면 우리 인간의 의지에 따르지 않는 해방된 존재라고 말할 수도 있겠다. 잡초는 우리의 도움 없이 잘만 나고 잘만 자란다. 잡초를 모두 없애려는 시도는 쓸데없는 노력이다. 왜냐하면 잡초의 씨는 바람을 타고 흩어지기 때문이다. 은신처에 숨어 버린 씨들을 끄집어낼 자석과 같은 물건도 없고, 그런 걸 다 찾아내고 싶어 하는 어린아이도 없다. 습기와 햇빛만이 그들을 불러 낼 수 있는 유일한 것이다.

그때쯤 나는 모두가 잠든 어느 밤에 인터넷에서 그런 종류의 해방된 풀에 관한 연구를 읽게 되었다. 그 연구는 그런 풀들의 자유로움이 농작물을 망치도록 두지 않기 위해 어떻게 잡초와 싸워야 하는지를 설명하고 있었다. 순전히 자연에 대한 인간 중심적인 사고라는 생각이 들었다. 들쥐도 땃쥐도 개미도 장수풍뎅이도 달팽이도 잡초를 그런 시각으로 보지 않을 것이라고 상상했다. 집 주변을 돌며 먹이를 찾는 작은 설치류를 잡으려고 풀숲 사이에 숨어 기다리는 길고양이에게도 마찬가지일 것이다. 잡초를 벤다는 건 그들의 지붕을 날리는 일이나 마찬가지다. 훗날 포클레인이 이 집의 지붕을 뜯어낼 때처럼. 기계가 우리의 세상을 드러내 보이듯 그들의 세상을 드러내 보이는 일이다.

29

숲으로 산책을 다니고 잡초에 대해 생각해 보던 당시 일어난 일이 또 있었는데, 이른 봄 그 집에 도착했을 때 우리는 겨울이 우리에게 남겨 놓은 두 가지 흔적을 발견했다. 하나는 습기 때문에 생긴 링컨 침실 벽의 얼룩이고 다른 하나는 침대 위에 죽어 있던 새 한 마리였다. 누군가 마지막으로 집에 다녀간 다음에 새가 들어와 죽은 후 몇 주 아니면 몇 달을 그 자리 그대로 있었던 듯한데, 그렇게 생각한 이유는 내가 새를 집어 들었을 때 무게가 거의 느껴지지 않았기 때문이다. 새의 몸은 뼈와 깃털뿐이었다. 몸을 다 먹어 치운 건 벌레들일 텐데 그런 흔적조차 남아 있지 않았다. 구더기나 개미는 아무것도 없는 데서 나타났다가는 사라진다. 남아 있는 건 진한 얼룩뿐이었고, 한때 새를 살아 있게 했던 무언가가 액체가 되어 매트리스로 스며든 것 같았다. 마치 중력과 생명 사이에는 절대 깰 수 없는 동맹이 있어서 생의 마지막 순간에 또 다른 새 생명을 잉태하도록 남은 에너지는 모두 땅으로 전달되어야 한다는 듯이. 그 얼룩을 지우는 건 좀 어려웠다. 섬유 조직 사이사이에 얼룩이 배어 있었기 때문이다.

그러나 시간이 더 걸렸던 건 습기가 배어 생긴 벽의 얼룩을 없애는 일이었다. 집의 뒤편으로 가 동쪽 벽을 살펴보다가 손가락 굵기만 한 금을 발견했다. 금의 위치가 실내에 생긴 습기 얼룩의 위치와 대략 일치했다. 찬찬히 벽 전체를 살펴보니 금이 간 곳이 몇 군데 더 있었는데 좀 더 작긴 했지만 시간이 지나면 문제가 될 수 있는 것들이었다. 동쪽 벽 전체를 보수할 필요가 있었고, 지금 보수하지 않으면 다음 겨울에는 습기가 아니라 물방울이 뚝뚝 떨어질 판이었다. 하지만 그날은 필요한 재료가 없어서 나는 두 주 뒤 후안루와 함께 방수 페인트 한 통과 페인트 붓, 장대와 롤러, 그리고 다량의 유리 섬유를 챙겨 그곳으로 돌아갔다.

이틀 동안 우리는 벽의 틈을 다 메웠고 그 위에 새로 페인트를 칠했다. 일이 끝났을 때 벽은 새것 같았다. 우리는 작업이 만족스러워서 상을 받아도 되겠다 싶었고, 마을에 얼마 되지 않는 바 중 한 곳으로 저녁을 먹으러 갔다.

그곳은 마을 아래 초입에 있었고, 주로 마을을 지나쳐

가는 사람들이 많이 들르는 곳이었다. 처음 가는 것은 아니었는데 그날은 내부가 달라져 있었다. 전에는 별다른 게 없던 보통 바가 이제 '콘셉트'가 있는 장소로 바뀌었다. 후안 루와 나는 바뀐 인테리어에 관해 의견을 나누었다. 새로 단장한 바에 대해 우리는 '가짜 옛것'이라고 이름 붙여야겠다는 결론을 내렸다. 지붕을 받치는 것처럼 보이는 나무 대들보는 실제로 건축 자재 창고에서 흔히 볼 수 있는 목재일 뿐이었다. 새것임이 분명한데도 울퉁불퉁한 모양이었다. 누군가 자재 창고에서 목재를 사서 손도끼로 두들겨 표면을 일부러 고르지 않게 만들었다. 마치 실제로 나무 들보를 처음부터 손으로 쓰는 연장으로만 깎아 만든 것처럼. 그리고 그 위에 흰 칠을 했는데 그 위에 오래 써서 닳은 것으로 보이게 후처리했다. 세월이 흐른 적이 없는데도 세월이 오래 흐른 것처럼 보이게 하기 위해서였다. 가구들도 마찬가지여서 가구의 칠을 부분부분 사포로 갈아 놓았다. 벽도 가지각색의 잡동사니들로 장식했다. 낡은 삼끈, 세라믹 접시, 흑백 사진 등. 마직물이 여기저기 널려 있는 데다 참나무통, 물방울무늬가 새겨진 초록색 유리 항아리, 옛날 광부들이 쓰던 랜턴 등 옛날 시대를 떠올리게 하는 것이면 무엇이든 가져다 놓은 듯했다. 요즘 프랜차이즈 가게들이 새로 문을 열 때 많이들 이런 스타일로 꾸미곤 한다. 카리브해의 낡은 창고 건물 같은 분위기를 낸다든지. 땀으로 번들거리는 피부의 물라토 일꾼이 커피 향 가득한 커피 자루를 수레에 싣고 지나가도 이상하지 않을 것 같다. 섬나라 내륙의 농장에서 수확한 커피. 식민주의적 시각의 이국적 정취다. 거친 식물성 섬유와 탁탁 튀며 빛나는, 고래 왁스로 만든 초. 하지만 고래기름 특유의 악취는 나지 않는다. 후안루와 나는 그런 고풍스러움을 추구하는 미학이 의미하는 건 무엇일까 궁금했다. 과거를 시각적 스타일로 재현하고 있지만 그런 시대가 옛날 모습 그대로 주어진다면 우리는 견디지 못할 것이다. 노예제의 시대였고, 여성과 아이들을 학대하고 이교도와 동물들에 대해 무자비했으며 공개 처형이 빈번하게 일어나던 시대였으니까.

그에 대한 대답은 몇 년 후 영국의 정신 분석 학자인 대리언 리더[36]의 짧지만 밀도 있는 내용의 수필에서 찾을 수 있었다. 제목부터가 바로 '손'이다. 나는 전부터 그런 이국적 정취가 가득한 인테리어 뒤에는 개별성과 수작업을 연관 지으려는 생각이 숨어 있다고 생각했는데 그 책을 읽으면서 그 생각에 확신이 섰다. 산업화, 지구화되고 기술이 고도로

---

36   영국의 정신 분석학자이자 작가로 『우리는 왜 아플까』, 『광기』, 『사랑할 때 우리가 속삭이는 말들』 등의 저서를 썼다.

발전한 사회, 그리고 무엇보다 가상이 지배하는 세상에서 모든 건 점점 서로 비슷해진다는 것이다. 정말로 그렇다. 우리는 아프리카 한복판이나 사할린의 가장 북쪽에 있는 섬에서나 같은 용기에 담긴 똑같은 음료를 마신다. 특허도 같고, 제조법도 같으며, 생산 공정도 같다. 또한 우리는 서로 같은 기술을 사용하는 똑같은 애플리케이션을 쓰면서 다들 서로 비슷한 메시지들을 주고받는다.

후안루와 내가 갔던 곳과 같은 바들의 가장 지배적인 특징은 수공예의 흔적이다. 수공예의 가변성과 부정확성, 그리고 불연속성과 흔들림. 겉으로 보기에는 유일무이한 독특한 장소. 이런 효과 — 진짜가 아니라 그저 효과일 뿐이긴 하니까 — 를 만들어 내기 위해 그들은 손으로 직접 만든 것들, 옛날에는 손으로 직접 한 것들을 흉내 낸다. 여기에는 모순적이면서도 신비로운 점이 있다. 한편으로는 발전된 기술에 대한 경도, 효율성과 완벽함을 추구하는 보편적인 경향이 존재한다. 동시에 다른 한편으로는 유일무이한 것, 예측 불가능한 것, 미완성된 것, 불완전한 것을 향한 동경이 있다.

30

페레스와 몇 마리의 쥐들을 제외하면 2015년 초까지 그 집에 다른 동물은 거의 없었다. 물론 척추동물을 말하는 것이다. 그해 여름 예상치 않게 다른 동물들이 집에 오게 되었다. 처음으로 찾아온 건 한 마리 강아지였는데 후안루는 털 색깔이 초콜릿색이어서 초콜라테라고 이름 지었다. 구조된 강아지였고, 말 그대로 감옥에서 구조되었다. 근처 마을의 어떤 남자가 다른 열두 마리의 개와 함께 좁디좁은 사육장 안에 가두어 키웠다. 산책하다 보면 어쩌다 그 근처를 지나게 될 때가 있었다. 개 사육장에 30미터쯤만 접근해도 개들은 미친 듯이 짖고 끽끽거리곤 했다. 우리가 지나가면 마구 날뛰었고, 그들을 가두고 있는 철망을 기어올랐으며, 바닥으로 떨어지면 다시 기어오르기를 반복했다. 마치 개 사육장에 지붕이 없는 것처럼, 기체로 변해 철망을 통과해 탈출하기라도 할 것처럼. 하루는 본즈에게 개들에 관해 물었다.

사냥개들이었다. 왜 가둬 놓느냐고 했더니 짐작한 대로였다. 개들은 일주일에 딱 한 번 사육장에서 나올 수 있기 때문에 일단 밖에 나오면 사냥감을 향해 악마처럼 달려든다고 했다.

내가 개들이 그렇게 행동하는 이유를 짐작할 수 있었던 건 어릴 적 그렇게 갇힌 개들을 본 적이 있기 때문이다. 그때 본 개들은 부르고스 포인터였다. 그 품종의 개들을 잘 기억하고 있다. 강인하고 영리한 종이다. 작은 동물의 사냥에 특히 뛰어난데 내가 살던 톨레도의 평원에서는 그런 작은 동물 사냥이 많이 행해졌다. 개들은 마을의 투우장 안 창문 없는 작은 방에 갇혀 있었다. 나는 개 주인의 아들이자 투우장 관리인의 손자인 친구와 함께 개들에게 마른 빵조각을 주러 그곳에 종종 가곤 했다. 개들의 표정이나 눈빛은 기억에 없지만 우리를 만날 때 보이던 불안한 모습과 배설물의 냄새만은 똑똑히 기억난다.

그해 6월엔 암컷 개 한 마리가 나타났다. 동네에서는 마놀라라는 이름으로 알려져 있었다. 발정기에는 늘 구애하는 수컷들을 두어 마리 달고 다녔다. 그중 하나는 주둥이가 뾰족하고 큰 귀가 쫑긋 서 있어서 얼굴이 아누비스를 닮은 녀석이었는데 포도 덩굴 아래 그늘에서 종종 쉬다가 갔다. 목줄도 없어서 주인은 있는지 어디에서 왔는지도 알 수 없었다. 내가 다가가면 두려움에 찬 눈빛으로 고개를 떨구고 뒷걸음질 치며 꼬리를 감추곤 했다. 살면서 몽둥이질을 많이 당한 것이 틀림없었다. 우리 중 누구도 겁을 주지 않으니 녀석도 조금씩 마음을 열었다. 반면 베르타는 처음부터 마음을 활짝 열고 예뻐했다. 목줄도 없는 개인 데다 진드기가 있을 것 같아서 우리가 함부로 만지지 말라고 경고했는데도 베르타는 애정의 손길이 필요해 보이는 개의 몸을 신이 나서 한참을 쓰다듬어 주곤 했다. 개는 가만히 있었다. 먹을 걸 달라고 하지도 물을 달라고 하지도 않았다. 가만히 앉아서 베르타가 그 조막만 한 구릿빛 손으로 계속해서 쓸어 주기만을 바랐다.

하루는 후안루가 내게 전화해서 사 오고 싶은 늙은 당나귀가 한 마리 있다고, 말라가 산맥에 있는 마을까지 좀 태워다 달라고 했다. 나는 3도어짜리 경차라 돌아오는 길에 당나귀가 많이 불편해하지 않겠냐고 얘기했다. 후안루는 마지못해 웃어 주었다. 내 유치한 농담을 받아 주지 않으면 아무래도 내가 좀 머쓱할까 봐. 그러면서 돌아오는 건 걱정하지 말라며 가는 길에만 태워 주면 된다고 했다. 다음 날 출발하기로 했다. 다행히 그때 내가 해야 할 일은 미룰 수 있는 것이어서 그를 태울 시간과 장소까지 바로 정했다.

　　후안루는 보통 내게 묻지도 않고 자기 용건만 말하곤 했다. 마치 내 시간이 자기 시간이라도 되는 양 마음대로 쓰려고 했는데 나는 오히려 그 점이 좋았다. 서로의 경계가 흐려지고 내 자아도 조금씩 닳아 없어지는 느낌이 좋았기 때문이다. 사람들 각자가 자기 자신에게 쓰는 시간은 우리의 자유와 자아가 뛰노는 각 개인 고유의 영토다. 그 사적인 공간에서만 우리는 온전한 우리 자신이 될 수 있다고 우리는 보통 그렇게 말한다. 누구도 간섭하지 않는 고독의 시간이 어떤 두려움도 없이 진정한 우리의 모습을 드러내게 한다고. 그 시간에 우리는 손가락으로 마음껏 코를 파고, 허락되지 않은 초콜릿바의 찐득한 맛을 음미할 수 있다. 자기만의 시간은 누구와 협의할 필요 없이 각자가 알아서 다스리는 영토인 셈이다. 그래서 다른 사람이 허락 없이 그 영토에 들어오는 건 고문과 같은 일이 되기도 하고 오히려 기쁜 일이 될 수도 있다. 그것은 열쇠를 스스로 내주었느냐, 아니면 강제로 빼앗겼느냐에 달려 있다.

　　아침 8시에 세비야를 출발하여 해안까지 고속도로를 탔다. 그다음 지방도로 빠져서 굽이굽이 오르막길을 올라 산맥 속에 숨은 어느 하얀 마을[37]에 도착했다. 당나귀 주인은 마을 광장에 있는 바에서 우리를 기다렸다. 거기서 함께 점심을 먹으며 후안루는 당나귀에 대해 이런저런 것들을 물었다. 벨레냐라는 이름의 늙은 암컷 당나귀인데 이미 일할 나이는 지났지만 편히 보낼 수 있는 여생이 몇 년은 남았다고 했다. 남자는 또 언젠가부터 자기가 사람들이 더 이상 돌보길 원치 않는 당나귀들을 사들이고 있다고, 후안루가 그 당나귀 중 한 마리를 데려가고 싶어 하는 게 참으로 반갑다고 했다. 왜냐하면 소문이 도는 바람에 이미 너무 많은 당나귀를 데리고 있고, 모두 먹여 살리는 데 돈이 너무 많이 든다는 것이다. 좋아서 하는 일이에요. 남자가 말했다. 나는 두 사람이 손도 대지 않고 있는 하몬 넣은 강낭콩 요리를 포크로 찍어 먹으며 그들의 대화를 듣고 있었다. 둘은 둘이서만 같은 언어로 이야기하는 것처럼 말이 잘 통했다. 후안루가 당나귀를 데려가려는 이유가 그 남자의 철학과 일치했기 때문이다.

벨레냐가 있는 방목장에는 벨레냐 말고도 열댓 마리의 당나귀가 산사나무나 야생 올리브나무의 그늘을 찾아 어슬렁거리고 있었다. 남자가 울타리의 문을 열었고, 우리는 그

37 안달루시아의 산맥 곳곳에 숨은 작은 마을들을 부르는 말. 여름의 강렬한 햇빛 때문에 집집마다 외벽을 하얀 석회로 칠해 '하얀 마을' 혹은 '안달루시아의 하얀 마을'이라고 부르며, 안달루시아의 대표적인 여행 코스 중 하나로 꼽히기도 한다.

를 따라 방목장 가장 안쪽까지 들어갔다. 그곳에는 마치 쉬는 시간에 혼자 노는 여자아이처럼 벨레냐가 자기만의 방식대로 혼자만의 시간을 즐기고 있었다. 나중에 우리가 수없이 보게 될 모습이었다. 후안루는 비닐봉지에서 곡물을 한 움큼 집어 벨레냐 앞에 손을 펴 내밀었다. 벨레냐는 킁킁 냄새를 맡더니 털이 부슬부슬하고 두꺼운 윗입술로 후안루의 손바닥을 쓸어 먹이를 제 입안에 집어넣었다. 보리 낟알이 바닥으로 우수수 떨어져서 버리는 게 더 많아 보였다.

나는 당나귀의 굵고 빳빳한 털을 손으로 쓸어 보았는데 전에 상처가 났던 자리인지 군데군데 진드기와 마른 피딱지가 붙어 있었다. 벨레냐는 은빛 당나귀 플라테로[38]의 이미지를 완벽히 부정하고 있었다. 작지도 않았고 털북숭이도 아니었으며 부드럽지도 않았다. 겉이 말랑말랑하지도 않았고 온몸이 솜덩어리인 것은 더더욱 아니었다.[39] 나이가 들어서인지 피부 조직이 축 늘어져 마치 옷걸이에 걸어놓은 옷 같았고, 옷걸이의 윤곽이 드러나 보이듯 뼈의 모양이 두

38 1956년 노벨 문학상을 수상한 스페인 시인 후안 라몬 히메네스의 서정시 「플라테로와 나」에 나오는 당나귀 이름이다.

39 『플라테로와 나』 첫 장에서 당나귀 플라테로를 묘사한 첫 문장을 가져와 그 이미지를 부정하고 있다.

드러져 보였다. 엉덩이가 있어야 할 자리에는 커다란 엉덩뼈가 뭉툭하게 솟아 있었다. 가죽은 지방 순회 서커스단 천막에 쓰는 천 같았다. 배는 늘어졌고 배의 무게 때문에 등도 아래쪽으로 활처럼 휘었는데 그나마 배와 등이 벨레냐의 몸에 있는 유일한 곡선이라고 볼 수 있었다. 어깨 역시 비정상적으로 불뚝 튀어나왔다. 머리는 엄청나게 커서 몸과 비율이 맞지 않았다. 귀는 쫑긋하게 서고 눈은 희뿌연 막으로 덮여 있었다.

후안루는 본즈가 빌려준 오래된 마구를 벨레냐에게 채웠다. 남자는 무게가 한쪽으로 쏠리지 않도록 해야 한다며 마구를 세심하게 조정해 주었다. 남자와 작별 인사를 나누고 후안루와 나는 그가 알려 준 대로 소로를 따라 잠시 함께 걸었다. 후안루의 생각은 당나귀를 타고 우리 마을로 돌아오는 것이었는데 닷새나 엿새쯤 걸리고, 마을에 도착하면 페레스가 있는 곳에 벨레냐를 풀어 놓을 거라고 했다. 나는 로버트 루이스 스티븐슨의 『당나귀와 함께한 세벤 여행』이 떠올랐고, 그에게 좋은 여행이 되길 바란다고 빌어 주었다. 그는 산맥도 넘어야 하고 강도 건너야 할 것이다. 마치 탐험가처럼. 떡갈나무 아래에서 잠들 것이고 그 옆에서 벨레냐는 풀을 뜯을 것이다. 더위가 가신 여름밤 귀뚜라미 소리를 들을 것이다. 어두운 밤하늘 아래 누워 하얀빛을 번쩍이며 머리 위로 지나가는 올빼미를 볼 수도 있겠다. 올빼미의 날갯짓 소리는 잘 마른 호두나무 판자를 두드리는 소리처럼 크게 들릴 것이다. 우리는 버려진 수로의 우물가에서 포옹을 나누었고, 나는 당나귀를 탄 그가 올리브 나무 사이로 멀어지는 모습을 잠시 지켜보았다.

고속도로를 따라 세비야로 돌아가는 길에 나는 후안루와 벨레냐의 리듬이 나의 리듬과 비슷하다는 느낌을 받았다. 육체가 결정하는 리듬, 육체의 본성과 상태에 따라 결정되는 리듬. 정신이 아니라 육체가 리듬을 결정한다. 누군가의 꿈이나 의도가 아니라 누군가가 가진 근육의 탄성과 힘, 칼슘 밀도에 따른 뼈의 강도, 피부의 탄력과 같은 것이 결정한다는 말이다. 그래서 리듬은 시간의 흐름에 따라 변화하며, 삶의 매 순간 다른 걸 요구한다. 정신은 제안만 할 뿐 결심하는 건 육체다라고 말할 수도 있겠다. 점차 쇠퇴하기만 하는 육체, 움직이려는 충동을 따라가지 못하는 육체를 가지고 살아가는 건 힘든 일이다. 늙는다는 건 그래서 어렵다.

나중에 알게 된 사실이지만 인간을 포함한 우리 동물들은 존재의 많은 부분을 이동하는 능력에 빚지고 있다. 스페인 무르시아 대학교의 과학철학 교수이자 식물신호전달

및 행동철학연구소 '민트'의 연구소장 파코 칼보는 매혹적인 저서 『뇌 없이도 생각할 수 있는가』에서 이런 특성에 대해 굉장히 설득력 있게 성찰하고 있다. 책 전체가 사실상 그동안 우리가 움직임과 지능을 관련지어 온 생각을 재고해야 한다는 제안이다. 우리는 식물이 제 뿌리를 뽑아 어딘가로 이동하여 먹이를 찾거나 하는 능력이 없다는 이유로 지능과 유사한 어떤 것이 없다고 너무 당연하게 생각한다. 그 강제적인 부동의 상태가 집단적 수동성이라고. 그런데 동물들의 행동을 유도하고 조절하며 심지어 조종하기까지 하는 게 식물들이다. 생존과 번식의 전략을 설계하는 건 식물들 자신이며, 그 전략이 동물들의 세계를 작동하게 한다. 꿀벌은 자기가 로즈메리꽃의 꿀을 빨 수 있는 건 식물이 공짜로 주는 선물이기 때문이라고 믿는다. 내가 왔어, 너의 꿀은 너무 맛있어, 그래서 내가 먹는 거야라고 꿀벌은 말한다. 그러고는 기고만장해서 다른 꽃잎을 향해 날아간다. 엉덩이에 꽃가루를 잔뜩 묻힌 채. 꼭 뚱뚱한 총잡이 같은 모습으로.

31

그해 여름 마리와 베르타와 내가 함께 찍은 사진이 한 장 있다. 우리 셋은 앞마당으로 나가는 계단에 앉아 있다. 우연히 셋 모두 흰옷을 입었다. 내 옷은 작업할 때 입는 티셔츠인데 뒤집어 입은 바람에 어깨선을 따라 닭 벗 모양으로 봉제선이 오돌토돌 드러나 있다.

내가 딸아이들을 간지럼 태우고 아이들은 웃는다. 나도 웃는다. 사진 속에서 나는 마리를 쳐다보고, 마리는 젖니가 빠져 잇새에 구멍이 숭숭 뚫려 있다. 마리의 시선은 프레임 밖 어딘가를 향해 있고, 아마 그곳에는 뭔가 본질적인 것이 있을지도 모른다. 베르타는 나를 쳐다보고 있다. 그 웃음 속에서 시간은 멈춘 듯하다. 과거도 미래도 없다. 그 웃음은 내가 아는 한 현재라는 시간의 가장 순수한 표현이다.

삶의 모든 설명하기 힘든 일, 그 삶의 미스터리, 우리가 어디서 왔고 어디로 가는가 하는 것들, 살아 있다는 그 자체의 의미, 수천 년 동안 인류를 괴롭혀 온 문제들과 과학과 예술에 빛을 밝혀 준 모든 것. 혼란스러움까지 포함한 그 모든 것은 계주에서 주자들이 손에서 손으로 전하는 바통의 형상을 띠고 있는 것 같다. 그리고 시간을 가로지르며 전달되는 바통은 사랑이다. 우리가 운이 좋은 삶을 산다면 우리는 부모로부터 그 사랑을 받고, 우리 아이들과 형제들과 친구들에게 그 사랑을 전해 준다. 그것이 전부다.

32

우리가 그 집에서 지내는 동안에 나는 날씨만 허락한다면 항상 마당에서 글을 썼다. 노트북 화면에서 눈을 뗐을 때 먼 곳을 볼 수 있다는 게 참 좋았다. 무럭무럭 자라는 포도덩굴을 항상 지켜볼 수 있다는 것도 좋았다. 3월까지는 덩굴 잎들이 내 머리 위에서 겨울잠을 잔다. 마른 가지들은 마치 금속 막대기처럼 죽은 듯 보인다. 그러다 어느 순간 울퉁불퉁한 나무껍질 사이로 두드러기처럼 자그마한 초록 잎눈들이 솟아오른다. 그때부터는 한여름 무성함을 향해 경주가 시작된다. 그 생장의 시기에 나는 그 집에 갈 때면 내가 없는 사이 얼마나 자랐나 확인해 보곤 했다. 나는 그 순간이 참 좋았고, 매번 그 생명력에 감탄했다. 잎의 크기가 하루가 다르게 커지는 것이나 덩굴 가지가 뻗어 올라가는 것이나 덩굴손이 만드는 섬세한 모양, 그리고 포도송이 ─ 막 열린 포도송이는 초록색 작은 점이 알알이 박힌 구름 같은 것에 지나지 않지만—가 처음 맺힐 때나 그 모든 게 경이로웠다.

그렇게 마당에서 글을 쓰곤 하던 5월의 어느 아침 머리 위를 훑고 지나가는 공기의 진동 소리가 들렸다. 위를 올려다보았으나 포도 덩굴의 푸른 잎과 익어 가는 포도송이만 보여 나는 다시 글을 쓰기 시작했다. 다시 한번 포도 덩굴 위로 뭔가 지나가는 게 느껴졌다. 공기의 진동은 언젠가 해변에서 날리던 연을 떠올리게 했다. 바람이 연을 만나면 잠시 난기류를 일으켰다가 지나가는데 그 소리와 비슷했다. 포도 덩굴 그늘에서 빠져나와 하늘을 보니 드디어 그들이 보였다. 독수리들이었다. 높은 바위산에서부터 지면에 거의 닿을 듯이 낮게 날아오고 있었다. 마치 연말 스키 점프 대회에서 본 선수들이 허공을 가르는 모습 같았다. 독수리들이 더 지나갔다. 더 많이 지나갔다. 땅에 닿을 듯한 데다 단호하면서도 빠르게 날아서 조금 무섭기까지 했다. 날갯깃이 공기를 가르며 내는 진동 소리, 그뿐 아니라 거대한 날개폭도 아주 인상적이었다. 날개폭이 어찌나 넓은지 한 마리의 새는 그냥 하나의 거대한 날개처럼 보였고, 새의 몸체는 그냥 널따란 공기 역학적 평면의 중간에 달린 작은 부속물 같았다.

나는 집으로 뛰어 들어가 쌍안경을 가지고 나왔다. 아니나 다를까, 제대로 작동하지 않았다. 초점이 맞춰지지 않아서 사물이 흐릿한 얼룩으로만 보였다. 다른 쌍안경을 가지고 나왔다. 역시 제대로 작동하지 않았다. 고치거나 하면서 시간을 버릴 수 없어서 나는 한쪽 렌즈만 초점을 맞추어 망원경처럼 한쪽에만 눈을 대고 썼다.

그날 본 장면은 장엄하다는 말로밖에 표현할 수가 없다. 공기를 쿠션처럼 사용해 균형을 잡고 제 뼈를 지렛대 삼아 최소한의 조정만으로 하늘을 나는 맹금류의 자태. 스페인의 저항 시인 미겔 에르난데스는 「휘휘! 쳐라 또 쳐라!」라는 시에서 "돌에 물을 쳐라, 돌이 온순해질 때까지."라고 노래했다. 그렇다면 원시 지구의 원시 수프[40]에서 어느 날 생겨난 첫 유기 분자에게도 시련을 쳐라, 또 그에게 억겁의 시간을 쳐라. 그러면 그는 변이를 거듭하여 바위도 방사선도 이겨 낼 것이다. 마침내 육지로 기어 나와 나무를 타고 오를 것이며, 나무 위에서 하늘로 뛰어오를 것이다. 그리고 수없이 추락을 반복한 끝에, 다른 동물의 사체를 갉아 먹으며 진흙에 발톱과 부리를 박아 넣은 끝에, 어느 하루, 수백만 년이나 지속된 어느 하루, 시작은 박테리아였던 그는 저 높은 바위산에서 비탈을 따라 미끄러지듯 날 것이고, 코르크나무와 사람들 위를 유유히 지나갈 것이다. 포도 덩굴 아래에서 글

40　원시 지구의 바다가 유기물을 포함한 수프와 같은 형태였고 거기서 최초의 생명체가 기원했다는 지구 생명의 기원에 관한 가장 오래된 가설이다.

을 쓰고 있는 나 같은 건 보이지 않을 것이다. 왜냐하면 시작은 박테리아였지만 이제는 하늘을 나는 그의 안에는 저 골짜기 아래 자신을 기다리고 있는 썩은 고기의 향연에 가 닿으려는 의지만이 가득하기 때문이다.

몇 분도 지나지 않아 독수리들은 둥근 모양을 그리며 크게 선회하기 시작했다. 독수리들은 아이들이 '도마뱀 산'이라고 부르는 언덕 근처 가파른 경사면 상공에서 비행하고 있었다. 분명 이삼십 마리쯤은 되었는데 저 멀리 선회 비행을 하는 독수리들이 무엇의 상공에서 돌고 있는지는 이곳에서 보이지 않았다. 하지만 상상은 할 수 있었다. 썩은 고기를 먹는 독수리들을 저 정도 숫자나 되게 불러 모은 게 무엇이었는지. 독수리들이 내려앉은 곳, 열심히 고기를 뜯고 있을 그곳을 망원경으로 관찰할 수 있는 장소까지 가 보려고 나는 대문을 열었다. 그때만 해도 주변 지리를 어느 정도 알았기 때문에 높이 솟아 있고 안전해서 전망대 역할을 할 만한 장소가 최소한 두 군데 정도 머릿속에 떠올랐다. 그런데 길 쪽으로 내려서기 전에 발걸음을 멈추고 말았는데 아마도 그날 아침 글이 매우 잘 써지고 있었다고, 흐름을 깨지 않는 게 좋겠다고, 아직은 내일 오전에 이어서 쓰기를 기약하며 오늘 분량을 마무리할 때는 아니라고 생각했던 것 같다. 기억나는 건 내가 쌍안경을 넣어 두고 노트북 앞에 다시 앉았다는 사실이다.

　며칠 후까지도 나는 그때 왜 글쓰기를 그만두고 전망대로 뛰어나가지 않았나 하며 두고두고 아쉬워했다. 문학은 기다려 줄 수 있는데. 사실 문학은 평생 기다리는 건데. 하지만 죽은 소의 마지막 단백질 조각까지 뽑아 먹는 독수리 무리의 모습은 기다려 주지 않는다. 그때 아니면 못 보는 광경을 나는 놓치고 말았다. 마치 전에 트럭에 타지 않아 부엌에 주방 가구들을 설치할 때 함께하지 못했던 것처럼. 그때나 또 비슷한 상황에서 나는 분명 내 몸이 내게 하는 말을 들었다. 하던 일을 멈추고, 가라고. 하지만 나는 그 말을 듣지 않았다. 내 머리가 다른 일이 더 중요하다고 설득하는 바람에. 정해진 일정, 어떤 목표, 몇 단락만 더 쓰면 된다는 생각, 그리고 책임감. 신체보다 이성을 항상 우선하는 그런 위계질서는 사실 더 큰 사회 질서의 축소판이기도 하다. 그런데 지금 나는 그날 그 순간 쓰고 있던 글이 뭐였는지 전혀 기억나지 않는다. 그렇다면 그날 자리를 지키고 앉아 있는 게 뭐가 그리 중요했을까. 한 가지 분명한 게 있다. 이성과 기억은 내 머릿속에 함께 살면서도 다 잊어버리고 마는데 내 몸은 결코 잊는 법이 없다.

33

마당에서 글을 쓰는 일은 몇 가지 준비가 필요했다. 나는 매일 전선 릴의 전원을 부엌에 꽂고 전선을 풀면서 문밖으로 나와 마당 테이블 옆에 릴을 놓고 노트북을 연결했다. 노트북 사용이 끝나면 매번 테이블을 치우고 장비를 정리했다. 글을 쓰던 테이블 위에서 딸아이들이 그림을 그리고 조개껍데기에 색칠도 해야 했고, 아나이스가 그 테이블 위에서 일할 때도 있었으며, 함께 그곳에서 밥을 먹기도 했기 때문이다. 독수리들이 찾아왔던 날 이후 얼마 지나지 않아 나는 마당의 전기 문제를 해결해야겠다고 마음먹었다.

테이블이 놓인 자리 옆 외벽 2미터 높이에는 지름 6센티미터 정도의 PVC 파이프가 묻혀 외벽과 내벽을 연결하고 있었다. 거의 70센티미터 두께의 돌덩이와 잡석, 회반죽으로 된 벽이었다. 그 벽을 뚫고 파이프를 매설한 것은 후안루였는데 힘들여 한 나름의 큰 공사였다. 전에는 여러 종류의 케이블들이 각자 제멋대로 건물 안으로 들어왔던 것을 한데 묶어 파이프를 통해 한 번에 집 밖에서 집 안으로 들어오게 하기 위함이었다.

그때 내 머리에 이런 생각이 떠올랐다. 저 파이프, 그러니까 케이블들이 지나는 저 터널과 같은 곳으로 전선 하나를 더 지나게 해 집 외부 테이블 바로 옆쪽에 콘센트를 하나 설치할 수 있지 않을까. 의자를 하나 놓고 그 위에 올라가 파이프에 고개를 박고 안을 들여다보았더니 집 내부가 보였다. 관을 통해 나오는 선선한 공기 때문에 눈이 건조해져서 나는 눈을 깜빡여야만 했다.

마을 아래 철물점에 가서 콘센트를 샀다. 매립형 콘센트가 아니라 나사로 벽에 고정하고 물이 새어 드는 걸 막아 줄 뚜껑이 있는 콘센트로 하나 샀다. 이름이 노출 콘센트라고 철물점 주인이 설명해 주었다. 집으로 돌아와 콘센트를 적당한 위치에 대 보고 드릴로 구멍을 뚫어 콘센트를 고정했다. 구리 선의 피복을 벗겨 내고 콘센트 단자에 연결한 후 외벽을 따라 전선을 플라스틱 스테이플로 박아 고정했다. 정면에서 보기에 전선이 완벽한 직선을 따라 올라가게 하기 위해 스테이플 사이의 간격이 일정하도록 신경 썼다. 창문 위 높이까지 올라가게 한 다음 거기서 PVC 파이프를 통해 전선을 집 안으로 집어넣었다.

PVC 파이프 반대편이 있는 실내에서 나는 다시 의자를 놓고 올라가 분전함의 뚜껑을 열었다. 그 안에는 온갖 전선과 연결 단자들이 뒤엉켜 있었다. 외벽을 따라 곧게 올라온 전선의 질서 있는 세계는 그곳에서 끝났다. 거기서 나는 세 가닥의 구리 선이 나와 있는 커넥터를 찾았다. 콘센트에는 두 개의 전극뿐만 아니라 접지선도 필요하다는 걸 알고 있었기 때문이다. 그런 커넥터를 하나 발견해서 나는 바깥에서 들어온 세 가닥 전선의 피복을 벗긴 뒤 각각 색깔에 맞게 커넥터에 연결하고는 분전함의 뚜껑을 닫고 의자에서 내려왔다. 잘되었는지 보려고 마당으로 나가 새로 설치한 콘센트에 믹서기를 꽂았는데 작동하지 않았다. 그래, 그건 그럴 수 있다. 그런데 그때부터 누군가 외부 콘센트에 뭘 꽂기만 하면 실내에 있는 전등 하나가 켜졌다.

그 문제를 해결하는 건 금방이었을 것이다. 맞는 커넥터를 다시 찾아 제대로 연결하기만 하면 됐을 테니까. 그런데 어떤 이유에서인지 그날 나는 다시 의자 위에 올라가지 않았다. 아마 질서 있는 세계를 좋아하는 내 두뇌가 다시 그 분전함 속의 혼돈을 마주하고 싶지 않았던 듯하다. 아니 사실 가장 그럴듯한 이유는 게으름이었을 것이다. 나는 보통 그런 종류의 문제를 해결할 때 기운이 쏙 빠져 버리기 때문이다. 시간이 많이 들거나 힘이 많이 들기 때문이 아니다. 내가 어떻게 해야 하는지 잘 모르거나 전체를 다 알고 있지 않은 일을 해야 할 때 진이 빠지고 만다. 한 단계 한 단계 작업을 진행할 때마다 계속 고민하고 생각해야 한다. 노출 콘센트가 뭐지? 왜 전선이 두 가닥이 아니라 세 가닥일까? 선마다 색깔이 다른데 무슨 뜻이지? 어떻게 이 선을 반듯하게 고정할까? 분전함 속 이렇게나 많은 연결 단자 중 어디에 연결해야 하는 걸까? 사전에 준비된 지식과 도구 없이 완전히 새로운 과제가 앞에 놓였을 때 상식과 짐작으로 그 일에 대해 알아내기란 불가능하다. 익숙한 일이라면 손에 익어 저절로 죽죽 빠르게 진행될 테지만 그렇지 않은 경우 프로세스의 단계마다 세심한 주의와 계산이 요구되기 때문에 한 단계도 그냥 넘어가지 않는다. 내가 그날 다시 의자 위에 올라가지 않은 것은 아마도 그런 이유에서였을 것이다. 사실 그때 서로 어긋나 버린 연결을 다시 바로잡는 데 몇 년이나 걸리게 된다. 진작에 고칠 수 있었고, 분명 그렇게까지 걸릴 일은 아니었겠지만, 너무 일찍 고쳤다면 누군가 밖에서 뭘 꽂을 때마다 실내등이 켜지는 바람에 함께 웃곤 했던 순간들도 없었을 것이다.

34

그해 2015년 8월에 스코틀랜드에서 열리는 에든버러 국제 도서전에 참가해야 했는데 나는 1996년부터 1997년까지 몇 달 동안 에든버러에 살았다. 그 시절부터 알게 된 수지와 나는 계속 연락하고 지낸다. 수지는 친구이기도 하지만 당시 그곳에서 하숙할 때의 집주인이기도 했다. 이번에 에든버러 도서전에 가게 되었다고 메시지를 보냈더니 딱 그때가 휴가라 만날 수가 없다고 했다. 그러면서 마침 휴가로 집을 비울 삼 주 동안 고양이를 돌봐 줄 믿을 만한 사람을 찾고 있었는데 잘됐다고 했다. 그렇게 해서 우리 네 가족은 에든버러 트리니티 지구에 있는 수지의 집에 묵게 되었다.

스파크가 튀듯 이 책을 쓸 영감이 처음 떠오른 때가 바로 그 여름 수지네 집에서 라디오 프로그램 방송을 듣고 있을 때였다. 수지네 주방에 있는 낡은 라디오는 늘 BBC 방송

주파수에 맞춰 두었다. 주로 요리하는 동안 나는 그 라디오를 켜 놓았다. 모국어가 아닌 언어가 내 귀에 익숙해지도록 하기 위해서였고, 외국어로 흘러나오는 말들의 미묘한 뉘앙스 차이를 이해하게 되기를 바랐다. 날이 갈수록 귀가 뜨이기 시작했고, 그 낯선 언어로 말하는 자세한 내용들을 조금씩 더 알아들을 수 있었다. 마치 눈이 갑작스러운 어둠에 적응하는 과정과 비슷했다. 동공이 확장하면서 처음엔 완전한 암흑이었다가 조금씩 주변의 이미지가 떠오르듯이.

저녁 식사를 준비하는 시간에는 항상 '사물의 이유'인가 하는 제목의 프로그램을 들었다. 이십 분짜리 방송으로 일상에서 궁금한 질문들을 깊게 파고드는 프로그램이었다. 왜 할머니 할아버지가 우리 삶에 중요한가, 왜 우리는 배운 것을 잊어버리는가,『신데렐라』는 왜 전 세계 사람들이 읽는 보편적인 이야기가 되었나 등등. 그날 저녁에는 대리언 리더의 책 제목과 똑같은 '손'이라는 제목의 에피소드가 전파를 타고 있었다. 수작업과 관련 있는 다양한 사람들이 기자와 인터뷰하며 그들의 경험을 이야기했다. 일본의 도공, 노인 요양보호사, 자동차 정비공 등 인터뷰에 참여한 사람들은 관련 활동을 이론적으로 설명하기보다는 실천적인 내용을 자세하게 들려주었다. 예를 들어 도공의 경우에는 자기 작업을 어린 시절부터 손가락에 기억된 경험과 연관시켰다. 정비공도 비슷했는데 엔진의 뒷부분을 작업할 때는 자기가 하는 일을 눈으로 볼 수가 없다고 했다. 더듬어 가늠하고 조작하고 조이고 닦는 건 눈이 아니라 손가락이었다. 팻 메시니의 현란한 손가락처럼, 말편자공의 손가락처럼, 토마토가 잘 익었는지 더듬어 보고 우리에게 잘 익은 토마토를 선물하는 라파엘라의 손가락처럼. 사람들의 그런 증언을 듣고 있자니 나도 그들 중 하나가 될 수 있겠다는 생각이 들었다. 왜냐하면 나도 그들과 마찬가지로 수작업과 관련한 경험이 있으니까. 나도 비공식적으로는 평생 그와 비슷한 일들을 훈련해 왔다. 어떤 구체적인 활동 하나를 전문적으로 파거나 직업으로 삼지는 않았지만.

스코틀랜드에서 우리는 새로운 시선으로 대상을 바라보는 법을, 자기 자신을 새로운 거리에서 바라봄으로써 전에는 보지 못했던 반짝임을 발견하는 법을 배워 왔다. 아마도 에든버러 여행에서 얻은 가장 유익한 것이 아니었나 싶다. 또한 우리는 그 여행에서 스코틀랜드라는 나라에 매료되기도 해서 다음 해 여름 다시 스코틀랜드로 돌아가 3년 정도 살아 보기로 했다.

나에 관해서 이야기하자면 그 여행에서 스파크가 일었고 그것으로부터 모든 게 시작되었다고 할 수 있다. 마치 화재의 전개 과정과 비슷하다. 처음에는 작은 불꽃으로 시작하지만 불길이 순식간에 주위의 가연성 물질들을 모조리 집어삼키고 마니까. 내 경우 그 가연성 물질은 삶 전체에 걸쳐 쌓여 왔다. 아버지가 내게 망치 쓰는 법을 가르쳐 준 날부터 이 책을 쓰면서 그때와 똑같은 손가락으로 노트북 자판을 두드리는 이 순간까지.

인생 전체에 걸쳐 계속해서 가져온 손에 관한 내 관심이 없었다면 불꽃은 옮겨붙을 곳을 찾지 못했을 것이다. 손에 대한 매혹이 내가 평생 손을 써서 일하도록 만들었다. 어쩌면 반대일 수도 있다. 손을 써서 일해 왔기 때문에 내가 손의 힘과 복잡성과 그 안에 담긴 커다란 의미를 자각하게 되었을지도 모른다. 정신과 육체 중 무엇이 먼저냐는 식의 질문은 훨씬 더 오래되고 폭넓은 사유의 역사로 거슬러 올라간다. 아낙사고라스가 인간이 손을 사용했기 때문에 지성을 갖게 된 것이라고 말할 때 아리스토텔레스는 그와 반대의 주장을 했다. 지성이 있었기 때문에 인간이 복잡한 방식으로 손을 써서 세상을 움직이는 것이라고. 인간이 인간을 둘러싼 세상을 변형시키는 그 복잡한 방식은 처음 인간이 도구를 사용하게 되었을 때부터 시작되었고, 오늘날까지 이어졌다. 이제 인간은 우리 행성 전체의 기후마저 변화시키고 있다.

거의 40년간 손을 쓰면서 일은 내 손에 수많은 상처를 남겼다. 굳은살이 박이게 했고, 손가락의 민첩성과 숙련도를 높여 주었으며, 기쁨도 주었다. 어떤 의미에서 손에 관한 이 책을 쓰게 된 것은 필연적인 일이라고 할 수 있다. 일본 도공의 경우처럼 손가락은 망각하지 않으니까.

일본 도공은 이런 생각을 구체화하여 이야기해 주었다. 그녀는 점토를 다룰 때 많은 경우 재료로부터 어떤 형상이 튀어나올지 모른다고 했다. 자기는 모르지만 손가락은 알고 있다고. 장인으로서 그녀가 마치 각자 따로 작동하는 두 개의 독립적인 존재로 이루어진 것처럼. 그녀와 상관없이, 그녀의 의식적인 결정과 무관하게 그녀의 손가락은 언젠가 자기 길을 찾아낸다. 자기가 할 수 있는지 없는지 몰랐던 어떤 것을 손가락은 기억한다.

나도 그와 똑같은 것을 수없이 경험했다. 특히 기타를 칠 때. 1990년대 초 마드리드에 있는 대학교에 다닐 때 나와 아파트를 같이 쓰던 친구가 있었다. 대학 입시를 같이 준비한 친구였다. 그 친구는 기타를 칠 줄 몰랐던 내게 세 개의 기본적인 기타 코드를 가르쳐 주었다. 그렇게 시작하여 하나씩 다른 코드들을 배웠고, 나중에는 보사노바의 섬세한 멜로디와 복잡한 화성을 연주하는 법까지 배우게 되었다.

기타 교습을 받는 동안 나는 종종 클래식 기타 연습곡

들을 연주해 달라고 부탁했다. 그의 연주를 듣곤 하던 때를 지금도 나는 분명하게 기억하고 있다. 특히 뭔가 장엄한 그의 자세, 그리고 왼손의 움직임에 홀린 듯 빠져들었다. 그는 의자에 바른 자세로 앉아 왼발을 발 받침 위에 올려 지탱하고는 허리를 꼿꼿이 펴고 두 팔로 악기를 부드럽게 감싸안았고, 그렇게 연주를 시작하면 기타 뒤판을 통해 기타 보디의 울림이 그의 내장 깊숙이까지 전해지는 듯했다.

그 시절 기타를 연습하는 동안 나는 그가 치는 걸 보고 배웠고, 운지법을 종이에 그려 가면서 익힌 끝에 페르난도 소르[41]의 간단한 기타 연습곡 하나를 외워 칠 수 있게 되었다. 제목은 끝내 몰랐지만. 대학교 수업을 마치고 돌아오면 나는 기타를 잡고 그 연습곡을 반복해서 연습하곤 했다. 내 기타 선생님이 미네소타에서 온 여학생과 사랑에 빠져 집에서는 점점 더 얼굴 보기가 힘들어졌기 때문에 오히려 나는 혼자서 더 열심히 그 곡을 연습해야 했다. 그리고 어차피 나는 악보를 볼 줄 몰랐기 때문에 연습 말고는 할 수 있는 것도 없었다. 사실 나에게는 놀랍도록 아름답게 들리는 그 연습곡이 악보 안에 영원히 보존되어 있다는 게 이상하게 믿어

41　스페인의 기타 연주자이자 작곡가로 18세기 말부터 19세기 초까지 활약했으며 '기타의 베토벤'이라 불리기도 한다.

지지 않기도 했다. 친구가 치는 걸 보고 내가 그린 운지법 노트는 전공 과목 노트들과 함께 사라졌을 것이다. 연습곡의 제목이 뭔지도 모르고, 같이 살던 내 친구 말고는 누군가 그 곡을 치는 걸 들어 본 적도 없다. 그런데 30년이 지난 오늘에도 나는 기타를 잡기만 하면, 물론 아주 어설프기는 하지만, 그 곡을 끝까지 연주할 수 있다. 물론 중간중간 막혀서 다음 손가락 위치가 뭐였나 기억해 내야 할 때가 있다. 그런데 사실 기억해 내려고 하니까 막히는 것이다. 막힐 때는 오히려 단순히 아무 다른 생각이나 막 떠올리고 그사이 기타 지판을 손가락으로 장난치듯 만지작거린다. 그렇게 오히려 이성과 기억을 피해 가면 내 손가락이 직접 길을 찾아 곡의 연주를 끝까지 해낸다.

내 기억 속에 없다면 그 곡에 대한 지식은 어디에 있는 걸까? 그건 이성의 영역을 넘어서는 어떤 종류의 지식인가? 나는 그런 질문들에 대답할 수도 없고, 그 지식이 무엇으로 구성되었는지 언어로 정의 내릴 능력도 없다. 각각의 손가락 위치와 움직임을 글로 묘사해 볼 수는 있겠지만 그 글은 그런 종류의 지식을 전달하는 형식으로서는 별 가치가 없을 것이다. 누가 읽는다고 하더라도 그 글을 보충할 만한 출처가 다른 정보들이 없다면 그는 소르의 연습곡을 연주할 수 없을 테니까. 게다가 손가락으로 기타의 현과 프렛을 누를 때 어떤 정도의 압력으로 눌러야 하는지 구체적으로 설명하기는 불가능하다.

헝가리 철학자 마이클 폴라니는 "우리는 표현할 수 있는 것보다 더 많이 알고 있다."라면서 이를 '무언의 지식' 또는 '암묵적 앎'이라는 개념으로 설명했다. 나에게 이런 생각의 가장 좋은 예는 본즈다. 본즈는 벨레냐에게 마구를 채울 때 끊임없이 내게 이야기하고 농담을 던진다. 다시 말하면 마치 두 손으로 수행하고 있는 과제와 그가 하는 말이 따로 분리된 것처럼 보인다는 뜻이다. 예를 들어 본즈가 당나귀 배 아래에 복대를 채우면서 마지막으로 힘주어 당겨 죌 때, 아니면 긴 줄로 전체 마구를 단단히 고정할 때 힘을 정확한 크기로 적절하게 가하는 방식 같은 것. 그런 걸 생각하면서 행동하는 것 같지 않았다. 뭔가를 재거나 판단하지도 않았다. 그냥 실행할 뿐이었다.

무의식적이면서도 조화롭게 이루어지는 일련의 움직임에서는 놀랍게도 아름다움이 느껴진다. 동시에 효율성도 느낄 수 있다. 간결하면서도 효율적인 움직임과 과제의 수행, 그리고 아름다움이 한데 어우러지는 지점이 있다. 그래서 곡을 연주하는 기타리스트의 손을 볼 때 나는 하나도 지루하지 않은가 보다. 벽에 회반죽을 칠하는 미장이의 손도. 양모 공예를 하는 여동생 파티마의 손도. 말과 당나귀에게 마구를 채우는 본즈의 손도. 마리가 태어났을 때 마리의 희멀건 몸을 씻겨 주던 간호사의 손도.

35

그해 8월 우리는 에든버러의 축제들과 시원한 날씨를 만끽했고, 9월 초에 스페인으로 돌아와서는 바로 시골 마을로 내려가서 후안루와 만났다. 아이들 방학이 아직 며칠 남아 있어 최대한 활용하기 위해서였다. 우리를 맞이한 건 세찬 동풍이었다. 바람은 우리가 그 집에 머물렀던 두 주 동안 계속 불었다. 우리가 도착했을 때 이미 빨랫줄을 묶었던 기둥 중 하나가 바람에 뽑혀 있었다. 바람은 낙엽과 모래와 종잇조각과 플라스틱 병 들을 마당 한구석으로 몰았고, 쓰레기들은 그 구석에서 끝없는 소용돌이 속에 갇혀 있었다.

집과 그 주변이 그렇게 폐허처럼 보인 적이 없었다. 귀족풍 건물이 가득한 도시에 있다가 막 도착한 터라 더 그래 보였다. 에든버러의 모든 건물은 크레이글레이스 채석장에서 나온 사암의 회색과 갈색빛 때문에 서로 조화를 이루고 있었다. 길에 깔린 포석은 수백 년 동안 마차와 자동차와 사람의 발에 의해 고르게 닳아 있었다. 그리고 정원을 빼고 얘기할 수 있을까. 그곳 정원들은 집착적일 정도로 깔끔하게 다듬어졌고 관목 울타리는 반듯하게 깎여 있었으며 잔디밭은 깨끗하고 균일하여 그곳의 초록색은 그냥 하나의 초록색이었다. 얼룩덜룩한 부분이 하나도 없었고 잡초 한 포기가 끼어들 틈도 보이지 않았다.

우리 시골집 주변은 그와 반대로 서로 이질적인 것들이 지배하고 있었다. 하나하나 세어 볼 생각이 들지 않을 정도로 식물의 종수가 훨씬 많았고, 거기에 우리가 집을 비운 사이 더욱 다양해진, 뒷마당에 쌓인 고물 더미까지 있었다. 녹슨 철 조각들, 스프링 달린 침대 밑판, 공사장용 가설 구조물에서 해체한, 길이를 늘였다 줄였다 할 수 있는 기다란 금속 안전 발판 두 장, 대형견용 플라스틱 이동장, 난로, 알루미늄 새시의 잔해, 철망 한 롤, 지붕으로 쓰는 골함석 몇 장, 기타 잡동사니들. 이 모든 게 뒤섞인 데다 8월에 더욱 무성해진 온갖 식물들까지 더해져 이곳이 버려진 곳이란 인상을 더 강하게 풍기고 있었다.

당시 벨레냐는 행복한 당나귀처럼 보였다. 최소한 얌전했다. 집 뒤쪽을 마음껏 누비고 다녔고, 우리가 부르면 강아지처럼 다가왔다. 매일 오후 건초를 가지고 오는 본즈 덕에 어떤 인간이든 나타나면 건초를 주겠거니 하는 생각에 이미 길들어 있었다. 벨레냐는 우리 집에서 마침내 진정으로 쉴 곳을 찾은 것 같았고, 실제로도 벨레냐는 여생을 그곳에서 평온하게 보내게 될 것이다. 하지만 모든 건 우리의 착각일 수도 있었다. 우리는 그런 종류의 동물들과 살아 본 경험이 거의 없다시피 했으니까.

가을 날씨는 9월만큼 온화하지는 않을 거라고 본즈가 우리에게 상기시켜 주었다. 동풍이 간간이 계속 불어오고 집과 동물들 위에 비를 뿌릴 것이다. 벨레냐를 보호할 데가 필요할 거라고 본즈는 말했다. 페레스에게도 나쁘지 않은 일이라고도.

그 말 한마디로 일종의 동맹이 시작되었다고 할 수 있다. 그렇게 집 뒤쪽의 땅에는 후안루의 당나귀와 본즈의 말이 함께 편안히 머물, 지붕이 있는 보금자리가 생기게 된다. 벨레냐와 페레스의 건초를 함께 사게 되고, 수의사도 두 마리를 한꺼번에 보러 오게 된다. 후안루는 큰 우리에다 냉동 트럭에서 버려진 냉동 컨테이너를 가져다 놓고 마구 보관소로 쓰다가 나중에는 철 빔과 뒷마당에 쌓여 있던 버려진 옥외 광고판을 활용해 그곳을 진짜 마구간으로 만들기에 이른다. 그 마구간 안에 들어가 있으면 원시 동굴로 들어온 것 같기도 하고 팝아트 전시장에 들어온 것 같기도 했다. 그도 그럴 것이 마구간 안에는 도로에서 철거되기 전 마지막으로 옥외 광고판에 붙어 있던 인쇄 이미지가 크게 보였다. 프랑스 향수 광고였다. 말의 똥오줌 냄새로 가득한 공간에 향수 이미지라니 참 아이러니했다.

하지만 이 모든 건 아직은 한참 뒤에 일어날 일들이다. 당시에는 가을을 대비해 동물들을 보호할 방책을 마련하는 일이 급했다. 가을이 벌써 고개를 내밀고 다가오고 있었다. 그리하여 그다음 주말에 후안루와 본즈와 나는 공사를 시작했다. 공사장 비계 파이프와 십자 빔, 그리고 골함석을 이용하여 작은 지붕을 얹은 구조물을 만들어 뒷마당 옹벽에 기대어 받쳤다. 동쪽으로는 침대 밑판을 세우고 나사를 박은 뒤 얼기설기 방수포를 씌우고 밑판의 철사를 이용하여 방수포를 꿰매어 고정했다. 가을에 닥칠 비바람을 어느 정도 막아 주기에는 충분해 보였다.

얼추 일이 마무리되자 우리는 시원한 맥주를 마시며 완공을 축하했다. 최종 결과물을 보면 뭐 축하할 일이나 될까 싶긴 했지만. 우리가 힘들여 얻은 결실은 사실 좀 손을 본 것에 지나지 않았고, 동물들이 그냥 노천에 있을 때보다는 조금 더 잘 지내도록 비바람을 막아 줄 임시 공간을 마련해 준 것뿐이었다. 그래도 이 공간이 없었다면 동물들은 사유지 서쪽 경계를 이루고 있는 산사나무 뒤에서 바람을 피했을 것이다. 그렇게 별도리 없이 혹독한 겨울도 묵묵히 견뎌야 했으리라. 여름 내내 뜨거운 태양을 견뎌 낸 것처럼. 그래도 올가을엔 애들이 비를 쫄딱 맞고 있지는 않겠어라고 본즈가 말했다. 그러니 물론 악천후에 병에 걸릴 가능성도 좀 낮아질 것이다. 그 마구간—가판대처럼 생긴 그곳을 마구간이라고 부를 수 있다면—이 승마 잡지에 실릴 일은 없을 것이다. 인테리어 잡지에는 더더욱 실리지 않을 테고. 그래도 우리의 마음속에는 추억담으로 남을 것이다. 우리가 함께한 첫 작업의 결과물로서.

이틀 뒤 우리는 본즈를 야외 식사 자리에 초대했다. 자리는 빨래 너는 공터 옆에 차려졌는데 그 얘기는 그냥 길가에서 식사했다는 뜻이다. 해변에서 쓰는 파라솔 두 개를 펼쳐 놓았고, 부서진 아스팔트 위에 테이블을 놓고 그 위에 먹을 것과 마실 거리를 차려 놓고 먹었다. 음식을 맛있게 먹고 후식을 먹을 때쯤 본즈와 후안루가 페레스와 벨레냐를 우리에서 끌고 와 기둥에 묶었다. 아이들을 태워 주려는 것이었다. 그날 찍은 사진이 꽤 많다. 마리와 베르타가 페레스의 등 위에 앉은 사진, 벨레냐가 밀짚모자를 쓰고 그 양옆으로 커다란 귀를 내밀고 있는 사진, 선글라스를 낀 본즈, 깔깔거리며 웃는 아나이스의 모습, 와인 병의 코르크 마개를 따려고 집중하는 내 뒤에서 웃통을 벗은 후안루가 지갑을 슬쩍

하는 시늉을 하고 찍은 사진 등.

그날의 사진 중 하나에 마요이가 찍혔는데 카메라 앞에 맥주병을 들어 보이고 있다. 그때까지는 모나리자처럼 아주 온화한 미소를 띠고 있다. 항상 코끝으로 살짝 떨어뜨려 쓰곤 했던 안경 때문에 모나리자의 미소보다는 살짝 힘이 없어 보이기는 했다. 입술에는 립스틱을 바르고 우아한 디자인의 흰색 원피스를 입었다. 그날 우리는 라파엘라가 가져다준 토마토로 만든 샐러드와 아나이스가 만든 러시아 샐러드 올리비예, 그리고 솔로미요알위스키[42]를 먹었다.

그날을 생각하면 두 가지가 기억난다. 하나는 식사 자리에 애들이랑 후안루가 티셔츠도 입지 않았다고 마요이가 불편해했다는 것, 그리고 마요이가 솔로미요알위스키의 요리법을 내게 가르쳐 준 것. 그 요리법은 마요이가 어머니에게서 배운 것이었다. 그 후로 나는 자주 솔로미요알위스키를 요리하게 되고, 그때마다 마요이를 떠올리게 된다. 언젠가는 마리와 베르타가 내게 솔로미요알위스키 소스를 어떻게 만드는지 배우게 될 것이고, 어쩌면 제 아이들에게도 가르쳐 줄지 모른다. 그 요리법은 망치나 귀걸이처럼 그 안에 이전 세대의 시간과 정성이 담겨 있다는 걸 알 테니까.

42   위스키에 절인 소고기 스테이크. 스페인 세비야의 대표적인 요리 중 하나다.

36

2015년 가을은 내 두 번째 소설책 최종 원고를 다듬으며 보냈다. 퇴고 작업은 내가 좋아하는 일인데 아마 어떤 부분이 수공예 작업과 많이 닮아서 그럴지도 모르겠다. 책이 나오기 전 최종 단계에서 나는 내가 쓴 글을 읽고 또 읽으며 글을 다듬는데 그런 부분이 가구를 만들 때의 끝손질과 서로 닮았다. 가구 장인은 짜맞춘 부위의 도드라진 부분들을 끌로 깎아 내고 튀어나온 부분들을 부드럽게 대패질하여 반반하게 고른 뒤 사포질하고, 유약을 바른다. 가구의 최종 마감 작업이 끝나면 손가락으로 어느 곳을 쓸어 보더라도 오돌토돌하거나 뭔가 걸리는 부분 하나 없이 매끄럽게 느껴진다. 글의 끝손질도 비슷한 방식이다. 개요를 짜는 것부터 시작해 조금씩 조금씩 복잡하고 정교한 표현을 통해 초고를 완성한다. 그리고 마지막으로 '사포질'을 하는데 미묘한 표현의 차이와 시적인 뉘앙스를 조율하기 위한 것이다. 이전 단계에서는 정확히 표현하지 못했던 것들, 읽을 때 걸리적거리던 부분들을 다듬는 과정이다. 한번 그런 부분들에 꼭 맞는 조각을 찾으면, 좀 더 정확히 말해 이미 쓰인 글과 조화를 이루는 좋은 표현을 찾으면 새로운 글은 아주 매끄럽게 읽힐 것이다. 읽을 때 어색하거나 매끄럽지 않은 부분이 있는지 보는 일, 그리고 목재를 쓰다듬는 행위에는 매끄럽기를 바라는 똑같은 기대가 담겨 있다. 다시 읽어 보는 것과 만져 보는 것, 둘의 목표는 같다.

하지만 책을 마무리하는 끝손질 작업을 하던 당시 나는 그해 여름 수지의 집에서 들은 라디오 프로그램 생각에 자꾸 정신이 팔렸다. 수지네 주방에서 라디오를 들었던 그날 어떤 종류의 그물이 짜이기 시작했고, 그 이후 나는 그 그물을 들고서 손과 일이 서로 관련된 것이라면 무엇이든 잡으러 다니게 된다. 그뿐 아니라 돌봄과 신체에 관한 것들도. 지적인 노동과 손으로 하는 노동 사이에 존재하는 사회적으로 차별적인 인식에 대해서도. 책 한 권 위에 다음 책이 포개졌다. 책의 마무리와 다음 책의 시작 사이에 휴식기는 없었다. 아마 매번 그렇게 될 것 같다.

그리하여 나는 관찰과 독서와 메모를 시작했다. BBC 프로그램이 깨운 내 직관에 형태를 부여하기 위함이었다. 메모에는 아버지와 제본 공방이 자주 등장했다. 어머니 역시 자주 등장했는데 집안 대대로 내려오는 요리법이나 우리 옷을 직접 지어 입히곤 하던 경험, 그리고 책의 낱장을 실로 엮는 일에 대한 증언을 기록했다. 털실로 자식들 스웨터를 뜨던 어머니를 기억한다. 사실 무엇보다 그 스웨터가 기억이 난다. 가게에서 산 옷보다 훨씬 더 풍성하고 올도 두껍고 질 겼으며 보풀도 잘 일지 않았다. 또 구멍 난 양말을 깁거나 크로켓을 만드는 어머니의 모습도 눈에 선하다. 지금도 크로켓을 보면 여전히 어머니의 주먹 쥔 손의 모양이 그 속에 살아 있는 것 같다.

내 노트에는 손이 어떤 식으로든 중요한 역할을 하는 것과 관련된 언론 기사, 영화, 책의 내용도 기록해 두었다. 내가 그렸거나 다른 사람이 그려 준 그림도 노트에 있다. 굉장히 특별하다고 생각했던 경험에 관해서도 기록했는데 세비야 출신 건축가 산티아고 시루헤다[43]의 건축 팀과 함께했던 경험도 그중 하나다. 우리는 세비야 중심가의 마리와 베르타가 다니는 학교 운동장에 다른 여러 가족과 함께 그늘막을 설치했다.

시루헤다는 자율 건축 프로젝트를 설계하고 지휘하며

43　스페인 세비야를 기반으로 활동하는 건축가이자 예술가, 사회 운동가이며 '게릴라 건축가'라는 별명으로 잘 알려져 있다.

건축가로서 경력을 다졌다. 자율 건축이란 초기 설계부터 그와 그의 팀이 건축 공정의 매 단계를 면밀하게 계획하여 건축 지식이 없는 사람들도 손수 모든 작업을 할 수 있도록 하는 것이다. 그 프로젝트 안에서 작업을 실행하는 사람은 그곳을 쓸 사용자 자신이다. 미지의 것을 더듬는 손이자 동시에 어쩌면 해방에 이르게 하는 손. 구성원 모두가 최종적으로 프로젝트의 주인이 될 수 있기에 협동 노동은 공동체를 지탱하는 뼈대가 된다. 자기 손으로 무언가를 지어 본 사람은 누구나 자기 창조물과 유일무이한 연결 고리를 갖게 된다.

37

2016년 1월 내 두 번째 소설이 출간되었고, 나는 몇 달 동안 길 위의 삶을 살아야 했다. 물론 새로 나온 책의 홍보를 위해 여기저기 다니는 일과 글을 쓰는 일은 병행할 수는 있었으나 그때그때 되는대로 조각조각 글을 써야 했다. 글쓰기가 쉽진 않았지만 그래도 새로 쓸 글과 관련하여 생각을 진전시키는 일은 분명 여행을 다니면서도 할 수 있었다. 그래서 나는 틈틈이 정보를 모으고 자료도 수집했다.

그렇게 여기저기 정신없이 다니는 동안 나는 시골집이 그리웠다. 그곳 포도 덩굴 아래는 글쓰기에 안성맞춤인 공간이었으니까. 나는 몇 번이고 그때의 기억을 떠올렸다. 종종 향수에 잠겨 손으로 했던 작업이 주는 위로를 그리워하기도 했다. 사실 구상 중인 새 책에 관한 생각에 구체성을 부여하는 일은 여행 중에도 할 수 있었지만 손으로 하는 작업은 전혀 할 수가 없었으니까. 여기저기 다녀야 했던 딱 그 몇 달 동안 나는 온전히 자각하게 되었다. 그런 종류의 육체노동이 나에게 얼마나 중요한지. 그 집에서 했던 작업들, 그리고 살아오면서 그 이전에 했던 일들까지 자꾸만 떠올리는 나를 보고 나도 놀랐다. 텃밭 일, 쟁기질, 마드리드 인근 과달릭스델라시에라 마을에 사는 친구네 집에서 탁자를 사포질하던 일, 열두 살인가 열세 살 때 마분지로 축구 경기장 모형을 만들던 일. 그것들에는 공통점이 있었다. 넋을 잃고 하게 된다는 점. 나는 자주 그때의 일들을 떠올렸는데 떨치기 힘든 생각이 많아 잠이 오지 않는 밤이면 더 그런 기억 속에 빠졌다. 손으로 하는 일 중에 구체적인 작업 하나—내가 했던 일이든 내가 보았던 일이든—를 머릿속에 떠올리고 나면 안정감이 찾아오곤 했고, 그다음엔 졸음이 밀려왔다.

관련 자료를 수집하던 그즈음 어느 날 구상하던 책의 내용을 구체화하는 과정에 결정적인 열쇠가 될 책 한 권이 내 수중에 들어왔다. 미국 사회학자 리처드 세넷[44]이 쓴 『장인』이라는 책이다. 세넷은 어떤 방식으로든 손으로 일할 때 우리는 '어떤 것에' 몰입하게 된다면서, 그럴 때 우리는 우리 자신은 물론 육체조차 의식하지 못한다고 말한다. 이는 '우

44　뉴욕 대학교와 런던 정치경제대학교 사회학과 교수.

리가 작업하고 있는 사물 그 자체'로 변하는 것과 다름없다고 그는 주장한다.

그것이 정확히 나에게도 일어나는 일이며 내가 넋을 잃고 하게 된다고 표현하는 일이다. 일하는 사람과 일하는 행위와 일의 대상이 서로가 서로에게 녹아들어 구분할 수 없는 상태가 되는 경험. 현실이기는 하지만 좀 이상하게 구성된 현실, 그 평행 세계와도 같은 상태에서 주위 환경에 대한 지각은 사라지고 만다. 내 모든 에너지와 주의력이 작업에만 집중되고 나머지 것들은 다 제쳐 두게 된다.

아나이스는 종종 내게 그것을 상기시켜 줘야만 했다. 왜냐하면 넋을 잃고 무슨 일을 한다는 것은 나만의 세상에만 빠져 있는 일이어서 온종일 그 일만 붙잡고 있다가 하루가 금방 지나가곤 했으니까. 그런데 나는 혼자 살기를 선택한 것이 아니라 함께 살기를 선택했으니까. 작업 외부의 세계에는 내가 책임지고 있는 일들, 책임지고 싶은 일들이 있었다. 그래서 나는 넋을 잃고 하게 되는 그 몰입의 원 안팎을 가르는 경계를 넘나들 때마다 개인적인 것과 공동의 것 사이의 마찰에 대해 혼자 생각하곤 했다. 그런 이유로 아나이스와 많은 갈등을 겪기도 했다. 입장이 너무 달라 다투느라 서로 마음이 상하기도 했다. 나를 끌어당기는 건 육체적인 충동이었고, 그녀는 현실적인 측면에서 어떤 질서를 원했다. 물론 감정적인 서운함도 있었을 것이다. 내가 넋을 잃고 일할 때 그 닫힌 원에는 오직 나만 들어갈 수 있었으니까.

여행을 다니면서 그 집을 그리워했던 또 다른 중요한 이유는 안정적인 작업 공간으로서 조건이 완벽했기 때문이기도 했다. 호텔을 전전하며 글을 쓰고, 기차 안이나 심지어 버스 터미널에서도 글 쓰는 생활을 하다 보니 날마다 옮겨 다닐 일 없이 일할 수 있는 편안하고 조용한 장소가 더 절실하게 느껴졌다. 포도 덩굴 아래에서는 매일 규칙적으로 글을 썼고, 작은 우리에서는 손을 바쁘게 놀렸다. 덩굴 아래나 뒷마당이나 제대로 갖춰진 것 하나 없는 그저 그런 공간이지만 작업하기에는 참 좋았다. 거기 말고 다른 데에선 그럴 수 없었으니까. 작가라는 직업으로서나 수작업 애호가로서나 오로지 그 활동에만 몰두할 공간을 그전에는 한 번도 가져 본 적이 없다. 늘 작은 집에 살았고, 오랫동안 이사를 자주 다녔다. 나는 거실에서 글을 쓰거나 아니면 침실이나 테라스에서 글을 쓰곤 했고, 마지막 몇 해 동안은 복도에 임시로 작은 책상을 놓고 그곳에서 글을 썼다. 그러니 영화에서 작가가 소설의 마지막을 완성하기 위해 이탈리아 토스카나 지방 어느 곳에 집을 한 채 빌리는 장면을 보면 조금 웃곤 했다. 그 장면에선 마치 수련이 가득한 연못이나 드넓은 포도

밭, 삼나무 숲을 근처에 두고 있으면 그런 풍경이 글에 내용과 형식과 운율까지도 만들어 낼 것처럼 표현되니 말이다. 그런 의미에서라면 나는 십자가의 성 요한이 「영혼의 노래」 일부를 카르멜 수도회에 의해 톨레도에 투옥되어 있던 시절 비인간적인 감옥 생활을 견디면서 작곡했다는 이야기가 더 현실적이라고 느껴졌다. 후자의 물질적 조건이 전자의 조건보다 창작에 더 적합했기 때문이라는 말은 아니다. 당연히 그건 아니다. 저 멀리 라벤더 꽃밭이 펼쳐진 언덕을 바라볼 수 있는 것이 지하 감옥의 어둠 속에서 앞을 보지 못하는 것보다는 훨씬 낫다. 성 요한의 예가 생각난 건 글을 잘 쓰든 못 쓰든 일단 글을 쓰기 위해서는 쓰려는 마음이 더 중요하다는 걸 상기시키기 때문이다.

어쨌거나 내가 토스카나에 있는 집을 빌려서 글을 쓸 가능성은 없으니 공공 도서관에 가서 글을 쓰는 데 익숙해져 있었다. 도서관에서라면 적어도 가정과 노동 공간을 분리할 수 있었다. 손으로 하는 작업을 할 때도 똑같았다. 집에 글쓰기만을 위한 공간을 마련하는 일조차 어려운데 작업장을 마련한다는 건 생각조차 할 수 없었다. 뭐라도 좀 하려면 매번 임시로 작업대를 설치했다가 해체해야 했다. 더구나 작업 공간에서 발생할 소음과 톱밥과 먼지와 쇳가루와 불똥 같은 것들도 신경 써야 했다. 어쨌든 집이라는 공간은 가족의 일상이 계속되는 곳이니까. 식사도 준비해야 하고 숙제도 해야 하고 침대도 정리해야 하며, 밥도 먹고 파르치스[45] 주사위 놀이도 하고 책도 읽고 티브이도 보고 음악도 듣고 잠도 자야 하니까.

그때가 내가 한참 목수들이 일하는 인터넷 영상을 보는 데 빠져 있던 시기였을 것이다. 의자 하나를 만드는 과정 전체를 지켜보는 것만큼이나 그들이 작업하는 그 특별해 보이는 목공방을 구경하는 것도 참 좋아했다. 넓고 예쁘고 조명이 환하고 잘 정돈된 공방. 잘 벼려진 전문 공구들이 가득한 곳. 작업자가 막 접착제를 발라 조립한 의자를 클램프로 고정한 뒤 그냥 두고 갈 수 있는 곳, 다음 날 아침 작업대로 돌아가면 잘 붙어 고정된 채 그대로 준비되어 있어서 바로 다음 공정에 들어갈 수 있는 곳.

살면서 그와 가장 비슷한 공간을 가져 본 것이 바로 우리가 빌려 쓰는 그 시골집 뒤편의 작은 우리였다. 새들의 나무 아래 나는 하던 작업과 공구들을 그대로 둔 채 집으로 돌아가 쉴 수 있었다. 그뿐인가, 거기서는 먼지가 날려도 소음이 나도 괜찮았다. 쉽게 말하면 작업에 온전히 집중할 수

45 스페인에서 많이 하는 어린이 주사위 놀이. 인도에서 유래한 보드게임 파치시나 서양식 윷놀이 루도와 비슷하다.

있었다는 뜻이다. 내 모든 주의력을 작업에만 쏟아 마침내
작업과 하나가 될 수 있었다.

38

3월에 나는 일 때문에 멕시코에 갈 일이 있었는데 간 김에 오랜 친구 루이스 우르쿨로를 만났다. 루이스는 건축을 전공했고 조형 미술 작가로 일하고 있다. 내가 멕시코에 도착할 때와 그가 전시 설치 작업을 하는 시기가 겹쳤다. 예전에 몇 작품을 본 이후 한참을 보지 못한 데다 그때 전시할 작품들은 모두 내가 처음 보는 작품이었는데도 나는 바로 친구의 작품이라는 걸 알아보았다. 마치 가까운 사람이 쓴 손글씨를 보면 그 떨림이나 부정확한 끝처리나 구부정한 획을 보고 누가 썼는지 금방 알아채는 것처럼.

다음 날 우리는 루이스가 잘 아는 식당에서 아침을 먹었다. 루이스가 직접 실내 디자인을 맡은 곳이었다. 이름은 '아만다 만다'로 멕시코시티 로마 노르테 지구에 있다. 아만다와 동료—모두가 그를 '포요'[46]라고 부른다—가 함께 요리하는 곳이다. 종업원 셋이 가게 안의 몇 안 되는 테이블에 부지런히 요리를 날랐다.

내 눈길을 끈 것은 나무로 만들어진 의자들이었다. 두 가지 디자인이 있었는데 그중 하나는 스페인에서 한때 인기를 끌었던 전형적인 접는 의자를 떠올리게 했다. 1950년대부터 카페테라스에 야외 테이블과 같이 놓고 쓰던 의자. '아만다 만다'에 있는 의자는 그런 접이식 의자들처럼 가볍지는 않았고, 게다가 접는 의자도 아니었다. 루이스는 내게 엔조 마리의 의자 설계도를 보고 포요가 직접 제작한 의자라고 했다. 의자에 쓰인 각목이 꽤 굵직해서 좀 투박해 보였다. 겉으로 보기에 투박한 외양은 어쩔 수 없는 결과이기도 하겠지만 디자이너가 의도한 것이기도 했다. 의자는 튼튼해야 하면서도 이해하기 쉬운 구조여야 했기 때문이다. 지식이 없는 사람이라도 누구나 쉽게 조립할 수 있게 고안된 것이니까. 그런 의미에서 시루헤다와 엔조 마리는 같은 목표를 가졌다. 자기가 쓸 것을 만들고 조립하는 건 최종 사용자 자신이어야 한다는 것. 작품을 완성하는 것이 전문가나 기계가 아니라는 점이 완성품에 다양한 스펙트럼을 열어 준다. 누군가는 조립 설명서를 철저하게 따를 것이고 누군가는 그렇지 않을 테니까.

46 닭고기라는 뜻이다.

엔조 마리는 1932년에 이탈리아 피아몬테 지방과 롬바르디아 지방 경계의 노바라로부터 멀지 않은 체라노에서 태어났다. 밀라노에서 예술과 문학을 공부했고 몇 년 동안은 이탈리아의 유명 디자인 회사들과 일했다. 공산주의 성향이었던 그는 어느 순간 훌륭한 디자인이 주는 혜택은 누구나 누릴 수 있어야 한다고 생각하게 된다. 그래서 1974년『자율 프로젝트를 위한 제안』이라는 책을 출판하는데 그 책에 그는 누구나 보고 직접 제작할 수 있도록 의자와 탁자와 책장 등 가구 열아홉 점의 설계도와 제작 설명서를 싣는다.

그 의자 모델 중 두 개—둘 다 이름이 '세디아'다—의 설계도를 따른 것이 바로 포요가 만든 '아만다 만다' 식당에 있는 의자들이다. 엔조 마리의 의도는 인체 공학에 관한 자신의 연구 성과를 최종 사용자에게 고스란히 전해 주는 것이었다. 산업에 대한 의존에서 벗어나려는 모두에게, 자기 손으로 직접 가구를 만들고자 한다면 누구에게나. 이런 방법으로 그는 최소한 두 가지 목표를 달성하려고 했다. 가구를 만드는 데 드는 최종 비용을 줄이는 것, 그리고 무엇보다 가구를 자기 것으로 느끼게 만드는 행위를 쉽게 할 수 있도록 하는 것이다.

보통의 경우라면 온라인이든 오프라인이든 상점의 진열창과 집 안에 놓일 가구들 사이에는 오직 일정한 금액의

돈을 지불하는 행위밖에 없다. 그만한 돈이 있는 사람이 디자이너가 한 고민의 결과물과 그 아름다움에 다가갈 수 있다. 그뿐이다. 나는 돈을 내고, 나는 의자에 앉는다.

엔조 마리가 수호하려는, 가구를 자신만의 것으로 만드는 행위는 구매와 향유 사이의 공간을 열어젖힌다. 그 공간에는 최소한으로 관여한다고 해도 의자의 조립 과정이 놓일 수 있다. 더 나아가 자재를 구하고 자르고 대패질하고 니스 칠하는 일도 당연히 들어갈 수 있다. 어떤 경우든 의자에 앉을 사람은 우선 그 의자의 제작 과정에 관여해야 한다. 직접 자기 손을 놀려야 하고, 그 과정에서 부분들이 모여 전체를 이루는 종합의 원리를 이해하게 된다. 그런 방식으로 사용자는 그 의자에 앉을 미래의 자신과 의자를 디자인한 사람을 연결 지으며, 의자는 창작자와 사용자의 공동 작업의 산물이 된다. 그래서 다시 과정이라는 개념이 중요하게 떠오른다. 이런 생각은 우리 삶과도 잘 맞닿아 있는데 본디 삶은 과정 그 자체이기 때문이다.

문학에서도 비슷한 일이 일어난다. 문학을 창작하는 사람과 향유하는 사람 사이에는 중간 과정이 있다. 바로 독서다. 작가는 독자에게 작품을 구성하는 요소들만 아니라 요소들을 해독하고 조립할 사용 설명서도 함께 건네준다. 문학 텍스트든 비문학 텍스트든 부분들이 모여 전체를 이루는 과정은 엔조 마리가 제안한 가구의 제작 과정과 비슷하다. 결국 자신만의 것으로 만드는 일이 중요하다. 그것이 '세디아' 의자든 『돈키호테』든 마찬가지다.

자신만의 것으로 만드는 과정은 그 과정 내내 무언가가 덧붙여진다. 책을 읽을 때 독자는 자기 안에 없었던 무언가를 자기 존재 안으로 통합시킨다. 그것은 인간 조건에 관한 새로운 시점, 혼란스러우면서도 아이러니한 시점일 수도 있다. 서로 다른 두 인물 돈키호테와 산초의 광기 어리면서도 일면 시적인 방랑을 좇으며 독자는 비정통적인 것에 한 걸음 다가가게 된다. 세르반테스는 모두가 비웃는 한 미치광이에게 영웅의 월계관을 씌운다. 성경에서는 하늘나라가 어린아이들의 것이라고 한다. 현명한 자의 것도, 완전무결한 자들의 것도 아니라고. 천국행 입장권을 살 돈을 가진 사람들의 것은 더더욱 아니다. 도덕적으로 올곧은 사람들이라고 해서, 청교도라고 해서, 고위 관료라고 해서 천국의 주인이 될 수 있는 것이 아니며 공덕을 쌓은 자들이라고 해서 다를 게 없다. 천국은 돈 한 푼 없는 자들을 위한 것이다. 진정으로 가치 있는 것은 팔지 않는다. 그냥 주어지는 것이다.

39

후안루의 메시지를 읽은 건 내가 소설책 홍보차 방문하게 된 부르고스의 서점 '빛과 삶'에 급히 들어서려던 때였다. 언뜻 보니 시골집의 철거가 얼마 남지 않았다는 얘기였다. 왜냐하면 이그나시오가 바닷가의 땅을 팔았고, 투자 없이 직접 그 휴가용 아파트 프로젝트를 진행해도 될 만큼 이익을 얻었다는 것이다. 전에는 이런저런 조건들이 갖춰져야만 했는데 이제는 딱히 그럴 필요가 없어졌다. 그곳에서 우리 시간이 완전히 끝나 가는 것처럼 보였다.

그날 부르고스에서 열린 행사에서 소개한 내 소설은 다른 무엇보다도 한 인간이 어떤 의미 있는 땅과 맺는 관계를 그린다. 의미 있는 땅이라는 말은 자신에게 의미 있는 땅이라는 뜻이다. 지구상의 땅 한 뙈기일 뿐이지만 그는 그곳에 뿌리를 두고 있으며 또한 그 땅은 그의 정체성의 일부이기도 하다. 그런 이유로 서점 주인 알바로는 서점 쇼윈도 아래에 마른 점토질의 흙을 깐 뒤 그 위에 내 책을 고이 올려 전시해 두었다.

서점 행사에서 대담자와 이야기를 나누는 동안, 그리고 대담이 끝난 후 내 앞으로 모여든 독자들과 이야기를 나누는 동안에도 나는 불안함을 느꼈다. 물론 티를 내지는 않으려고 했다. 그렇지만 아마도 그날 나는 분명 조금 예민해 보였을 것이다. 어쨌든 결국 나는 행사가 끝나자마자 관계자들에게 잠시 실례하겠다고 말하고는 문밖으로 나와 바로 후안루에게 전화를 걸었다. 자세한 얘기를 듣고 싶었기 때문이다. 후안루가 보낸 메시지 내용 중 어디까지가 확정된 이야기인지 확실히 알아야만 했다. 후안루는 내게 그때까지만 해도 잘 모르고 있던 이야기를 들려주었다. 휴가용 아파트를 짓겠다는 프로젝트는 이미 진행 중이었고, 시청의 건축 허가도 떨어졌다는 것이다. 자금 문제만 남아 있었는데 그마저도 얼마 전 충분한 돈이 이그나시오의 호주머니에 들어왔다고 했다. 낙심이 큰 나머지 나는 서점 쇼윈도에 몸을 잠시 기대야 했다. 오직 내 책만이 흙 위에서 희미하게 빛나고 있었고, 유리 너머에서 행사 참석자들이 활기차게 대화하는 소리가 부드럽게 귓가를 울렸다.

살면서 비슷한 감정을 느낀 적이 있는데 가까운 사람이 죽었다는 소식을 들었을 때였다. 그런 상황에서는 이런저런 감정들이 한데 휘몰아치고 아무래도 상실감, 사랑하는 이를 다시는 볼 수 없다는 것이 갑작스럽게 확실해지면서 느끼게 되는 그 상실감이 가장 컸다. 다른 감정들, 그러니까 슬픔과 고통, 그리고 그 사람의 부재는 당장 실감하기 어려울 수도 있다. 그런 감정들은 며칠이 지나고 몇 달이 지나면서 서서히 나타난다. 처음 순간에 오는 것은 언제나 한결같이 존재하던 이가 급작스럽게 완전히 사라졌다는 인식이었다. 죽음은 너를 다시는 볼 수 없게 만든다. 서점 안쪽에서 알바로가 나를 보며 다 괜찮은 거냐는 의미로 엄지를 들어 보였다. 나는 똑같이 엄지를 들어 보인 뒤 잠시만 더 혼자 있겠다는 제스처를 보냈다. 고대 로마 검투사들의 경기에서 패배자에게 보내던 제스처처럼 나도 솔직하게 엄지를 아래로 내리는 제스처를 보내야 했을까. 하지만 그날은 그럴 분위기는 아니었다.

그날 밤 나는 호텔 방에서 아나이스에게 전화를 걸었다. 아나이스는 이미 낮에 후안루에게서 소식을 전해 들은 뒤였다. 아나이스가 굉장히 평온한 상태여서 나도 좀 진정이 되었다. 내가 일로 바쁜 사이 아나이스는 그 소식을 받아들이고 상황에 대해 숙고할 시간을 충분히 가졌던 것이다. 나는 마치 크게 부당한 일을 당하기라도 한 것처럼 불평을 늘어놓았는데 아나이스는 내 이야기 하나하나에 차분하게 다른 관점으로 대답해 주었다. 그 침착한 태도를 이해하는데 조금 힘이 들었고, 사실 처음에는 냉담함으로 받아들였다. 어쨌든 그녀도 직접적으로 영향받게 될 사람이지 않은가. 이제는 더 이상 그 집 앞마당에 앉아 안토니오 타부키의 책을 읽거나 앨리스 먼로의 책을 읽을 수 없을 것이다. 이제는 더 이상 아이들이 포도 덩굴 아래에서 노는 모습을 지켜볼 수도 없고 친구들을 불러 함께 시간을 보낼 수도 없을 것이다. 그녀가 그토록 좋아했는데도. 그녀와 나도 그곳에서 다툴 일이 더 없을 것이고 다툰 후 링컨 침실에서 평화 협정을 맺는 일도 없을 것이다. 종종 그랬듯 그곳에서 내 모습을 그리는 일, 정전기가 일어 뾰족이 선 듯 내 콧수염을 표현하거나 내 손을 얇은 장작 무더기처럼 그려 넣는 일도 못 하겠지. 아나이스에게 이렇게 다 말했더니 다퉜던 일만 빼고 나머지는 자기도 많이 그리울 거라고, 하지만 상황을 반전시킬 게 아무것도 없다고 했다. 그저 그 시절을 돌아보고 우리가 받았던 선물에 감사하는 것밖에는.

그 얘기를 듣는 순간 갑자기 나는 내 반응이 좀 과한가 하는 생각이 들었다. 사실 아무도 죽지 않았고 누가 아파서 쓰러진 것도 아니니까. 어떤 목숨도, 어떤 중요한 것도 잃지 않았다. 다만 우리의 것이 아니었던 집 한 채를 잃는 것이고, 그곳으로 돌아가지 못하는 것이다. 처음부터 철거될 줄을 알고 있었던 집. 아나이스가 나에게 하려고 했던 말들은 냉담함에서 온 것이 아니라 진정한 받아들임에서 온 것이었다. 거기서 하던 작업이나 철창이나 콘센트 같은 그곳의 물질적인 것에 집착하고 있던 나와 달리 아나이스는 아주 처음부터 우리가 받은 것이 무엇인지 잘 이해하고 있었다.

나는 전화를 끊고 침대에 걸터앉아 이게 마지막이려나 하는 마음으로 그 집에서의 추억 속에 잠겼다. 가장 먼저 기억나는 건 포도 덩굴 아래에서 식구들이나 친구들과 함께 하던 저녁 식사 시간이었다. 8월의 미적지근한 밤공기, 바람이 실어 오는 마른풀 내음, 매미와 귀뚜라미의 울음소리. 아나이스가 사서 포도 덩굴에 매달아 놓은 종이 갓등의 따뜻하고 부드러운 빛이 양념한 토마토와 가지튀김 위로 쏟아지고, 그 빛은 그런 밤들의 마당 풍경에 4월의 축제와도 같은 분위기를 더해 준다. 이쪽저쪽에서 터져 나오는 웃음소리, 맨발의 아이들, 신선하고 향긋한 산루카르산 셰리주. 발에는 해변의 모래가 아직 붙어 있고, 빨랫줄에는 수건이 조르륵 널려 있으며, 화단에서 자라던 바질 잎은 우리의 요리에 들어가 은은한 향을 입혀 준다.

다음으로는 무수한 여름날의 새벽에 포도 덩굴 아래에서, 꺼진 갓등 아래에서 글을 쓰던 내 모습을 떠올렸다. 글을 쓰다 쉬거나 아니면 글에 집중하지 못하는 순간에 나는 가장자리가 반질반질한 테이블보의 반복적인 문양에 종종 멍하니 빠져들곤 했다. 그곳에서 수많은 페이지의 글을 썼지만 대부분은 출판되지 않을 것이다. 나는 그곳이 내 토스카나였음을 깨닫고 미소 지었다. 결국엔 내게도 수련이 가득한 연못이나 삼나무 숲 같은 게 있었으니까. 내 경우엔 포도덩굴과 빨랫줄이었을 뿐이다.

나는 또 본즈를 떠올렸다. 제일 먼저 본즈가 페레스의 고삐를 당기는 장면이 그려졌다. 또 그가 종종 옛날 플라멩코 한 자락을 부를 때의 음정이 엇나간 목소리가 들리는 듯했고, 앞으로는 더 함께하지 못할 그와의 시간이 벌써 그리웠다. 우리는 참 많이도 날씨와 동물들과 샘들에 관해, 산맥에서 가장 크다는 코르크나무에 관해 이야기했지만 결국 나는 그와 함께 말을 타고 산속으로 들어가 보지는 못했다. 그의 영토라고 할 마을 밖의 땅을 이제 나는 가 볼 수 없으리라.

이제는 더 이상 현관 계단에 앉아 책을 읽는 아나이스의 모습을 볼 수 없을 것이고, 며칠 사이 그을린 베르타와 마리의 피부도 볼 수 없을 것이다. 마요이나 페르난도의 가족이 찾아오는 일도 없을 것이고, 후안루도 초콜라테도 그곳엔 없을 것이다. 초콜라테가 깨진 판석 위에 퍼질러 쉬는 일도, 고양이들을 쫓아 달리는 일도 없을 것이다. 한밤중에 그가 길게 울부짖는 소리에 깨는 일도 없을 것이다. 슬픔이 가득하던, 아마도 예전에 갇혀 있던 기억을 떠올리며 우는 것 같던 그 소리.

나는 그런 구원 같은 일상이 계속되었으면 했다. 삶에 의미를 부여하는 익숙한 일상들. 언젠가 가장 사랑하는 사람을 잃는다면 매일 가장 그리워하게 될 일은 과거의 대단한 순간들이 아니라 살면서 함께했던 작은 순간들일 것이다. 작은 것들은 우리를 위로하고 하루하루를 견딜 만한 것으로 만들어 준다. 그러나 또한 우리 삶의 방향을 잡아 주는 건 큰 미덕들이다. 나탈리아 긴츠부르그가 이야기했던 큰 미덕들.

그는 우리가 아이들을 교육할 때 '작은 미덕'이 아니라 '큰 미덕'을 가르쳐야 한다고 말한다. 절약 정신이 아니라 '관대함'과 '돈에 관한 무관심'을, 신중함이 아니라 '위험을 두려워하지 않는 태도와 용기'를 가르쳐야 한다고, 또한 교활함이 아니라 '솔직함과 진실에 대한 사랑'을, 외교술이 아니라 '이웃에 대한 사랑과 헌신'을, 성공에 대한 욕망이 아니라 '존재와 앎에 대한 열망'을 일깨워 주어야 한다고 말한다.

40

2016년 초여름, 책 홍보를 위한 순회 일정이 끝나자마자 우리는 에든버러에 살러 갔다. 이듬해 여름까지는 스페인으로 돌아오는 일 없이 그곳에서 지냈다. 우리 계획은 원래 수지의 고양이도 돌볼 겸 수지네 집에서 몇 주 묵으며 당장 1년 살 수 있는 집을 구하는 것이었다. 하지만 우리는 너무 들뜬 나머지 뻔히 예상할 수 있었던 사실을 놓치고 말았다. 여름의 에든버러는 여러 축제 때문에 전 세계에서 사람들이 모여들어 도시 인구가 몇 배로 늘어난다는 것. 그리하여 우리는 꼬박 한 달 반 동안 임시로 여섯 군데의 아파트를 전전해야 했고, 그런 다음에야 간신히 우리에게 아파트를 빌려 주겠다는 집주인을 만나게 되었다. 그의 이름은 브라이언이 었고, 부동산 중개인이 집을 보러 오라고 한 날 아파트에 직접 와 있었다. 물론 우리 말고도 열 명 남짓의 사람들이 더 있었다. 우리는 그런 집을 수십 군데나 보러 다녔다. 그럴 때마다 젊은 부동산 중개인이 손에는 서류철을 들고서 우리에게 문을 열어 주고는 예약 고객 명단에 이름이 있는지 확인한 후 오 분 정도 집을 둘러볼 시간을 주고, 다시 오 분 정도 몇 가지 질문을 받은 다음에는 기다리고 있는 다른 열 명 남짓의 사람들을 받아야 하니 일단 나가라고 했다. 집이 마음에 들면 아나이스와 나는 오 분 정도 더 상의한 다음 결정을 내리고 중개인에게 전화를 걸어 집을 빌리고 싶다고 말했고, 그러면 그는 집이 이미 나갔다고 하거나 당신들이 가진 스페인 서류로는 경제력을 신용할 수 없다며 거절하곤 했다. 그런데 그날은 집주인 브라이언이 우리를 직접 만났고, 어쩌면 우리가 지쳐 보였거나 안쓰러워 보였는지 우리가 그들의 기준에는 자격 요건이 안 되었는데도 그가 직접 중개인에게 이야기하여 우리에게 집을 빌려주기로 했다.

그 뒤 몇 달은 새로운 도시와 새로운 나라에 적응하느라 시간이 어떻게 지나가는지도 몰랐다. 무엇보다 언어에 적응하기가 힘들었는데, 원래는 영어를 안다고 생각했지만 막상 우리가 만나게 된 많은 사람이 구사하는 말은 그 지역 특유의 억양 때문에 알아듣기가 아주 어려웠기 때문이다.

일단 적응과 정착의 시기를 거치고 나자 그곳의 매력에 흠뻑 빠질 수 있었다. 정신없는 몇 달 동안은 그 시골집의 미래에 대해서도 완전히 잊고 지냈다. 당연히 우리가 없는 사이 철거와 새 건축 프로젝트가 진행될 것이라고 여겼다. 그렇게 그 집과는 멀어졌다. 다시 그 집에 대해 생각하지 않게 된 것뿐 아니라 구상하던 책, 손에 관해 쓰려고 했던 책을 위해 여러 가지를 노트에 기록하던 일까지 그만두게 될 정도로. 그때까지는 아직 내가 수작업에 대해 하려는 이야기에 무대가 필요하다는 생각을 못 했고, 그 무대가 그 집이 될 것으로 생각하지도 않았다.

그해에는 후안루와 자주 연락을 주고받았는데 이그나시오의 프로젝트에 대해서는 한 번도 묻지 않았고 그도 그에 대한 자세한 이야기를 꺼내지 않았다. 다시 한번 우리 둘은 입에 올리지만 않으면 문제가 실제로 존재하지 않는다고 믿는 어린아이가 되었다.

스코틀랜드에서 보낸 한 해는 정말 시간 가는 줄 모르게 훌쩍 지나갔다. 처음 몇 달 좀 고생하긴 했어도 결국 그곳에서 우리 자리를 찾았고, 그래서 우리는 최소한 1년은 더 살아 보자고 학기가 끝나기 전에 미리 결정을 내렸다.

방학이 되자마자 우리는 말라가로 가는 비행기를 탔다. 후안루가 공항에서 우리를 차에 태워 함께 시골집으로 갈 예정이었다. 초콜라테가 공항 건물 안으로 들어갈 수는 없어서 후안루는 초콜라테와 함께 택시 승강장 쪽에서 우리를 기다리고 있었다. 후안루는 격한 포옹으로 우리를 반갑게 맞이했고, 초콜라테는 흥분해서 꼬리를 마구 흔들고 목줄이 팽팽히 당겨진 채 이리저리 날뛰었다. 마리와 베르타가 놀아 주니 더 그런 듯했다. 가는 길에 후안루는 자기도 이유는 잘 모르는데 이그나시오가 아직 공사를 시작하지 않았다고 얘기해 주었다. 그러고는 차마 더 자세한 정보를 얻으려고 그에게 전화해 볼 수는 없었다고 털어놓았다. 철거할 때가 가까워지면 우리가 개인적인 물건들을 챙길 수 있도록 알아서 미리 알려 주겠지 하는 마음으로 그냥 모른 척하고 있었다고.

그 여름 그곳에 도착하고 나니 기분이 참 이상했다. 모든 세 순전한 우연 같았고, 우리가 뭘 어떻게 할 수도 없는 상황에서 이유도 없이 마지막 순간에 우리보고 그냥 괜찮다고 말하는 것 같았다. 첫 주는 집에서 아무 작업도 하지 않았다. 아, 그건 기억난다. 매일 오후 벨레냐와 함께 산책을 나갔다. 그때 찍은 사진이 한 장 있다. 마리와 베르타가 벨레냐의 등에 올라타 있고 나는 한 손으로 나귀의 굴레를 붙잡고 있다. 우리는 아나이스가 들고 있는 카메라 렌즈를 바라본다. 아이들은 웃고 나는 무표정이다. 우리 뒤 하늘에는 뭉게구름이 걸려 있고 오렌지색 노을빛을 머금어 윤곽이 또렷하다. 마치 1970년대 관광객 사진 같다. 스위스나 영국에서 스페인 남부로 여행을 와서 당나귀를 타고 산길을 한 바퀴 도는 투어에 참가한 관광객.

몇 주 동안 거기서 썼던 노트에 당시 내 심경을 기록해 둔 부분이 있다. 말하자면 이상한 기분이 든다는 얘기였다. 이미 헐린 줄 알았던 집에 다시 돌아와 있다는 게. 마치 몇 년 전 실종된 줄로만 알았던 친구를 다시 만난 사람처럼. 처음에는 경계심에서 오는 거리감이 있어 낯설기만 할 것이다. 그러다 이렇게 말할 것이다. 우리가 함께 있다니 이게 말이 되니, 우리는 네가 죽은 줄만 알았어. 심지어 네 장례식까지 치렀다니까. 우리가 얼마나 슬퍼했는데. 그러니까 우리한테 넌 과거의 일부인데.

그런 처음의 낯섦을 극복하고 나니 우리는 그곳에서 조금씩 우리 공간을 되찾기 시작했고, 일주일이 지나자 모든 게 예전으로 돌아왔다. 하지만 그 여름 그 집에서 우리가 다시 태어날 수 있게 만든 진짜로 결정적이었던 건, 몸이 느끼고 있던 두려움을 진짜로 날려 버린 건 어느 날 후안루가 데려온 닭들 때문이었다.

후안루는 아무 말 없이 그냥 여러 종의 닭 열두 마리— 아이들에게 주는 깜짝 선물이라고 했다—와 함께 나타났다. 그날 오후 우리는 급하게 옹벽 위 뒷마당에 울타리를 쳐야 했다. 마르지 않는 샘과도 같던 '샤타헤히'에서 이것저것 자재를 가져다 썼다. 봐 봐 하고 후안루가 말했다. 궁지에 몰리면 결국 이런 허접한 것들도 다 쓸모가 있다니까.

정말 그랬다. 모양이 제각각인 금속 막대를 말뚝 삼아 한 줄로 땅에 박았고 몇 달 동안 처박혀 있던 철망을 일부 잘라 말뚝들을 연결했다. 방치되어 있던 철망 롤은 잡초들과 한데 엉켜 언뜻 보면 제대로 보이지도 않을 정도여서 그걸 다 풀어내느라 고생깨나 했던 기억이 난다. 일을 마친 후 우리는 조촐하게 닭 방사 의식을 치렀다. 닭들이 아직 갇혀 있는 닭장을 마당 가운데로 옮겨 놓고 베르타에게 문을 직접 열어 보라고 했다. 닭들은 몇 시간 동안이나 갇혀 있어서인지 조금은 소심한 몸짓으로 닭장 밖으로 나왔다. 머뭇거리는 긴 잠시였을 뿐 닭들은 금세 마당 여기저기로 흩어졌다. 해 질 녘이 되자 닭들은 무화과나무로 모여들었다. 몇 마리는 가지 위에 올라가기도 했고 몇 마리는 땅 위에 드러난 나무뿌리 사이에 웅크리고 앉았다. 다음 날 우리는 닭들을 위해 지붕 같은 거라도 세워 줘야겠다고 생각했다.

그런데 그날 밤 아이들이 이미 잠든 시간에 아나이스와 후안루와 나는 각자 한 손에 와인잔을 들고서 이번엔 적당히 손보는 데서 그치지 말고 제대로 된 닭장을 한번 만들어 보자고 의기투합했다. 닭들을 비바람으로부터 제대로 보호하여 더 좋은 환경에서 살 수 있도록. 몇 주 안에 갑자기 철거가 결정됐다는 연락이 올 수도 있잖아, 그러지 말란 법 있냐라는 말 따위는 아무도 입 밖에 내지 않았다. 이제는 우리가 가는 길에 이것저것 재고 따지고 할 때가 아니라고. 그런 계산을 그만둘 때가 왔다고. 그날 밤 테이블에 둘러앉아 와인을 마시며 우리는 닭장 공사의 세부적인 사항들과 필요한 자재들의 목록을 이야기했다. 나는 의식하지도 못한 채 또다시 그 집에 단단히 빠져 버리고 말았다. 나는 나를 기다리고 있을 즐거움, 손으로 하게 될 그 작업에 다시 한번 입맛을 다시고 있었다.

41

우리는 이동식 소형 콘크리트믹서를 빌리고 시멘트 서른 포대를 샀다. 후안루가 필요한 자재와 연장을 준비하는 사이 아나이스와 나는 닭장이 들어설 곳의 덤불을 걷어 냈다. 그러고 니시 셋이 함께 녹슨 철근망에 콘크리트를 부어 넓은 바닥을 만들었다. 바닥이 굳자 그 위에 닭장 구조물을 세웠다. 복잡할 건 없었다. 네 벽을 올리고 그 위에 양쪽으로 경사진 지붕을 얹으면 되었다. 딱 아이들이 학교 미술 시간에 그리는 집 모양이었다. 공사하는 동안 닭들은 우리 주위에 모여들어 이리저리 왔다 갔다 했고, 먹잇감을 찾아 부리로 쉬지 않고 바닥을 쪼았다. 자재를 들고 지나가면 놀라서 흩어지곤 했다. 나는 닭들이 거기 있는 게 좋았다. 울타리가 있는 상태에서 넓은 공간을 자유롭게 돌아다녔고, 무화과나무는 짙은 그늘을 내주었고, 마실 물도 충분했으니까.

이틀에 걸쳐 공사는 끝이 났고, 라파엘라가 조언해 준

얘기가 있어서 임시로 설치했던 울타리에 조그만 닭장 같은 새로 구획된 몇 개의 공간을 더 만들었다. 나중에 특정 동물을 격리해야 할 경우, 예를 들어 보호가 필요하거나 다른 사료를 먹여야 하거나 특별히 따로 돌봐 줘야 하는 경우 이런 공간이 유용할 것이라고 했다.

대형 플라스틱 물통을 잘라 산란장을 만들었고, 모이통도 만들어 바닥에서 몇 센티미터 위에 철사로 걸어 두었다. 그 정도 올려 걸어야 쥐들이 모이를 훔쳐 먹지 않을 것이다.

그다음 주부터 닭들이 집을 완전히 떠나게 될 날까지 딸아이들이 아침에 눈을 뜨면 첫 번째로 하는 일은 산란장에 가서 달걀을 수거해 오는 것이었다. 달걀을 들고 집으로 돌아와서는 정말 환하게 웃었다. 아직 눈곱도 떼지 않은 눈으로 우리에게 조그마한 보물들을 보여 주었는데 어떤 달걀에는 여전히 온기가 남아 있었다.

아이들은 닭장에 갈 때마다 몇 년 전에 쌓은 옹벽 끝까지 가서 그 옆 비탈면을 올라가야 했고, 후안루가 어느 날 그 불편함을 눈치챘다. 비탈면은 당연히 무성하게 자란 마른풀로 덮여 있었다. 그리고 풀에 가려져 보이지 않는 바닥은 여기저기 함정이 가득한 진흙 바닥이었다. 왜냐하면 벨레나가 겨울에 그곳에서 풀을 뜯었고 진흙에 발굽 자국을

냈는데 햇빛을 받으면 발굽 자국이 마치 도자기처럼 굳었기 때문이다. 그래서 후안루는 나무살로 된 침대 밑판을 가져다 옹벽에 기대어 놓았고, 아이들은 그때부터 닭장에 갈 때마다 그곳으로 오르내렸다. 허약하고 불안정한 사다리였지만 자연스럽게 다들 그 사다리를 이용하기 시작했다. 좀 아쉽긴 해도 반바지를 입고 마른풀들을 헤치거나 진흙 바닥 푹 팬 곳에 발을 헛디디는 것보다는 나았다.

어느 순간 침대 밑판의 나무살 하나가 부러졌고, 또 그 위를 오르내릴 때마다 우리 무게에 프레임이 휘청였다. 그러니까 그 사다리는 사실 특별히 편안한 것도 쓰기 쉬운 것도 안심이 되는 것도 아니었다. 하지만 집의 다른 많은 것들과 마찬가지로 우리는 그 사다리를 닭장 오르내리는 문제에 대한 유일한 해결책인 것처럼 여겼다. 시급히 해결해야 할 문제와 손볼 곳이 수도 없이 많은 집에서라면 보통 어느 정도 선에서 상황을 받아들이는 것으로 일을 마무리하게 된다. 우리가 닭장에 갈 때마다 침대 밑판을 기어오르는 걸 당연하게 여기게 된 건 한겨울에 설거지하려고 물을 따로 끓여야 했던 일이나 침대에 가 누우려고 공용 화장실을 지나야 했던 게 자연스러워진 것과 마찬가지다.

그런데 그 집에는 원시적이고 조잡한 것들과는 거리가 먼, 밑바닥을 흐르는 어떤 흐름이 있었다. 아나이스가 한 땀

한 땀 짜서 입힌 섬세한 층이었다. 나는 이런저런 큰일들에 정신이 팔려 그 공간이 더 깊고 세심한 방식으로 조금씩 변화하고 있었다는 걸 알아차리지 못했다. 그때 그 푸른 양모 담요가 공간을 변화시켰던 것처럼, 주기적으로 갈아 주었던 마당의 테이블보나 라파엘라와 마누엘이 왔을 때 먹을 수 있게 올려 놓곤 했던 치즈 한 조각과 의자 위에 놓아 둔 알록달록한 쿠션들이 그랬다. 또한 아나이스는 인화한 사진을 참 좋아했다. 그래서 집 안의 벽이며 가구 위에 아나이스가 붙여 놓은 사진이 많았다. 그곳에서 지낸 행복한 순간들이 담긴 이미지들. 그 사진들은 점차 일종의 방문 기록장이 되었다. 밥을 짓거나 바비큐를 하는 사진이 참 많았다. 친구들과 이웃들이 마당이나 빨랫줄 옆에서 포즈를 취하는 사진들도 있었다. 그렇게 아나이스가 섬세한 손길로 가꾸어 온 노력은 집의 구조를 바꾼다거나 하는 거창한 일은 아니었지만 그 공간에 좋은 삶을 누릴 수 있는 분위기를 만들어 주었다. 누구와 함께이든, 혼자이든. 내가 별로 신경 쓰지 못했던 작은 것들이었지만 그런 것이 하나하나 모여 집은 그저 비바람을 피할 피난처에서 점점 더 진정한 보금자리로 거듭나고 있었다.

42

그 여름 다시 만난 집은 내게 임시성이 가진 가벼움을 진정 처음으로 경험하게 해 주었다. 부르고스에서 철거 예정 소식을 들은 후 멀리 스코틀랜드에 떨어져 있으면서 어느 정도는 분명하게 그곳에서의 우리 현실을 인식하게 되었다. 우리는 과객이다. 이는 그곳에서의 첫날부터 명백한 사실이었지만 나는 그걸 배우는 과정을 거쳐야만 했다. 반면 아나이스는 자연스럽게 그 임시성을 받아들이며 살았다. 나는 그러지 못했지만. 우리에게 오는 건 언젠간 떠난다고 아나이스는 내게 말하곤 했고, 나는 수긍하면서 이제는 그 말을 잘 새겨 두겠다고 답했다. 실제로 나는 누군가와 집 문제를 이야기할 때면 그 스토아 철학적 태도, 우리가 통제할 수 없는 것과 통제할 수 있는 것을 구분하여 대하는 태도를 확실히 내면화한 것처럼 말하곤 했다. 그러면서 이렇게 덧붙이기까지 했다. 내가 이해하는 바에 따르면 그 집은 삶에 대한 진정한 은유라고. 모든 건 일시적이고, 현재가 언제나 더 중요하니까. 개미와 매미[47] 이야기에서 매미의 관점에 더 가깝다고. 그런 말들을 하면서 나는 젊을 때 내게 가벼운 삶을 이상으로 삼게 해 주었던 책들에 대해서도 생각해 보았다. 젊은 시절 내 가슴에 불을 지폈던 헤르만 헤세와 니체와 세네카. 또한 안토니오 갈라의 『상속자들에게 보내는 편지』[48]도 떠오르고, 무엇보다 앤서니 드 멜로[49]가 했던 말, 무관심함으로써만 온전히 사랑을 줄 수 있다는 말이 생각난다. 사랑하는 대상에 대한 소유욕은 사랑 그 자체를 파괴한다고. 그러고서 그는 나무의 예를 든다. 나무는 다가오는 누구에게나 제 그늘을 내준다고, 그가 성인이든 폭군이든. 그 사랑에는 집착도 없고 판단도 없다. 당시 나는 누가 그 집에 관해 물으면 그런 식으로 대답했다. 이러다 휴가용 아파트 공사가

47 「개미와 베짱이」는 원래 이솝 우화 「개미와 매미」 이야기가 변형된 것이다.

48 1930년 스페인 코르도바에서 태어난 시인이자 극작가이자 소설가이자 칼럼니스트인 안토니오 갈라는 이 책에서 독자들을 정신적 유산을 물려받을 사람들이란 의미로 상속자들이라고 호명하며 덧없는 물질적 유산에 집착하지 말고 용기 있게 현재를 누리라는 메시지를 전한다.

49 인도 뭄바이 관구의 예수회 신부. 영성과 마음에 관한 강연과 저술 활동을 활발히 했다.

진짜로 시작되면 너희는 어떻게 할 건데? 집에 작별 인사를 할 거야, 그동안 그곳에서 살아온 삶에 감사를 표하고 우리는 우리 길을 또 걸어가야지. 나는 내가 마치 신비로운 동양 우화 속 현자라도 되는 양 그렇게 설파하곤 했다.

하지만 거짓말이었다. 내 안에서 나는 영원히 그 공간을 잃게 된다는 사실에 저항하고 있었다. 이미 그 집은 우리 삶 안에 깊숙이 들어와 있었고 우리의 특별한 역사이기도 했다. 내가 늘어놓았던 말들은 그냥 말일 뿐이었다. 나는 우리 것이 아닌 집에 이미 집착하고 있었고 그냥 떠나게 둘 수가 없었다. 책 속의 이야기들은 젊은 시절의 나에게나 통하는 이야기였을 뿐 당시의 나에게 진실은 다른 이야기를 하고 있었다. 모든 순수한 사랑에 관한 우화들, 내 젊음을 불태웠던 그 이야기들이 조용히 재가 되어 사라질 수도 있겠다는 생각이 들었다. 나는 내게 말했다. 내가 사랑하는 건 내 가슴에 꼭 붙어 있기를 바란다고. 사랑하는 대상을 내 두 손으로 쓰다듬을 수 있으면 좋겠다고. 그리고 그가 떠난다면 그 부재에 마음껏 울 수 있기를 바란다고.

43

우리는 과객이었다. 그 집은 우리 것이 아니었다. 우리는 그 집을 갖기 위해 돈 한 푼 내지 않았다. 그런데도 가장 좋은 의미에서 우리는 그 집을 우리 집으로 만들었다. 벽을 칠하고 틈을 메우고 포도 덩굴 아래에서 음식을 나눠 먹으며 집과 우리 삶이 하나가 되게 했다. 이름과 부동산 등기용 등록 번호가 쓰인 문서를 손에 쥐는 것과 공간을 자신의 공간으로 느끼는 것은 다른 문제다. 전자는 공증인이 담당하며, 공증인은 양측이 서둘러 도장을 찍게 하고 무거운 말들을 늘어놓으며 숙련된 태도로 예의 바름을 가장하면서 법정 수수료를 받고 일한다. 후자는 그저 삶이 하는 일이다.

거주한다는 사실에는 융합의 개념이 깔려 있다. 왜냐하면 공간과 그 공간을 점유하는 사람들은 서로가 서로에게 무언가를 전해 주기 때문이다. 그곳에 사는 사람은 단지 그곳에 사는 것만으로도 거주 공간에 의미를 부여한다. 그는 매일 공기의 순환을 일으켜 습기를 몰아내고 집의 구조가 건강한 상태를 유지하도록 돕는다. 그러면서 또한 어느 날 실수로 탁자 모서리를 벽에 찧어 상처를 낼 수도 있다. 그곳에 사는 사람은 벽과 가구에 냄새를 배게 한다. 담배 냄새, 꽃양배추와 즉석 수프, 혹은 직접 끓인 수프의 냄새, 생선튀김, 테레빈유, 기저귀, 페인트, 표백제, 마른 월계수 가지, 빨랫감과 더러운 신발의 냄새. 깨끗한 옷, 흰 시트, 탈취제, 살충제 냄새도. 그리고 아침이나 오후의 커피, 토마토 파스타, 구운 닭고기, 전분, 꽃, 홍합의 냄새. 또한 이런저런 사적인 순간들의 비밀스러운 냄새까지.

이 모든 것은 벽과 천장에 흔적을 남긴다. 벽과 천장으로 이루어진 집 구조물은 저 멀리 태양풍에 의해 발생한 방사선이나 비로부터 우리를 보호해 주며, 동물들의 서식지와 우리가 사는 곳을 분리하고, 이웃과도 구분해 준다. 집은 타인의 시선에서 벗어나 우리에게 사랑과 다툼의 무대를 제공한다. 우리는 집에서 아이들이 자라는 모습을 지켜볼 수 있고 난롯불의 따스한 온기를 느낄 수 있으며 금이 간 창문을 보게 될 수도 있다. 집에서 우리는 텔레비전 뉴스를 보고 책을 읽고 안쪽 방에서 들려오는 라디오 소리에 마음의 안정을 느끼기도 한다. 정치에 관해 토론하기도 하고 길고양이들을 쫓아내거나 반대로 고양이를 집에 들여 키울 수도 있다.

올리벤사에 있는 집에서 내 형과 누나들은 자전거 타는 법을 배웠다. 그 집은 방도 널찍널찍했다. 그리고 어린 나는 그 집 부엌의 옛날식 아궁이 앞에 앉아 어머니가 요리를 위해 남겨 둔 와인이 담긴 컵을 조막만 한 손으로 집어 들고는 뭔지도 모르고 꿀꺽 다 마셔 버렸다. 얼마 후 나는 조그만 몸을 비틀거리며 횡설수설하고 있었다고 한다.

우리는 어느 정도 나이가 되면 방에 좋아하는 음악 밴드나 농구 선수의 포스터, 예쁘고 잘생긴 스타의 사진, 알프스의 풍경, 에르미타주 미술관이나 프라도 미술관에 소장된 명화 이미지를 붙여 놓는다. 해골이나 악마 그림을 붙일 수도 있다. 내 부모님의 침대맡에는 손목이 부러진 채색 예수상 하나가 놓여 있었다. 부러진 손목 부분을 자세히 보면 석고상의 모양을 잡아 주는 철심이 드러난 걸 볼 수 있었다.

대학생 기숙사나 세 가족이 모여 사는 셰어하우스, 판잣집이나 정원과 수영장이 딸린 저택, 그리고 그곳들을 채우는 유행이 지났거나 다시 유행이 돌아온 가구들. 매일같이 사물들은 하나하나 문을 통해 들어온다. 옷장, 오전 수업 시간에 필기한 노트들, 생일 파티 때 쓸 일회용 종이 접시, 흙으로 만든 3리터들이 화분, 길가에서 주워 온 테이블 상판. 이사할 때가 되면 모든 것이 하루 만에 들어왔던 문을 통해 나가야 한다. 그때 우리는 또 한 번 놀랄 것이다. 이 많은 게 집 안에 다 쌓여 있었던 거야? 그리고 이번 기회를 이용해 웬만하면 다 버려야겠다고 다짐한다. 그러고는 결국 다 버리지 못하거나 버리다 말거나 한다. 버리지 않고 간직하든 깨끗이 이별하든 완전한 만족을 얻을 수는 없다.

집에 거주한다는 것은 벽에 노란색 포스트잇을 붙여 가는 행위이고, 그 벽들 위에서 우리의 삶과 시간이 교차한다. 한나 아렌트는 사물이 "인간의 삶을 안정"되게 해 준다고 말한다.[50] 사물이 그런 이유는 존재의 변덕스러운 본성 앞에 안정적인 요소로서 물질이 항상 존재하여 우리의 온전함을 회복하도록 돕기 때문이라고 설명한다. 그토록 친밀하게 연결된 공간에서 너는 어느 날 어머니의 죽음과 같은 소식을 듣고, 그 소식에 가슴이 갈가리 찢긴다. 그렇게 몇 년이 지나도 공간은 계속 그대로 있고, 그렇게 공간이 그대로 있음으로써 너의 삶이 사라지지 않았다는 것을 상기시킬 것이다. 네 삶은 계속 앞으로 나아가야 하고 그러기 위해서는 기운을 차려야 하며 방향을 잃지 않아야 한다고. 한나 아렌트가 한 말과 같은 의미에서 한병철 역시 "사물들은 삶의 안식처

---

50   한나 아렌트, 이진우 옮김, 『인간의 조건』(한길사, 2019) 참고.

들"이라고 표현한다.[51]

51   한병철, 전대호 옮김, 『사물의 소멸』(김영사, 2022)
      참고.

44

8월 중순 우리는 스코틀랜드로 돌아갔다. 침대 밑판으로 만든 사다리를 오르내리는 삶에서 크레이글레이스산 사암으로 만든 세련된 계단을 오르내리는 삶으로. 그렇게나 다른 양극단의 삶을 오갈 수 있는 것도 행운이라면 행운이었다. 물론 두 곳 다 일시적인 머무름이었다. 시골집은 얼마 안 가 쓰러지고 말 것이고, 브라이언의 아파트에서도 우리는 영영 떠나게 될 것이다. 중장기적으로 봤을 때는 둘 다 우리가 감당할 수 있는 곳은 아니었으니까. 스코틀랜드 생활은 통장의 잔고를 축내고 있었고, 우리에게는 이그나시오로부터 그 시골집과 땅을 살 능력 또한 없었다.

에든버러로 돌아오자 나는 차분하게 그해 여름 시골집에서 지낸 시간을 되새겨 볼 수 있었다. 젊은 시절에 내가 읽었던 사랑에 관한 이상적인 생각들은 다시 생각해 보니 좀 허황한 이야기 같았다. 앤서니 드 멜로는 내가 아는 한 아버지가 된 적이 없었다는 데 생각이 미쳤다. 그의 글을 읽었을 때 나도 아버지가 아니었고. 아마도 자식이 없다는 것이 사랑에 대해 그런 스토아 철학적 사고를 하게 하는 것이 아닌가 싶었다.

북쪽 나라에서 몇 주 동안 거리를 두고 냉정하게 생각하다 보니 분노의 감정이 스멀스멀 피어올랐다. 나는 생각했다. 이그나시오는 프로젝트를 위해 자금을 모으는 동안 자기 소유의 집에서 무슨 일이 일어나고 있는지 모른다. 그곳에 대한 그의 비전은 오로지 이윤 추구의 원리에만 기대고 있다. 그가 그렇게 다른 쪽을 바라보고 있는 동안 얼마나 많은 이들의 삶이 그곳에 왔는지 그가 안다면 집을 철거하기보다는 보존하려고 할 것이다. 사회 운동을 하는 활동가들처럼 그곳을 지키기 위해 나서는 우리의 모습을 상상해 보았다. 우리는 플래카드를 들고 포클레인을 기다릴 것이다. 몇몇은 포도 덩굴이 있는 곳의 시멘트 기둥에 자기 몸을 사슬로 묶을 것이고, 또 누군가는 기타를 칠 것이다. 우리 염원을 담아 수없이 많은 촛불을 켜 둘 것이고, 자본과 투기꾼들은 물러가라고 구호를 외칠 것이다. 나는 다시 머리를 기를 수도 있겠다. 물론 머리는 기르지 않을 수도 있고. 다행히 그런 상상은 혼자서만 했다. 내 마음이 스토아 철학적 관점에서 벗어나 로마군에 맞서 끝까지 저항했던 누만시아인의 정신으로 기울고 있다는 걸, 찬케테[52]의 저항을 떠올리며 나도 그런 저항을 상상했다는 걸 다행히 아무에게도 말하지 않았다.

내가 느낀 감정을 분노라고 부를 수 있다면 그 분노의 감정은 그리 오래가지 않았다. 그냥 멀리 떨어진 곳에서 나는 이그나시오라는 허구의 인물에 대항하여 상상 속에서 반기를 들었을 뿐이다. 우리가 그곳에 살게 된 것부터가, 내가 그에 대해 생각하고 있는 것 자체가 이그나시오의 사업적 안목과 우리에게 베푼 아량 덕분이었다는 걸 잠시 망가한 채로.

그해 크리스마스에 마요이가 우리와 함께 연휴를 보내기 위해 스코틀랜드로 왔다. 그때는 에든버러가 환하게 빛나는 계절이 아니었고, 낮게 깔린 안개 속에 도시의 풍경은 희뿌옇기만 했다. 사람들은 크리스마스트리용 생나무를 지고 거리를 오갔다. 스코틀랜드 하일랜드의 산기슭에 전나무

52　1980년대에 방영된 스페인 TV 시리즈 「푸른 여름」의 주인공 할아버지. 바닷가에 버려진 배에서 생활하던 할아버지와 우정을 나누던 젊은이들이 할아버지 배의 철거를 막기 위해 연대하여 싸우는 내용의 에피소드가 있다.

의 묘목을 심어 키운 뒤 채 다 자라기도 전에 베어 낸 나무들이었다. 오로지 몇 주 동안 집 안을 장식하기 위한 목적으로. 크리스마스가 끝나면 나무들은 다시 길거리에 쌓이는데 나는 그게 좀 마음이 아프고 화도 났다. 오벨릭스가 로마군을 향해 20미터짜리 떡갈나무를 뿌리째 뽑아 던져 버렸을 때 오벨릭스의 강아지 이데픽스도 나와 같은 마음이었을 것이다.

하지만 그 연휴에 가장 기억에 남는 건 크리스마스도 나무도 아닌 마요이였다. 어느 날 오후 흔히 장이 서곤 하는 구시가를 한 바퀴 산책하고 난 뒤 집으로 돌아가는 길이었다. 마요이는 한 손으로는 베르타의 손을, 다른 한 손으로는 마리의 손을 꼭 잡고 앞서 걷고 있었다. 우리는 리스강을 가로지르는 돌다리 위를 건너려던 참이었는데 마요이가 발을 헛디뎌 균형을 잃고 말았다. 다행히 바닥에 넘어지진 않았지만 거의 그럴 뻔한 상황에 본인도 놀라고 아이들도 놀랐다.

그날 밤 아나이스는 낮에 있었던 일을 다시 꺼냈다. 수백 번이나 그 길을 지나다녔다고. 발에 뭐가 걸릴 게 없이 반반하게 다져진 포장이 잘된 인도였다고. 시간이 흐르면서 판석의 이음새가 살짝 벌어져 미세하게 돌출된 부분이 있을 수 있는데 딱 그 정도에 그렇게 크게 넘어질 뻔한 거라고. 나는 그 사건에 너무 크게 의미를 부여하지 말자고 했다. 대화

끝에 아나이스에게 말했다. 가끔 넘어지지 않는 사람이 누가 있겠냐고. 그때는 몰랐다. 그날의 사건이 이후 마요이에게 닥쳐올 모든 일의 시작이었다는 것을. 우리는 그 일을 다시 입에 올리지 않았지만 아나이스는 며칠 동안 계속 어머니의 걸음걸이를 주시했고, 어느 날 산책할 때 어머니가 왼발을 살짝 끌면서 걷는 걸 발견했다. 나보고도 자세히 보라고 해서 봤더니 확실히 그랬다. 마요이는 걸을 때 한쪽 발을 다른 쪽 발보다 살짝 덜 들어 올리며 걸었다. 하지만 유심히 보지 않으면 거의 알아차리기 힘들 정도였다.

　연휴는 끝이 났고 마요이는 세비야로 돌아갔다. 그로부터 며칠 뒤 2017년 1월 새해가 막 밝아 온 어느 날 나는 내 노트에 뭔가를 끄적였다. 그때 처음으로 1년 반 전에 수지네 집에서 들었던 BBC 라디오 방송 프로그램의 내용과 이그나시오를 연관 지어 보았다. 손에 관한 책을 쓴다면 그건 이그나시오에게 보내는 일종의 편지가 될 수도 있겠다고 생각했다. 직접 자기 눈으로 보지 못했던 일들을 그에게 이야기해 주면서 동시에 자신도 모르게 우리에게 선물해 준 그 기회에 우리가 감사하고 있다는 것을 알리는 내용을 담은 편지.『손을 찬양하다』가 다시 내 마음의 문을 두드린 순간이었다. 그전까지는 이론적인 사색에 머무르던 것이 하나의 문학적 글쓰기 계획으로 진화하기 시작했다.

그 후 몇 달은 당시 진행하고 있던 소설 쓰기와 다음 책의 준비를 병행하면서 보냈다. 다음 책은 그 집에서 우리가 지냈던 삶을 통해 손으로 하는 일의 중요성에 대해 성찰하는—달리 말한다면 옆길로 계속 새겠다는 뜻이다—내용이 될 것이다. 언제 다시 철거 소식이 들려올지는 아직 몰랐고, 완전한 철거가 이루어지기까지 모든 일이 어떻게 진행될지도 몰랐다. 확실히 의식하고 있었던 건 어쨌든 그 순간이 곧 올 거라는 사실이었다. 그래서 그때부터 나는 그 책의 집필을 위한 사전 작업을 집중력을 가지고 더 열심히 진행했다. 모든 게 무너져 내리기 전에 최대한 많이 기록해 두고 자료도 더 모아야 했다. 내게는 이제 막 카운트다운이 시작된 것이다.

45

내가 기억하는 한 어린 시절 우리 집에는 전기 기사가 방문한 적이 한 번도 없다. 긴급한 상황에서 배관공이 방문했을지는 모르나 그 또한 확실치 않다. 아버지는 집을 유지하고 보수하는 일과 관련된 모든 일을 직접 했다. 상당 부분 아버지의 두 손으로 직접 지은 집이기도 해서였을 것이다. 집을 짓는 일은 그의 꿈이기도 했고, 이런저런 자잘한 작업을 하다 마침내 이뤄 낸 일생의 역작이기도 했다.

내 경우와 마찬가지로 아버지가 수작업에 일생을 바치기는 했어도 그건 생계에서는 부차적인 일이었다. 직업은 다른 것이었으니까. 학교 선생님이었다. 하지만 진정한 열정은—이에 대해서는 의심의 여지가 없다—손으로 하는 일에 있었다. 그의 재료에 대한 호기심은 죽는 날까지 지속되었고, 마치 예술가들처럼 아버지에게도 작품 세계가 달라지는 시기가 있었다. 한동안은 목재에 빠져 내가 창고의 창살을 달았을 때처럼 기술적으로 말도 안 되는 일에 도전하곤 했다. 부모님 집에는 아직도 어머니가 보관해 놓은 아버지가 만든 작품들이 있다. 목공 선반 작업에 한창 빠져 있을 때 만든 것들이다. 옷장 위에는 높이 40센티미터 정도 되는, 나무로 만든 다섯 개의 기둥 모형이 있다. 세로 홈 장식도 없고 기둥머리 장식도 없는 민무늬 기둥부터 현란하면서도 섬세한 나선형의 솔로몬 기둥까지. 속은 비었고 세 개의 나선만이 기둥 뿌리와 기둥 머리를 연결하고 있다.

그림을 그리는 데 몰두하던 시기에는 지극히 개인적으로 그린 모작들이 있다. 수르바란과 고흐와 고갱의 모작, 무엇보다 본인이 가장 좋아했던 엘 그레코의 모작들. 아무래도 크기로 보아 도화지 위에 그린 「불카노스의 대장간」을 대표작으로 꼽을 만하고, 벨라스케스의 「마르테」 모작도 눈길을 끄는데 어떤 이유에서인지 머리를 비례에 맞지 않게 작게 그렸다. 아버지의 모작 컬렉션은 내 오랜 친구 에스파르타코도 맘에 들어 해서 지금도 ‘작은 프라도 미술관’이라고 부른다.

석고 부조에 몰두하던 시기도 있다. 필라르의 성모부터 아시리아 전사들의 전투 장면을 묘사한 작품까지. 종이 모형에 빠졌던 시기도 있고 미니어처 제작 시기, 나무상감 공예 시기, 쪽매붙임 공예 시기, 미장 예술 시기, 그리고 전문적으로 직물 공예를 하는 여동생 파티마를 위해 작업 도구를 만들어 주는 일에 몰두하던 시기도 있었다.

그런 시기마다 집에 많은 작품과 흔적을 남겼다. 그 물건들을 통해 그의 삶을 돌아볼 수도 있고, 자식들인 우리 모두에게 각인된 어떤 정신을 엿볼 수도 있다. 형제자매 중 둘만이 손으로 하는 노동을 직업으로 가지고 있지만 사실 우리 모두 손으로 무언가를 하는 걸 좋아하는 성향이 있다. 천으로 꽃을 만든다든가, 십자수를 뜬다든가, 그림을 그린다든가, 요리를 한다든가, 실을 잣는다든가, 석고나 목재나 쇠붙이로 뭔가를 만든다든가.

스코틀랜드는 여러 가지 면에서 멀었다. 스페인에서 멀었고, 우리의 인간관계 망과 그 안에서 자연스럽게 행동할 수 있었던 우리 문화로부터 멀었다. 모국어인 스페인어로부터도, 스페인의 태양과 열기로부터도 멀리 떨어져 있었다. 스페인과 달리 스코틀랜드에서는 기후 조건 때문에 야외에서 시간을 보내기가 쉽지 않았다. 겨울에는 오후 3시 30분만 되면 해가 지고, 이틀 연속 비가 오지 않는 날을 만나기도 어렵다. 기온은 낮고, 바람은 습하고 차다.

분명한 건 고위도의 기후가 우리를 집이나 도서관에만 틀어박히게 했다는 것이고, 아마도 그 덕분에, 그리고 내가 관찰의 대상으로 삼은 집에서 오히려 멀리 떨어져 있었기 때문에 손에 관해 쓰게 될 책의 사전 작업에 상당한 진전이 있었다. 그 몇 달간 나는 책도 많이 읽었고, 생각도 많이 진전시켰으며, 노트에 기록한 내용도 꽤 많았다.

이건 내가 2017년 3월에 쓴 내용이다. "인간이 스스로 필요한 무언가를 짓는 것이 가능하다는 사실은 자율성을 획득하게 해 줄 뿐 아니라 세상에 대한 이해를 얻게 해 준다. 그리고 그러한 이해는 계속해서 우리 안에 쌓인다. 엔조 마리의 의자의 경우를 봐도 의자 제작을 통해 우리가 얻을 수 있는 건 다층적이다. 신체적인 능력, 우리를 둘러싼 환경에 대한 새로운 지식. 배를 묶어 두었던 밧줄이 풀렸을 때처럼 우리는 미지의 세계를 향해 나아가고, 미지의 세계였던 곳은 행위가 이루어지는 곳이 된다. 나무판자 한 장을 다루며 자르고 사포질하고 거기에 구멍을 뚫는 일을 통해 우리는 다른 나무판자들에 대해서도 알게 된다. 그 항해에 일단 발을 들여놓으면 두려움은 잊게 되고, 그 길에 남는 건 순수한 기쁨이다. 우리 삶을 지탱하는 것—그것이 의자이든, 미치광이 돈키호테의 혜안이든, 발코니에서 키운 토마토든—에 대한 의식적인 개입은 우리를 둘러싼 세상과 우리를 하나로 만든다. 세상이 우리에게 더해지는 것이다. 물론 우리가 사용하는 모든 물건의 제작자가 되거나 우리가 먹는 모든 먹거리의 생산자가 될 필요는 없다. 그렇게 모든 걸 직접 하려고 한다면 기본적인 욕구만을 충족시키는 데 우리 삶이 묶이고 말 것이다. 누군가에겐 그런 삶의 방식도 가능하고 바람직한 삶의 방식이 될 수 있기는 하지만 말이다. 어쨌거나 내 생각에는 딱 한 가지만 자기 손으로 직접 해 보는 것으로 충분하다. 우리가 할 줄 모른다고 생각했던 일 중 딱 한 가지. 냅킨 위에 그림을 그리는 것도 그 훌륭한 시작이 될 수 있다."

종이와 연필은 우리가 평소에 쉽게 구할 수 있는 일상적인 사물이다. 흑연으로 선을 긋는 행위는 단순한 기술이다. 그런데 선을 그리는 행위의 근본적인 원리는 무른 광물과 종이 섬유질의 거친 부분의 접촉으로 설명할 수 있다. 또한 엄지와 검지와 중지가 어떤 식으로든 연필을 쥐게 되고, 각 손가락의 움직임이 협응하여 연필의 끝을 종이의 한 지점에서 다른 지점으로 옮긴다. 그리고 그것이 그림이 된다. 잘 생각해 보면 놀랍도록 복잡한 행위임을 알 수 있다. 연필심이 적당한 압력을 받아 심 끝의 광물 일부가 떨어져 나와 종이의 섬유질 사이에 들러붙는다. 두 가지 물질의 본성이 만나 각자 자기 일부를 내줌으로써 새로운 것을 만들어 낸다. 연필로 그림을 그리는 것뿐이랴. 용접도 그렇고 두 사람 사이의 사랑도 그렇다.

　　연필의 기원은 영국 북부 컴브리아주 시스웨이트펠에 있다. 그곳은 지금도 전 세계에서 순수 흑연 매장량이 가장 많은 곳이다. 중세에는 그 묘한 광물을 지역 목동들이 양에 표시를 남기는 데 썼다고 알려져 있다. 광물이 얼룩을 만들어 내는 성질을 이용한다는 점은 오늘날에도 크게 달라진 게 없다. 다시 말해 연필을 쥐고 그림을 그리거나 글을 쓸 때 우리는 놀랍게도 산화철을 가지고 알타미라 동굴 벽에 얼룩을 만들어 그림을 그렸던 인간과 거의 같은 행위를 한다.

　　알타미라의 인간이나 오늘날의 우리나 두 가지 경우 모두 손으로 색소를 쥐고 그것을 거친 표면에 문지른다는 건 똑같다. 그래서 동굴에 그려진 동물들의 형상은 인간 그 자체를 드러낸다. 우리를 우리가 되게 하는 특성. 자기를 인식하는 능력부터 손가락을 자유롭게 다루는 능력까지. 그건 축복이다. 나는 그 들소들을 그린 사람들이 마음속 깊이 기쁨을 느끼면서 그림을 그렸다고 생각하고 싶다. 그들은 자신의 생존을 좌우할 수 있는 동물들을 동굴 안에 붙잡아 둔 것이다. 모닥불 불빛에 비친 그림을 보면서 분명 용기를 얻었을 것이고, 희망을 품었을 것이다.

　　내가 손으로 할 수 있는 모든 능력 중에서도 그림을 잘 그리는 능력이 제일 갖고 싶은 것이면서 동시에 뭔가 불가사의한 것이다. 그림이란 굉장히 복잡한 수준에 이를 수도 있지만 그 반대일 수도 있다. 선 하나를 긋는 것처럼 단순한 행위도 그림이니까. 나는 언젠가 일러스트레이터 엘리사 아르길레[53]와 이에 관해 대화를 나눈 적이 있다. 개성을 가장 잘 드러내는 건 선 긋기라고 그는 말했다. 그림 전체가 아니라 단순한 선 하나. 나는 그때 엘리사의 생각을 노트에 적어 두었고, 그때부터 그림을 그릴 때면 그 이야기에 관해 생각하곤 했다.

개성이 담긴 선, 누구도 흉내 낼 수 없는 그 선은 변하기 쉬운 여러 요소가 특정 순간에 혼합되어 만들어진 결과물이다. 압력, 기울기, 연필이나 펜의 종류, 잉크, 종이, 그 순간의 기분, 혈압, 습도, 기억, 트라우마, 성취의 경험들. 선 하나의 어떤 구간에도 개성이 담기지 않은 곳이 없다. 선의 시작부터 선의 끝까지.

그림이 내게 불가사의한 것이라고 했던 이유는 복잡성이나 완성도 때문이 아니라 오히려 단순성 때문이다. 물론 산티아고 데 콤포스텔라 대성당의 영광의 문을 그 세부 장식 하나하나까지 다 그릴 능력이 있다면 좋겠지만 내 마음

53 스페인의 유명한 일러스트레이터로 2007년 스페인 문화부에서 수여하는 '최고의 어린이 및 청소년 도서 삽화상'을 수상하는 등 그래픽 분야에서 활발히 활동하고 있다.

대로 그릴 수 있다면 나는 어린아이의 그림처럼 그리고 싶다. 내가 그은 선에서 근심 걱정이 없는 가벼운 마음과 순수한 기쁨만이 드러나도록. 내가 그은 선이 내가 이미 할 줄 아는 것을 보여 주기보다 내가 새로 발견할 무언가를 말해 주는 선이었으면 좋겠다. 다시 말해 나는 내 그림이 내가 인생에서 가장 원하는 걸 담고 있었으면 좋겠다. 두려움을 갖지 않는 것.

여름마다 내 친구 에스파르타코는 가족과 함께 우리 시골집을 찾았다. 우리는 그들과 함께 웃었고, 해변에 놀러 갔으며, 벨레냐를 데리고 도마뱀 산을 오르기도 했고, 함께 밥을 지었다. 우리는 맨발이었고, 티셔츠도 걸치지 않은 채 여름을 보냈다. 우리는 함께 그림도 그렸다. 거의 매일 마당 테이블에 빙 둘러앉아 각자 노트와 연필을 꺼내고는 그림을 그리며 놀았다. 한번은 초상화 그리기 놀이를 했다. 모두가 자기 오른쪽에 앉은 사람을 그리기로 한 것이다. 규칙은 하나였다. 그릴 때 종이를 보지 않을 것, 모델의 얼굴만 보고 그림을 그릴 것. 결과물을 의식하고 그리지 않으니 오히려 결과물들은 정말 재미있기도 했고 놀랍기도 했다. 이 놀이에서 잘 그리려고 하는 마음은 의미가 없었다. 나는 이게 자기 손을 믿고 손을 자유롭게 하기에 좋은 연습이 된다는 생각이 들었다. 손의 움직임을 눈으로 교정하게 하지 않고 비이성의 영역으로 더 나아가게 내버려두는 것. 나는 언젠가 에스파르타코가 했던 말에 대해서도 생각했다. 그림은 언제나 기억으로 그리는 거라고. 그리는 대상과 종이 위에 재현된 모습을 동시에 보는 건 불가능한 일이니까. 우리는 먼저 그리려는 대상을 바라보고, 10분의 1초라 하더라도 대상의 이미지를 머릿속에 담게 되며, 그런 뒤에 그 기억을 종이 위에 옮긴다. 아주 짧은 순간이라도 기억을 거쳐야만 하니 엄밀한 의미에서 우리는 우리가 보는 것이 아니라 기억하는 것을 그린다고 말할 수 있다.

46

2017년 6월 우리는 철새처럼 남쪽 나라로 돌아갔다. 지난여름 시골집에 갔을 때 느꼈던 두려움은 이제 흔적도 없이 사라진 채였다. 그곳에서 지낸 지가 벌써 5년이었다. 언젠가 포클레인이 나타날 거란 사실은 의식하고 있었지만 시간이 흐르면서, 그리고 계속해서 그곳에서 지내다 보니 포클레인의 엔진이 내는 굉음이 그 집을 덮친다는 게 점점 더 비현실적으로 느껴졌다. 너무 비현실적인 미래여서 어느 때는 그런 날이 오지 않을 거란 생각까지 들었다. 마치 우리 삶이 끝날 때까지, 자식들의 삶이 끝날 때까지 우리는 계속 그곳에 가게 될 것만 같았다. 세상의 지배 질서가 우리를 잊고는 그곳을 예외로 만든 게 아닐까 생각하기도 했다. 마치 깊은 밀림 속에서 길을 잃은 병사들이 전쟁이 끝난 줄도 모르고 그곳에 남아 있는 것처럼.

그해 여름은 빛나는 계절이었고, 그 여름에 나는 처음으로 당나귀를 타고 본즈와 함께 산책을 나갔다. 돌아보면 그 여름이야말로 우리가 그곳에서 지낸 가장 아름다운 순간이라고도 말할 수 있다. 첫 번째로 이야기할 수 있는 건 그곳에서 5년을 보내면서 모두가 힘을 합쳐 집을 아늑하게 만들었다는 것이다. 물론 시간이 흐르면서 집은 쇠하고 있었지만 더욱 아늑한 집이 되었다는 건 분명했다. 다음으로는 우리가 마누엘, 라파엘라, 본즈와 맺는 관계가 더욱 끈끈해졌고 상호 신뢰가 굳게 형성되었다는 점이다. 또한 스코틀랜드에서 한 해를 보냈다는 사실, 멀리 오랫동안 떨어져 있었다는 사실이 시골집에서 보낼 여름을 더욱 특별하게 만들었다. 여느 때와 달리 신선한 자극이자 설레는 일이 된 셈이다. 우리에게 익숙한 문화가 아닌 곳, 모국어를 쓰지 않기에 생기는 일상의 자잘한 불편한 점들에서 완전히 벗어나 모든 게 아주 자연스럽게 흘러가는, 우리가 사랑하는 곳으로 돌아온 것이다. 게다가 어쩌면 정확하게는 바로 이런 이유 때문이겠지만 우리는 우리의 것을 바라보는 달라진 시선을 가지고 돌아왔다. 그래서 그 여름은 낯설고 신선한 여름이었다.

그 시절이 가장 아름다웠다고 느끼게 된 진정한 이유는 전해에 우리가 느꼈던 임박한 철거에 대한 두려움을 이제는 극복했기 때문이었다. 최소한 그해 여름에는 집이 헐릴 거라는 사실이나 철거를 막기 위해 우리가 할 수 있는 것이 아무것도 없다는 사실에 대해 아예 잊고 지냈다. 심지어 집이 우리 소유가 아니라는 사실조차 잊었다. 아니, 그 이상이었다. 나는 아예 소유라는 개념 자체를 잊고 지냈고, 마치 우리가 숲이나 해변에 가 몸을 맡기고 그냥 지내는 것처럼 그런 가벼운 마음으로 그곳에 몸을 맡겼다. 그 여름을 생각하면 앤서니 드 멜로의 말이 맞았다. 온전한 기쁨은 두려움이 전혀 없는 상태에서만 찾아온다.

내가 그 여름을 빛나는 계절이라고 했던 건 우리의 망막이 북쪽 나라의 비스듬한 햇살과 비단결처럼 부드러운 스코틀랜드의 5월 오후의 빛에 익숙해져 있었기 때문이다. 남쪽 나라로 돌아오자 수직으로 내리쬐는 햇살, 어쩔 땐 아플 정도로 강렬한 빛, 압도적으로 밝고 생생한 빛을 다시 느꼈다. 하일랜드의 빛은 우리를 어루만져 주지만 안달루시아의 빛은 폭발하듯 우리를 밀어붙이는 빛이라고나 할까. 스코틀랜드의 빛은 명상에 잠기게 만들고 스페인의 빛은 행동하게 만든다. 밖에 나가 봐. 그리고 인사를 건네. 바닷물에 몸을 담가. 살갗은 그을리게 그냥 둬, 흐르는 시간이 느껴지잖아.

집에 도착하자마자 오후에 바로 벽을 희게 칠하면서 우

리는 그곳의 빛을 듬뿍 받았다. 우리는 그곳의 햇살이 너무 고귀해서 집이 그 빛을 고스란히 반사할 수 있는 거울과 같았으면, 그래서 집이 환하게 빛났으면 했다. 예전에 벽을 흰색으로 칠했을 때처럼 아이들에게는 앞치마를 둘러 주고 각자 일을 나눠 맡았다. 마리와 베르타는 아랫부분을, 나는 윗부분을, 그리고 아나이스는 옥상으로 올라가 포도 덩굴 위쪽 벽을 칠하기로 했다.

늘 그렇듯 아이들은 신이 나서 벽으로 달려가 이쪽저쪽으로 붓을 놀리지만 곧이어 따분해하고는 닭들이 알을 낳았을까 하고 서로 묻기 시작했다. 내가 돌아봤을 때 아이들은 이미 사라진 뒤였다. 석회가 담긴 통에 붓을 손잡이 부분까지 통째로 빠트려 놓고서. 나는 제 외삼촌 후안루 조카들 아니랄까 봐 하는 말을 속으로 했다. 아나이스와 나는 오후의 햇살이 저물어 갈 때까지 계속 일했다. 아나이스는 위쪽, 나는 아래쪽. 둘은 말없이 각자 맡은 일에 푹 빠져 있었다.

창의 바깥 테두리 부분을 조심스럽게 칠하면서 나는 벽에 얼굴을 가까이 바짝 대고 있었는데 그때 집이 내게 말을 걸었다. 너희 너무 내게 집착하지 마 하고 속삭였다. 순간 나는 위쪽의 아나이스가 내게 말을 걸었나 보다 하고 물었더니 자기는 아무 말도 안 했다고 했다. 하던 작업으로 돌아가자 집이 또 말했다. 너무 애쓰지 마. 너희가 지금 하는 일이

할 만한 가치가 있는 일인가 모르겠어. 아이들을 과잉보호하는 엄마의 잔소리 같았다. 우리 젊음과 꿈을 엉뚱한 데 허비하고 있는 게 아니냐, 고생길이 훤하다고 걱정하는 말투였다.

붓을 통에 넣고 얼굴의 땀을 훔쳤다. 아나이스가 그때 옥상에서 내려왔다. 팔뚝에 흰 페인트 방울이 잔뜩 튀어 있었다. 장갑을 벗더니 내게 뭐라고 말했다. 잠시 이야기를 나눴던 것 같다. 아마 유리 섬유나 갈라진 틈, 방수 페인트 얘기였던 것 같은데 제대로 들었는지 모르겠다. 나도 뭐라고 중얼거렸던 것 같고, 아나이스는 집 안으로 들어갔다.

나는 다시 벽 앞으로 몸을 돌렸다. 우리는 뭘 해야 하지? 내가 낮은 목소리로 물었다. 칠하기를 그만둘까? 묵묵부답이었다. 그 상황에서 나는 안 좋은 기억이 떠올랐다. 예전의, 훨씬 옛날의 기억. 서로를 좀먹었던 과보호의 기억. 너를 사랑한다고 말하는 누군가, 진심으로 너를 사랑하는 누군가는 위험으로부터 너를 보호하려 한다. 자기 머릿속 외에는 사실 존재하지 않는 위험이다. 하지만 미리 너의 위험에 대비하고 싶어 하고, 두려움으로부터 구해 주고 싶어 한다. 두려워하고 있지도 않은데. 두려움은 사실 너에게 있는 것이 아니라 그에게 있는데. 그는 자기 말을 사랑으로 포장한다. 너를 사랑한다는 이유로 너에게 가장 좋은 걸 해 주길 바란다. 그의 바람에는 위험을 피하는 것도 포함된다. 네 머릿속에는 그런 위험이 존재하지 않는데도. 그 길을 따라가다가는 삶의 의지 자체가 허공으로 흩어져 사라져 버릴 것이다. 그런데 삶의 의지야말로 삶에서 가장 중요한 덕목이다.

47

그날 오후뿐 아니라 그다음 날까지도 작업으로 시간을 보냈다. 셋째 날인 토요일이 되자 집은 이제 완전히 다른 모습이 되었다. 벽은 무심하게, 희다 못해 푸른빛을, 무지갯빛이 도는 것도 같은 빛을 반사하고 있었다. 서쪽에서 불어온 선선한 바람이 바다의 물기를 마을에 실어 왔다. 바닥에는 페인트 통이 놓여 있었고, 페인트 얼룩이 판석에 묻지 않도록 공사용 부직포가 깔려 있었다. 아이들은 식사 시간에만 얼굴을 비쳤다. 일이 거의 마무리되어 가던 오전 무렵 본즈가 말편자공과 함께 나타났다. 거의 항상 그렇듯 둘은 티격태격 입씨름하고 있었다. 편자공은 왜 주말에 나오라고 하느냐, 쉬는 날 전화가 웬 말이냐, 뭐가 그리 급하냐 하며 불평을 늘어놓았다. 뭐 집으로 쳐들어가 가슴에 총이라도 겨누고 밖으로 나오라고 했느냐고 본즈는 말했다. 전화 한 통 걸었을 뿐이고, 불평 다 들어 줬고, 서로 합의해서 이렇게 바로 시간을 잡지 않았느냐고, 나머지는 각자 소관 아니냐고 했다. 그러면서 고작 3주 전에 박은 페레스의 편자가 떨어지다니 당신도 그것이 찔려서 이렇게 나온 거 아니냐고 은연중에 원망의 빛을 내비쳤다. 편자공도 지지 않고 얼마나 험한 데를 데리고 다녔길래 그리됐겠냐고 받아쳤다.

전에 두 사람이 그런 말투로 이야기하는 걸 본 적이 없었다면 아마 나는 두 사람 사이가 나쁘다고 생각했을 것이다. 그런데 사실 둘이 이야기하는 방식, 굉장히 연극적인 톤으로 주고받는 대화의 방식은 그들만의 특별한 언어였다. 좀 더 정확히 말하자면 무슨 일이든 다 솔직히 까놓고 말하기 위해 그들이 찾아낸 방법이었다.

두 사람이 집 앞을 지나가며 내게 인사했다. 그러는 사이에도 말다툼은 계속되었다. 편자공이 오면 으레 그랬듯 나는 하던 일을 멈추고 작업을 구경하기 위해 그들을 쫓아갔다. 나는 울타리에 몸을 기댄 채 본즈와 편자공이 큰 우리 안의 페레스에게 올가미를 던지는 모습과 그를 어떻게 다루는지 지켜보았다. 서풍에 실려 온 냄새 때문에 페레스는 편자공이 차에서 내리는 순간부터 그가 올 줄을 미리 알고 있었고, 또 그가 온다면 어떤 식으로든 자기를 귀찮게 할 거란 의미라는 것도 알았다.

편자공이 못을 가지러 차에 간 사이 본즈가 울타리 쪽

으로 다가와 내게 말을 건넸다. 여느 때와 같이 답할 필요도 없을 만한 당연한 질문으로 대화를 시작했다. 뭐 해? 흰색으로 칠하나? 나는 고개를 끄덕였다. 그는 고개를 돌려 잠시 계곡 쪽을 지그시 바라보더니 그렇게 내게 등지고 선 채로 내일 아침 일찍 말을 타고 한 바퀴 돌 생각인데 같이 가겠느냐고 물었다. 그의 제안에도 놀랐지만, 그 제안을 둘만 남게 되었을 때를 기다렸다가 한 것에도 좀 놀랐다. 마치 외지인을 그런 산책에 초대하는 것이 체면이 서지 않는 일이라도 되는 건가 순간 생각했다. 그러나 편자공이 돌아오고 나서도 본즈는 계속해서 내일의 계획에 대해 세세하게 들려주었다. 그는 와인과 소시지를 챙기기로 했고, 나는 다른 먹을거리와 얼음, 그리고 맥주 몇 병을 가져가기로 했다. 동트기 전에 출발할 계획이었다.

아침 6시도 되기 전 그가 도착하는 기척이 났다. 나는 집 안에서 신발을 신고 있었고, 아직 잠에서 덜 깬 상태였다. 마당으로 나가 조용히 인사를 주고받았다. 본즈가 나를 위아래로 훑어보더니 부츠로 갈아신고 바지도 더 꼭 끼는 옷으로 갈아입으라고 했다. 나는 지금 여름이기도 하고 집에 부츠가 없다고 답했다. 형광 노란색의 이 운동화를 그냥 신고 탈 수밖에 없을 것 같다고. 그가 손으로 목덜미를 몇 번 쓸더니 한숨을 내쉬었다. 이 신발은 영 안 될 거라는 듯이.

뭐 곧 알게 되겠지라고 몸짓으로 말했다.

나갈 준비를 마쳤을 즈음 동쪽 하늘이 희미하게 밝아 오기 시작했다. 본즈가 페레스에게 마구도 단단히 채웠고 그날의 짐을 안장 가방과 물지게에 잘 나눠 실었다. 거리에 하나뿐인 가로등은 당분간 켜져 있을 것이다. 잠에서 깬 새들이 여기저기서 지저귀기 시작했고, 아마 조그만 동물들도 잠에서 깨 생사를 가를 새날을 시작하며 움직이고 있었을 것이다.

본즈가 부츠 신은 발로 등자를 딛고 페레스 위에 올라타니 한 번에 멋진 그림이 연출되었다. 반면 나는 운동화를 신은 발로 창틀을 딛고 힘겹게 벨레냐의 등에 올라탔다. 본즈는 내가 자세를 고쳐잡는 모습을 말없이 지켜보았는데 괜히 같이 가자고 했나 생각하는 듯했다. 마침내 내가 제대로 자세를 잡고 앉았을 때 본즈가 벽에 기대어 놓은 채찍을 손으로 가리켰다. 그게 없으면 멀리까지 가지 못한다고 했다. 그래서 나는 당나귀의 등에서 내려왔다가 다시 올라탔고, 그때 본즈가 내게 충고했다. 벨레냐가 그러지는 않겠지만 만약 나를 내동댕이치기라도 한다면 절대로 고삐를 놓지 말라고. 고삐만 붙들고 있어도 최소한 놀란 벨레냐가 달아나면서 내 위를 밟고 지나가는 일은 피할 거라고. 그러더니 그는 페레스에 박차를 가해 먼저 출발했고 벨레냐와 나는 온순히 그 뒤를 따랐다.

쪽문을 뒤로하고 우리는 여명이 밝아 오는 동쪽으로 방향을 잡았다. 능선의 윤곽이 점점 선명해지고 있었고, 산꼭대기의 바위에 빛이 먼저 들어 마치 왕관을 씌운 듯했다. 도마뱀 산의 기슭으로 가기 위해 우리는 마른 물길을 따라가다가 양유향나무가 섬을 이루어 자라는 곳을 돌아서 다시 방화선을 따라 오르막길을 올랐다. 방화선은 마치 누군가 제도펜으로 반듯하게 그어 놓은 듯했다. 초목이 깎인 맨땅이 마치 산에 띠를 두른 듯 꼭대기 바위 앞까지 이어지다 고개 너머 반대편 기슭을 따라 바다 쪽으로 내려갔다.

중턱에 다다르니 코르크나무 숲이 나왔고 아마 정오까지는 계속해서 그 숲길을 걷게 될 것이었다. 줄기를 감싸고 있는 코르크 때문인지 숲은 고요했다. 해는 조금씩 떠올라 저 멀리 높은 나무가 빽빽이 우거진 숲의 한쪽을 비추었고, 우리는 울창한 숲 아래 은밀하게 앞으로 나아가고 있었다. 보이지는 않았지만 주변의 동물들도 우리를 둘러싸고 함께 움직이고 있었다. 숲속에는 우리를 등에 태운 페레스와 벨레냐의 발굽 소리만 조용히 울려 퍼졌다. 페레스와 벨레냐는 발 디딜 곳을 찾아 한 걸음 한 걸음 조심스럽게 내디뎠다. 말을 탄 본즈는 앞장서서 길을 열었고, 나는 당나귀 등에 걸쳐 놓은 걸채 위에 양다리를 벌리고 걸터앉은 채 그 뒤를 따랐다. 우리가 가고 있는 오솔길은 풀숲에 덮여 잘 눈에 띄지 않아 우리는 말과 당나귀가 이끄는 대로 가고 있었다. 마치 냄새로 난 길처럼 희미하기만 한 그 소로는 사실상 동물들끼리 공유하는 그들 세계의 유산이라고 할 수 있다. 왜냐하면 소와 염소와 노새와 말이 숲과 들판을 다니며 보이지 않는 그들만의 도로망을 만들어 놓았기 때문이다.

　우리는 석회암 지대로 이어지는 비탈을 따라 내려갔다. 벨레냐는 마치 자석에라도 끌려가듯 항상 페레스의 궁둥이에 코를 박고 걸었다. 숲속에 낮게 깔렸던 안개가 아침이 밝아 오면서 서서히 걷히기 시작했다. 가뭄에 마른 부러지기 쉬운 가지들을 이리저리 피하며 통과한 끝에 작은 공디에 닿았다. 실개천도 그곳에서 끝이 났다. 높이가 15미터나 되는 거대한 코르크나무 한 그루가 눈길을 끌었다. 나무 주변에는 양치식물들이 무성하게 자라서 짙은 녹색을 발하고 있었고 풀 내음이 코를 간지럽혔다. 쥐라기 시대의 풍경이라 할 만했다. 몇 걸음 더 나아가다 본즈가 말을 멈췄고, 내게 양치식물이 무성한 풀숲 어딘가를 가리켰다. 뭐가 있느냐고 어깻짓으로 그에게 물었다. 본즈가 고삐를 왼쪽으로 당기자 말은 걷기 좋은 소로에서 벗어나 덤불 속으로 몇 발짝 걸어 들어갔다. 여기. 말의 앞발 쪽 바닥을 가리키며 본즈가 말했다. 가만히 보니 나도 보였다. 풀숲 사이에 지의류와 지피 식물로 뒤덮인 커다란 원형 콘크리트 바닥이 숨어 있었다. 오래전부터 숲이 집어삼키는 중이었다. 다 소화시키려면 아직 수천 년은 더 지나야 하겠지만.

나도 굴레를 당기고 박차를 가해 가까이 가 보려고 했는데 벨레냐가 내 말을 듣지 않았다. 본즈는 그런 나를 또 말없이 지켜보았다. 아마 이런 생각을 하는 것 같았다. 당나귀는 말을 듣지 않을 거야, 누가 주인인지 모르기 때문이지. 역시 도시 사람이라 그런가, 동물이 아플까 봐 세게 뭘 못하는군. 어떻게 하면 당나귀가 말을 들을 것 같아? 제발 말 좀 들으라고 귀에 속삭이게? 발뒤꿈치로 당나귀 허리를 힘껏 차! 엉덩짝에 회초리도 갈기고!

나는 마치 펼친 책을 읽는 것처럼 본즈의 속마음이 훤히 읽혔다. 그 마음이 보였던 건 이미 비슷한 상황에서 내게 여러 번이나 동물을 길들이는 법을 설명했기 때문이다. 동물들에 관해서라면 항상 본즈는 나보고 상하 관계에 있어야 한다고 강조했다. 나도 알고는 있었다. 나도 시골에서 나고 자랐으니까. 우리 안에 나귀가 있다는 건 노동을 위해서라는 뜻임을 이해하고 있었다. 당나귀는 그냥 풀을 뜯기 위해서, 몇 포대나 되는 사료를 먹어 치우기 위해서 거기 있는 게 아니었다. 애완동물도 아니었다. 당나귀는 코르크를 운반하기 위해, 산속까지 우리를 데려가기 위해 그곳에 있었다. 그 대신 우리는 매일 영양가 있는 먹이를 주고 비바람을 피하도록 마구간을 지어 주고 편히 쉬라고 마른풀을 깔아 주며 마구간 청소도 해 주었다. 그것이 본즈가 말하는 균형이었고 나도 이해하고는 있었지만 그런 동물들과의 소통 방식에 익숙하지 않아 제대로 못 하는 것뿐이었다.

원형 콘크리트는 석유 시추탑 기단이라고 본즈가 말했다. 1960년대 이 근처에 세운 세 개의 석유 시추탑 중 하나가 있던 자리라고. 미국 사람들이 와서 지었다고 했다. 막대한 부를 약속해 줄 땅—그 약속이 실현될지를 누가 알겠냐마는—을 찾아 이곳까지 이끌려 온 미국 사람들. 나는 그런 미국 사람들을 상상해 보았다. 원유를 찾아내서 나중에 우리에게 팔기 위해 전 세계의 바위를 하나하나 들춰 보는 그들의 모습. 또 광산업이 들어서기 전 한발 앞서 마을들을 돌며 현장을 답사하는 광산 기술자에 대해서도 생각해 보았다. 막 대학교를 졸업한 혈혈단신의 젊은 전문가. 회사가 그 말고 누굴 보낼 수 있었을까? 그는 텍사스를 떠나 이 먼 곳까지, 마치 선교사처럼, 머나먼 동쪽의 구대륙 유럽으로 올 수 있는 사람이었을 것이다. 나는 그가 계곡 어딘가 외딴 객줏집에 앉아 그곳의 유일한 메뉴인 야생 엉겅퀴 스튜를 마지못해 먹는 장면을 상상했다. 머릿속으로는 햄버거를 떠올리며. 또 임무를 교대해 줄 누군가를 한없이 기다리면서. 마치 키플링의 소설 속 인물처럼.

48

　그날의 외출 이후 나는 벨레냐에게 더 많은 관심을 두게 되었다. 무슨 물건이라도 찾으러 큰 우리 쪽에 갈 때면 그냥 지나치지 않고 이리 가까이 와 보라고 벨레냐를 불렀다. 그럴 때 나는 손바닥을 벨레냐의 콧구멍에 대 보기도 하고, 본즈가 가르쳐 준 대로 손을 활짝 펼쳐 사료를 한 줌 주기도 했으며, 포도의 새순을 따서 주기도 했다. 나는 벨레냐의 목을 쓰다듬고 손가락으로 빳빳한 갈기를 쓸어 보기를 좋아했다. 그러면 벨레냐는 피곤한 눈으로 내가 뭘 하든 내버려두었다. 몇 시간이나 그의 등에 올라타 여행을 한 건 정말이지 내겐 처음 겪어 보는 굉장한 경험이었다.

　곧이어 해 질 녘 사료 주는 역할을 내가 맡게 되었다. 나는 벨레냐를 끌고 작은 우리로 가 낡은 아연 대야에 사료를 부었다. 벨레냐가 먹을 동안 페레스는 큰 우리에서 기다리게 했는데 그러지 않으면 페레스가 벨레냐의 사료까지 다 먹어 버리기 때문이었다. 둘을 한곳에 두고 사료를 주면 페레스가 벨레냐를 단호하게 밀어낸다. 곧바로 다가와서 여물통에 주둥이를 밀어 넣고는 제 머리로 벨레냐의 머리를 밀쳐내는 것이다. 벨레냐가 다시 사료를 먹으려고 하면 고개를 들고 머리를 세차게 흔든다. 그러면 벨레냐는 놀라서 몇 발짝 떨어져 페레스가 사료를 먹는 모습을 가만히 지켜본다. 아마 페레스가 바닥에 낟알이라도 남기길 기다리는 모양인데 그런 일은 절대 일어나지 않는다.

나는 울타리에 기대어 벨레냐를 한참이고 바라보는 일을 좋아했다. 벨레냐는 얌전했고 나도 그랬다. 가끔 나는 노트를 들고 나가 벨레냐를 스케치하기도 했다. 벨레냐가 가만히 있으면 세밀한 부분까지 집중해서 그려 보기도 했다. 귀라든가 깊고 검은 눈동자. 그 눈에 담긴 슬픈 빛을 그림에 담아 보고 싶었다. 다가올 죽음을 이제 알고 있는 듯한 슬픈 눈.

벨레냐와 가까워지면서 한편으로는 그 집의 다른 많은 것들이 그랬던 것처럼 어린 시절의 기억이 많이 떠올랐다. 아주 어릴 때 큰아버지에 대한 기억. 큰아버지는 짚풀 공예를 했고, 어느 날인가 나를 당나귀 등에 태우고 가 벌통을 구경시켜 주었다. 바다호스주 페리아 마을에 살았는데 작은 땅뙈기에 돌담이 있었고 거기 아몬드나무와 함께 벌통이 있었다.

직접 보지는 못했지만 다른 당나귀 한 마리도 생각났다. 우리 가족의 옛날이야기에 등장하는 당나귀다. 파울리노 삼촌은 매일 새벽 페리아 마을에서 사프라 마을까지 가서 커다란 얼음덩어리를 짚 더미로 감싸 당나귀의 등에 싣고 마을로 돌아왔다. 돌아와서는 얼음덩어리를 잘게 부수어 수동 아이스크림 기계에 우유와 함께 넣고는 어머니와 삼형제가 번갈아 가며 몇 시간이고 손잡이를 돌려 우유를 굳혔다. 점심을 먹은 후 그렇게 만든 아이스크림을 가지고 나가 푹푹 찌는 여름에 집집마다 팔러 다녔다고 했다. 덥디더운 바다호스주의 티에라데바로스 지역 남쪽이었다.

그 집에 사는 커다란 동물 벨레냐와 관계가 달라지고 나니 함께 사는 다른 작은 동물들도 전보다 훨씬 더 세심하게 살펴보게 되었다. 초콜라테를 관찰하기 시작하고서 나는 그가 늘 편안한 표정과 경계하는 표정을 둘 다 가지고 있음을 알게 되었다. 초콜라테가 더위를 식히려고 하거나 바람을 피해 마당에 오면 나는 그의 그림을 그리곤 했다. 초콜라테는 아래턱을 바닥에 딱 붙이고 엎드려서는 눈만 위로 뜬 채로 주변에서 일어나는 일들을 바라보곤 했다.

가끔은 마놀라가 찾아왔고, 초콜라테 옆에 자리 잡고

눕거나 어떨 땐 같이 놀러 나가자고 조르기도 했다. 둘 다 짖는 법은 거의 없었다. 초콜라테와 마놀라는 아주 오래 알고 지낸 두 친구 같아 보였다.

나는 더 작은 동물들에 대해서도 눈길을 주기 시작했다. 포도 덩굴에 매달린 포도 맛을 보러 오는 말벌이나 마당에서 자라는 로즈메리의 꿀을 빨러 날아든 꿀벌들. 마누엘과 라파엘라의 장미 덩굴 잎을 갉아 먹는 메뚜기와 벨레냐의 살갗에 붙은 등에와 진드기까지. 더운 여름밤의 모기와 바퀴벌레도.

하지만 진정으로 내 주의를 잡아끈 건 개미였다. 마당 바닥의 깨진 틈을 보고 있었던 날이 떠오른다. 서로 다른 모양의 판석 조각 사이로 싹이 솟아나고, 그 옆에는 개미들이 조그마한 화산 모양의 모래 무더기를 만들어 놓고 구멍을 통해 자신들의 세상에서 밖으로 나오고 있었다. 쉬지 않고 바삐 들락날락했고 항상 줄지어 다녔으며, 먹을거리가 어디 떨어져 있진 않은지 온갖 데를 찾아다녔고, 먹거리를 찾으면 등에 지고 굴로 열심히 날랐다.

우리가 그 집에서 보낸 시간 중 상당한 시간을 개미와의 끝없는 전쟁의 기록으로 봐도 좋을 것이다. 언제나 선을 넘어오는 순간이 있었으니까. 먹던 빵 조각을 하룻밤 깜빡 잊고 부엌 조리대 위에 두고 자는 날이면 다음 날 아침 어김없이 그들의 침략이 있었다. 그들은 모두 열을 지어 훈련이 잘된 기계적인 움직임으로 빵 부스러기들을 날랐다. 우리는 역습하기 위해 개미들의 행렬을 거슬러 올라갔고, 거기서 개미들이 벽에 뚫어 놓은 작은 구멍을 발견해 그곳을 쳤다. 후안루가 전에 사 둔 가루로 된 개미약을 바른 것이다. 개미들이 밟으면 흰 가루가 발에 묻고, 개미굴로 돌아가면 그 독성 물질을 다른 개미들에게 퍼트리게 된다. 개미를 죽이는 약을 발명한 사람은 자연이 예측 가능하다는 점에 착안해 자연 스스로 자기 자신에게 칼날을 들이대게 했다.

그런데 자연은 끈질긴 데가 있어서 얼마 뒤 개미들은 다른 곳에 전선을 만들고 다시 진격해 왔다. 그건 자연의 힘이었고, 중력이나 빛의 속도처럼 항상성을 가지고 있었다. 우리가 결코 이길 수 없겠다고 결론 내린 날 우리는 음식물을 항상 돌려 닫는 뚜껑이 있는 유리병에 보관하기로 했다. 빵은 비닐봉지에 넣고 묶어 찬장 손잡이에 걸어 놓기로 했다.

어쨌건 개미들이 빵 부스러기나 과일 조각을 찾아 나타나는 건 어느 정도 용인할 수 있는 일이었다. 우리가 도저히 참을 수 없다고 생각한 순간은 어느 날 조리대 위에 올려 둔 통다리 하몬에 개미가 꼬인 걸 봤을 때였다. 우리가 밖에 있다 들어왔을 때 본 건 말하자면 개미들이 하몬의 자른 면 위에서 파티를 즐기고 있는 모습이었다. 전날 밤 후안루가 공들여 저며 놓은 부분이었다.

피해가 심각했기에 해결책 또한 엉뚱했다. 어느 날 밤 도마뱀 산에 갔다가 돌아왔더니 하몬과 도마가 헝겊에 싸여 천장에 매달려 있었다. 헝겊 끝부분에서 올이 하나 풀려 하얀 실이 50센티미터나 내려와 공중에서 하늘거렸다. 다음 날 아침 후안루는 우리에게 저렇게만 해 놓으면 개미가 하몬을 공격할 가능성을 최소화할 수 있다고 했다. 천장에 매달린 하몬의 모습은 독특한 디자인의 조명등 같았고, 별의별 물건이 많은 집에서도 유독 눈에 띄었다.

그 집은 뒤틀린 현실이라고 불러도 좋겠다. 많은 이질적인 요소들이 처음으로 만나 조합을 이루었다. 천장과 하몬, 옹벽과 나무살로 된 침대 밑판, 시골에 사는 암탉과 도시에서 온 여자아이들, 이탈리아산 모카 포트와 페레스의 반쪽짜리 편자. 닮지 않은 요소들의 조합은 마치 잔니 로다리[54]의 머릿속에서 튀어나온 것만 같았다. 그는 이탈리아 작가인데 내가 막 글을 쓰기 시작했을 때 처음 작품을 접하게 되었다.

당시 내 수중에 들어온 그의 책은 『판타지의 문법』이었

54　한스 크리스티안 안데르센 상을 수상한 작가다.

다. 서문에서 로다리는 노발리스를 인용한다. 노발리스의 시구를 읽다가 다음과 같은 문장을 발견했다고 말한다. "논리학이 있는 것처럼 우리에게 환상학이라는 게 있다면 발명의 기술 또한 만들어졌을 것이다." 굵은 글씨를 사용한 건 두 용어가 학문의 분류에 따른다는 걸 말하기 위함이다. 논리학은 알다시피 철학에서 파생한 것으로 인식을 지배하는 원리를 연구하는 학문이다. 환상학은 그와 달리 아직은 연구되지 않아 이제 발전시켜야 할 분야라고 로다리는 이야기한다. 그리고 그 연구의 첫걸음으로『판타지의 문법』을 집필했다. 이 책에서 그는 창의적인 생각을 활성화하기 위한 목적으로 일련의 놀이와 연습 방법을 제안했다. 잠재적 문학 창작 공방 올리포[55]의 멤버들이 제안한 것과 같은 방법이다. 제약 조건들을 부여함으로써 문학을 만들어 낼 수 있다는 것이다.

로다리가 제안한 놀이와 연습 방법들은 지금도 세계 곳곳의 수많은 글쓰기 워크숍에서 잘 활용되고 있다. 그의 연습 방법 중 아마도 가장 잘 알려진 방법이 로다리가 "환상적인 이항식"이라고 이름 붙인 것이다. 제일 먼저 임의로 단어 하나를 선택한다. 구체적인 명사이면 좋다. 예를 들어 '천장'

55 1960년에 작가들과 수학자들이 모여 결성한 프랑스의 문학 실험 그룹.

을 선택해 보자. 첫 번째 단어를 선택한 후 그 단어와 뜻이 최대한 먼 단어를 찾는다. '천장과 벽'이나 '천장과 조명등'은 판타지를 자극하기에 좋은 이항식이 아닐 것이다. 천장과 거의 반대말에 가까운 단어로 하몬을 고를 수 있지 않을까. 좋다. 그러면 천장과 하몬이 이항식을 이룬다. 마지막으로 그 두 개의 명사를 아무 전치사나 가지고 와 연결해 본다. 하몬에 의한 천장. 하몬 너머의 천장. 하몬이 있는 천장. 하몬을 향한 천장. 물론 반대로 뒤집는 것도 가능하다. 천장을 향한 하몬.

8월 말에는 마을에 축제가 열린다. 조그만 광장에 회전목마가 들어오고 바 하나와 두어 개의 노점이 설치되어 루핀콩 스낵이나 신선한 코코넛, 캐러멜 입힌 아몬드, 풍선 등을 판다. 조그만 규모의 악단은 이탈리아 음악이나 파소도블레를 연주한다. 줄줄이 엮어 놓은 전구 불빛 아래, 또 별빛 아래에서 커플들이 춤을 춘다. 열기가 한풀 꺾인 바람이 살랑거리고, 아몬드에 설탕을 묻혀 볶는 냄새가 광장에 퍼진다. 한 아버지가 아들의 손을 잡고 춤추는 사람들 사이를 헤치며 어느 가판대 앞으로 다가간다. 아버지는 가판대를 지키는 사람과 이야기를 나누고, 그사이 아이는 가판대 위에 진열된 물건들을 훑어본다. 딱 한 가지만 살 수 있다. 집에서 나오기 전부터 약속한 것이다. 봉제 인형과 헬륨 풍선 사이에서 고민한다. 소년의 소망은 머릿속에서 여러 갈래로 흘러나와 자꾸만 자기 쪽으로 가자고 소년의 팔을 잡아당긴다. 곰 인형은 부드러워 보여, 겨울밤에 안고 자기 좋을 것 같아, 한번 만져 봐. 하지만 풍선은 하늘을 날잖아. 어쩜 그렇게 가벼운 걸까, 신비로워. 풍선은 길들여지지 않아, 자유로워.

갑자기 악단이 프레드 부스카글리오네의 익살스러운 곡들을 연주하기 시작한다. 치열한 싸움 끝에 신비로움이 승리한다. 곰 인형은 어둠 속으로 가라앉고 풍선은 아이의 꿈속 소망의 제단 위에서 밝게 빛난다. 아버지는 선물 장수에게 필터 없는 담배를 한 대 얻어 피우고 몸을 돌려 흥겨운 댄스파티를 바라본다. 그는 여자들이 춤추는 모습이 좋다. 넋을 잃고 보게 되는 골반의 움직임과 꼭 끼는 원피스에 드러나는 등허리의 곡선.

크리스마스 때까지는 또 선물을 받을 기회는 없을 것이다. 그러니 아이는 신중히 생각을 거듭한다. 조그만 턱을 치켜들고 위에 매달린 풍선들을 바라본다. 풍선을 묶은 명주실들은 아래쪽으로 내려가며 한 점으로 모인다. 선물 장수가 가판대에 붙은 고리에 한데 묶어 놓았다. 형형색색의 빛나는 풍선 다발. 아이는 하트 모양 풍선을 후보에서 제외한다. 곰 얼굴 모양의 풍선도 제외한다. 곰 인형이 자꾸 생각날 것 같아서. 달마티안 풍선은 모양이 이상하다. 별 모양 풍선도 안 되겠고, 고양이 풍선도, 유니콘 풍선도 안 되겠다. 그때 갑자기 그 풍선을 보았다. 다른 풍선과 함께 살랑거리는 풍선. 다른 풍선들처럼 하얀 실로 고리에 묶여 있다. 아이는 손가락으로 갖고 싶은 풍선을 가리키고, 아버지와 아이는 서로 바라보며 미소 짓는다. 집으로 돌아가는 길, 하몬 모양의 풍선이 자꾸만 아이의 손목을 위로 당기며 춤을 춘다.

49

환상적 이항식 개념을 떠받치는 생각은 현실을 뒤틀어 보자는 것이다. 다시 말해 현실이 우리에게 보여 주는 문법을 의도적으로 변경한다는 말이다. 논리학에 바탕을 둔 현실의 문법은 예를 든다면 이렇게 말한다. 조명등은 천장에 매달려 있다. 왜냐하면 그래야 눈부심 없이 공간을 비출 수 있기 때문이다. 광원이 머리 위에 위치하게 되니까. 전구가 눈높이에 있는 스탠드등, 아니면 더 높이가 낮은 탁상등의 경우 빛을 부드럽게 만들기 위해 갓을 씌워야만 한다.

그 집은 처음부터 우리에게는 뒤틀린 현실 자체였다. 거기 말고 다른 곳에서의 삶을 지배하던 논리는 그곳에서 잘 통하지 않았다. 그곳에서 우리는 다른 어떤 곳에서도 하지 않을 만한 일을 하곤 했다. 하몬을 천장에 매단다든지. 특히 나는 오히려 그런 상황을 이용해 다른 데서라면 못 할 일을 일부러 하곤 했다. 나는 맨발로 있는 것도 좋았고, 허브 잎을 직접 따 요리하는 것도 좋았으며, 당나귀를 타는 것도 참 좋았다.

그런 여러 일 중 내가 가장 매료됐던 일, 다른 데에선 정말 해 보기 힘든 일은 아무래도 용접 작업이었다. 왜냐하면 용접은 위험하고 지저분한 일이니까. 집에 불이 날 수도 있고, 살갗을 델 수도 있으며, 망막이 상할 수도 있다. 용접에 쓰는 철 자재는 보통 기름이 잔뜩 묻은 채 창고에 있었던 것이거나 녹이 잔뜩 슨 채 '샤타헤히'에 있었던 것이다. 용접이 끝나면 용접 부분을 갈아 줘야 하고 줄질도 해야 하니 철가루가 잔뜩 인다. 그래서 그 집에서 용접하는 건 마음이 편했다. 다른 사람들의 현실 논리를 깨지 않은 채로 내 하루의 논리를 마음껏 바꿔 볼 수 있었기 때문이다.

그런 이유로 어느 날 나는 현실을 뒤틀어 볼 수 있는 완벽한 기회, 뭔가 시적인 것을 만들어 볼 기회, 다른 사람들은 별 관심이 없을지 모르지만 내가 보기엔 샤타헤히를 또 한번 비워야 할 때가 됐는데 그럴 수 있는 기회, 다시 말해 무엇보다 용접 작업을 할 기회를 찾아냈다.

어느 여름날 아침 나는 딸아이들이 닭장에 갈 때 이용하던 침대 밑판을 철제 계단으로 바꿔 달아야겠다고 마음먹었다. 더러운 몰골로 땀을 뒤집어쓰고서 사흘 동안 작업한 끝에, 필요 이상으로 훨씬 더 많이 땜질한 끝에 100킬로

그램짜리 육중한 철제 계단이 완성되었다. 칼을 찔러 넣듯 긴 나사못을 벽에 박아 넣어 계단을 옹벽에 튼튼히 고정했다. 계단은 지나치리만치 커다랗고 묵직해서 허리케인이 불어와도 어쩌지 못할 것이었다.

철창을 새로 달았을 때처럼 새로 만든 계단의 준공식도 그리 길게 가진 않았다. 딸아이들은 침대 밑판이 허약하다고 불평한 적이 없었으니 새 계단을 보고도 엄청나게 좋아졌다고 여기지 않는 것 같았다. 오히려 반대로 이제 더 이상 닭장에 갈 때 침대 밑판을 기어 올라가지 못하는구나, 그 아슬아슬함을 느끼지 못하겠구나 하고 아쉬워했을 수도 있다. 그때 우리와 함께 며칠 지내고 있던 마요이는 계단 난간을 붙잡기까지 했으나 감히 올라가지는 못했다. 계단 사이의 간격이 너무 컸기 때문이었다. 마요이는 벌써 오래전부터 아나이스가 사 준 지팡이를 짚고 걸었다. 가벼운 무게의 알록달록한 지팡이였다. 에든버러에서 살짝 끌기 시작하던 다리를 이제는 지팡이를 짚고 간신히 들어 올려야 했다.

마요이가 아나이스를 불러 대신 올라갔다 내려와 보라고 했고, 나는 계단 위에서 껑충껑충 뛰어 보라고, 얼마나 튼튼한지 시험해 봐야 할 것 아니냐고 했다. 아나이스는 하라는 대로 해 보더니 잘했다고 칭찬해 주었고, 우리는 함께 밥을 먹으러 갔다. 아나이스가 어머니의 팔을 붙들고 부축하며 한 발로는 작은 우리 근처 바닥의 걸리적거리는 것들을 한쪽으로 치웠다. 더운 날이었고, 집 앞 빨랫줄에 널어놓은 흰 옷가지가 바람에 너울거렸다. 하얀 티셔츠가 마치 평화를 상징하는 깃발 같았다. 마당에 앉아 그렇게 펄럭이는 옷을 바라보며 밥을 먹었고, 다 먹고 나자 나는 벌써 계단 같은 건 까맣게 잊고 있었다. 일단 완성하고 나면 닭장에 올라갈 때 이외에는 사실 떠올릴 일이 딱히 없으니까.

50

계단을 만들고 난 다음 나는 조금 허무함을 느꼈다. 내 힘을 최선을 다해 그 육중한 것에 쏟아 냈고, 한번 그러고 나니 다시 새들의 나무 아래로 돌아가 다른 작업을 시작할 기분이 나지 않았다. 오후의 해는 길었으나 바람이 세차 해변에 가기는 어려운 날들이 이어졌다. 그래서 우리는 주로 집 안에서 지내며 책도 읽고 청소도 하고 요리도 하고 개미를 쫓기도 했다. 아이들은 그림을 그리고, 갓 낳은 달걀을 가지러 가고, 감자를 깎고, 함께 카드놀이를 하기도 했는데 뭐든 금방 지루해했다. 그래서 어느 날 오후 본즈가 집 앞을 지나가자 나는 그를 붙들고 벨레냐에게 마구 채우는 법을 알려 달라고 했다. 배워 두면 본즈 없이도 내가 벨레냐 등에 마리와 베르타를 태워 도마뱀 산이나 다른 숲으로 놀러 갈 수 있을 테니까. 그럴 수만 있다면 하루가 금방 갈 것도 같았다.

본즈가 길을 나서기 전 마구를 채우는 모습을 나는 수

없이 관찰했다. 몇 겹으로 하나하나 다 채워야만 마침내 그 등에 편안히 올라탈 수 있었다. 본즈가 하는 일은 그렇게 간단하지 않았다. 그러니 분명 나한테도 쉽지 않은 일이다. 그렇게 당나귀에게 마구를 채우는 모습을 보고 있으면 항상 마누엘이 떠올랐다. 내가 첫 소설을 위해 자료를 수집할 때 만난 염소 치는 마누엘. 당시 마누엘은 이미 나이가 많이 들어 더 이상 가축을 기르지 않았지만 평생 써 온 장비들은 다 보관하고 있었다. 그는 나를 위해 농업용 창고 안에서 내게 마구 채우는 과정을 재현했다. 후에 소설 속에서 염소를 치는 주인공이 마구를 채우는 모습을 묘사해야 했기 때문이다. 그 과정을 보여 줄 때 당나귀가 없어서 목재로 된 네 발 달린 톱질용 작업대 위에 다양한 종류의 마구를 차례로 얹어 가며 설명했다. 장비 하나하나가 다 당나귀에게 짐을 안전하게 실을 수 있도록 고안된 것이라고, 척추에 모든 무게가 직접 실리지 않게 하기 위해서라고 했다.

본즈는 내게 마구 채우는 법을 성심을 다해 가르쳐 주었다. 매 단계 모든 장비를 하나하나 다 구분하여 설명했다. 장비도 단계도 참 많기도 했다. 길마, 당나귀용 외투, 짐 보따리, 등을 덮는 천, 복대, 꼬리 쪽을 고정하는 엉덩이끈 같은 장비들. 그러나 가르쳐 줄 수 없었던 건 바로 그의 암묵적 앎이었다. 몸의 경험으로 터득한 세세한 부분들과 미세한 조정의 정도 같은 것들. 짐을 많이 싣고도 여러 짐들을 하나로 견고하게 잡아 줌과 동시에 당나귀가 편안함을 느껴야 하니까.

그날은 오후에 나 혼자 천천히 벨레냐의 마구를 채워 보았다. 벨레냐를 새들의 나무에 묶어 두고 마구를 전부 챙겨 나무 아래로 갔다. 본즈가 일러 준 대로 하나씩 하나씩 조심스럽게 마구를 채웠다. 순서와 위치에 맞게 마구를 겹겹이 입히고 다 됐다고 생각했을 때 나는 마리를 벨레냐 등에 얹은 길마 위에 태웠다. 나무에 묶인 줄을 풀고 작은 우리에서 나와 집 주변을 한 바퀴 돌 생각이었다. 그런데 10미터도 못 가 마리가 등 뒤에서 울기 시작했다. 돌아봤더니 마리가 필사적으로 길마를 움켜쥐고 있었다. 내가 마구를 제대로 고정하지 못했는지 길마가 옆구리로 미끄러져 내리고 있었다. 그러다 보니 그때 마리의 모습은 마치 모터사이클 선수가 경주 중 코너링할 때의 자세 같았다.

다음 날 나는 두 번째로 마구 채우기에 도전했는데 또 실패하고 말았다. 세 번째 시도도 마찬가지였다. 그런데 웬걸, 다 포기하고 있었던 몇 달 뒤 본즈가 집으로 와 승마용 안장을 보여 주었다. 아들이 페레스를 탈 때 쓰라고 새로 샀다고 했다. 안장 하나에 모든 마구가 통합된 형태였다. 천을 덮고 뭘 또 얹고 길마를 얹고 이런저런 걸 할 필요가 없었다.

엉덩이끈도 안장에 달려 있어서 꼬리에 걸면 되었고, 두꺼운 가죽 벨트로 배를 채우고 버클로 조이면 되었다.

승마용 안장을 알고 나서 우리에게 새로운 날들이 열렸다. 특히 딸아이들에게. 이제는 우리에게 당나귀가 있을 뿐만 아니라 승마용 안장과 굴레도 갖춰졌고, 거기다 내가 직접 모든 장비를 채울 수 있었다. 그래서 우리는 오후만 되면 주변을 탐험하러 떠났다. 마리와 베르타를 벨레냐 등에 태우고 아나이스와 나는 걸었다. 아이들은 도마뱀 산에 가길 좋아했는데, 까마득히 멀리 가는 게 아닌데도 가는 길에 모험이 가득했기 때문이다. 물살을 헤치며 개울을 건너기도 했고 비탈을 타고 내려가기도 했으며 양유향나무나 산사나무, 야생 올리브나무 사이를 통과하기도 했다. 도마뱀 산의 기슭에서 초목이 깎인 맨땅을 따라 오를 땐 마치 화산을 오르는 듯한 기분도 들었다. 오르는 길 중턱에는 커다란 바위가 있어서 우리는 보통 거기서 잠시 멈춰 쉬곤 했다. 그러면 아이들은 바위 위에 올라가 놀기 바빴다. 오르막길이 끝나면 작은 소나무 숲이 펼쳐지는데 천천히 걷다 보면 의식하지도 못한 사이 어느새 코르크나무 숲으로 변해 있었다. 그곳에서는 시골 아이들이 지은 오두막집의 잔해와 새 둥지, 암소의 뼈와 독수리가 파먹은 양의 사체, 그리고 거의 물고기 잡는 그물 같은 두꺼운 거미줄을 짜는 커다랗고 알록달록한 거미를 볼 수 있었다. 조금 더 들어가면 다른 언덕의 북쪽 기슭에 오래전 무너져 폐허만 남은 돌집이 하나 있었고, 우리는 거기서 노는 걸 좋아했다. 무너진 벽들은 1미터 정도 높이의 돌담으로만 남아 있었으나 굴뚝 하나만큼은 온전히 서 있었다.

그렇게 산책을 나갈 때마다 나는 아이들에게 코르크나무가 참나무속에 속한다며 했던 말을 자꾸 또 하곤 했다. 그러면 두 아이가 떡갈나무도 참나무속이야라고 소리 모아 외쳤다. 나는 팥꽃나무의 일종인 지중해 서향나무 껍질이 옛날에는 돼지를 중성화할 때 쓰였다는 이야기도 들려주었는데 예전에 톨레도 산맥 어느 곳에서 만난 남자가 내게 해 준 이야기였다. 라틴어 이름으로는 다프네 그니디움이라고 말해 주었다. 베르타가 모든 식물은 그런 이상한 라틴어 이름이 있느냐고 물었고 나는 그렇다고 답했다. 그날부터 우리는 오래된 식물도감을 꺼내 종종 식물들의 라틴어 이름을 함께 찾아보았다. 젊을 때부터 가지고 있던 이베리아반도 식물도감이었는데 뒷면에는 책 가격이 페세타[56]로 표기되어 있었다.

56　2002년 3월 유로화가 도입되기 전까지 통용되던 스페인의 화폐 단위.

51

가을이 시작될 즈음 현관 쪽 벽에 좀 더 큰 장작 난로를 맞춤으로 설치하려고 미장공을 불렀다. 그를 도와 난로를 설치될 곳에 가져다 대었다. 그는 난로의 가장자리를 따라 벽에 선을 그었는데 벽을 파내기 위해선 망치와 끌이 필요했다. 우리 집에 둘 다 있었지만 그도 연장을 가져왔다. 그의 망치는 딱 보기에도 우리 집에 있는 망치와 완전히 똑같았다. 둘 다 상표가 베요타였고, 자루가 너도밤나무로 된 망치였다. 그런데 미장공이 가져온 끌이 작업하기엔 너무 짧아 보였다. 그래서 우리가 가지고 있었던 것 중에 길이가 25센티미터인 거의 새것이나 다름없는 끌을 가져다주었는데 그가 괜찮다며 사양했다. 자기 연장을 쓰는 게 좋다며 잠깐 집에 다녀오겠다고 했다.

십오 분쯤 지나 미장공이 길이 25센티미터짜리 끌을 가지고 돌아왔다. 그가 벽을 깨는 작업을 하는 동안 나는 그의 것과 똑같이 생긴 우리 집에 있던 끌을 이리저리 살펴보았다. 끌은 망치보다도 더 단순한 도구였다. 망치처럼 두 가지 물질로 구성되어 있지도 않았다. 끌은 그냥 단면이 직사각형이면서 한쪽 끝을 날카롭게 갈아 놓은 강철 막대기에 지나지 않았다. 길이가 더 짧은 끌이 있고 더 긴 끌도 있으며, 어떤 건 두껍고 어떤 건 얇다. 날이 더 날카로운 끌도 있고 무딘 것도 있으며, 톱니가 달린 게 있고 없는 것도 있으나 어쨌든 모두가 그냥 한 덩어리의 강철이다. 그 똑같은 도구를 들고 미장공은 우리 집 벽을 까고, 베르니니는 「페르세포네의 납치」를 조각했다. 나는 미장공이 왜 우리 집에 있는 걸 안 쓰고 자기 끌을 썼는지 몇 년이 지난 후에야 이해하게 된다.

한참 시간이 흐른 후 친구들이 천장에 선풍기를 단다고 해서 도와주러 갔을 때의 일이다. 펜치와 드라이버만 있으면 될 일이었고, 당연히 친구네 집에 둘 다 있는 걸 알았는데도 나는 집을 나서기 전 천 가방 안에 내가 오래도록 쓰고 있던 펜치와 드라이버 두 개를 챙겨 넣었다. 그 드라이버를 가지고 얼마나 많은 나사를 죄고 풀었는지 모른다. 또 그동안 숱하게 많은 전선을 단자에 연결했다. 드라이버는 끌과 마찬가지로 아주 단순한 도구다. 사실 끌과 드라이버는 서로 닮은 점이 있다. 일자 드라이버는 끌처럼 끝에 평평한 날이 있는 작은 금속 막대일 뿐이다. 물론 두툼한 손잡이가 달려 있기는 하다. 금속 막대를 돌려야 하니까. 쉽게 찍어 낼 수 있는 다 똑같이 생긴 그런 단순한 도구일 뿐인데도 나는 그때 그 미장공처럼 내가 쓰던 연장을 쓰는 게 더 편했다. 오랜 시간 쓰다 보니 몸에 익어 미세한 감각까지 느낄 수 있었다. 내 손목뼈와 손가락 굵기에 들어맞게 드라이버 손잡이의 굵기를 느낄 수 있었다. 내 전완근에서 나온, 누르거나 돌리는 힘이 손잡이의 주름진 부분에 전달되는 것도 느낄 수 있었다. 강철 부분에 걸리는 장력의 느낌도 이미 잘 알고 있었다. 회전력이 너무 크게 걸릴 때 금속이 비틀리며 살짝 변형되는 순간도 바로 알아챌 수 있다. 그렇게 드라이버가 어느 정도까지 버틸지 잘 알고 있었던 건 그렇게 한계까지 밀어붙여 본 적이 많았기 때문이다.

누구든 자기 연장을 가지고 일하기를 선택한다면 그건 자기도 모르는 사이에 도구와 몸이 하나가 되었다는 뜻이다. 미장공의 끌은 그의 주먹이 단단해져서 거기에 날이 달린 것이다. 베르니니의 끌은 금속으로 된, 손가락 끝의 연장이다. 자기 작업장에서 토스카나 지방의 카라라 대리석, 그 균일한 우윳빛을 띤 대리석을 쫄 때 베르니니가 정밀한 모양을 그냥 만들어 내는 게 아니다. 그는 끌이라는 금속을 통해 돌덩이에 대해 알아 가고 그 굳기를 가늠한다. 그는 끌의 머리 부분을 때려 대리석의 일부를 떼어 내게 된다. 베르니니는 이때 금속 막대를 통해 전해지는 진동을 느끼고, 대리석의 질감을 이해하며, 더도 말고 덜도 말고 정확히 원하는 곳까지 대리석을 깎아 내기 위해서는 어떻게 해야 하는지에 대한 정보를 얻는다. 베르니니의 손이 느끼고 머리가 계산하는 그 금속의 진동 없이는 페르세포네의 피부가 하데스의 손가락에 눌려 들어간 것까지 표현할 수 없었을 것이다. 다시 말해 끌과 작가의 몸이 깊이 결합하지 않았다면 그런 경이로운 작품이 탄생하기도 전에 대리석이 쪼개져 버렸을지도 모른다.

베르니니나 미장공이 자신이 다루는 물질에 대해 이해하는 건 돌이나 금속과 같은 재료의 물리적 성질을 과학적으로 연구해서가 아니다. 사실 그런 건 배우는 것이 아니라 이해해야 하는 것이다. 페르난두 페소아도 이렇게 썼다. "느끼는 것이 이해하는 것이다. 생각하려고 하면 실수하게 된다." 타자가 하는 말을 경청함으로써 무슨 일이 일어나는지 이해할 수 있다. 그렇게 재료와 상호 작용하면서 재료가 내놓는 답을 듣는 것이다. 베르니니는 질문한다. 어디까지 들어가게 해 주겠니? 내가 무엇을 하면 내버려둘 거니? 그러면 대리석은 관대한 몸짓으로 그를 안내한다. 미켈란젤로도 그렇게 십자가에서 내려온 아들을 안고 우는 어머니를 조각했다.

　그때 미장공은 일하면서 계속 말을 했다. 재료에게 말을 걸었고, 연장과도 말을 했으며, 벽에 대고도 말했다. 아자아자! 벽에 끌을 대고 망치를 정확히 내리치기 위해 조준하면서 그렇게 중얼거렸다. 아자아자! 가자! 그렇게 자신을 북돋웠다. 어떨 땐 망치질이 빗맞거나 회반죽이 제대로 섞이지 않아 잘 발라지지 않기도 했는데 그럴 때면 불만 섞인 소리를 크게 떠들어 댔다. 아냐, 아냐! 그렇게는 안 돼! 하고 내뱉었다. 아이고, 다 소용없다. 환상에서 깬 어린아이처럼 계속 종알거렸다. 시멘트 반죽을 더 만들고 있던 내 쪽으로 돌아보더니 내게 말했다. 벽이 하고 싶지 않대요. 습기가 너무 많아요.

　미장공의 독백은 그가 자기만의 세계에 빠져 있다는 뜻이었고, 그런 게 뭔지 나도 잘 알았다. 나도 예민한 작업을 꼼꼼하게 해야 할 때면 큰 소리로 혼잣말하기도 했기 때문이다. 일의 각 단계에서 내가 해야 할 사항을 누가 지시라도 하듯 소리 내어 읊곤 했다. 마치 내 말을 내가 들으면서 일하는 것이 일의 진행을 더 쉽게 만들기라도 하는 것처럼. 그런데 사실 진짜 효과가 있기는 했다. 일의 진행 과정을 하나하나 소리 내어 묘사하는 일련의 과정은 글쓰기의 기능과 같았다. 내면의 무질서한 어둠 속에서 뭔가를 꺼내 외부의 밝은 빛 아래 질서 있게 늘어놓는 일. 속에 있던 걸 누군가의 앞에 꺼내 놓는 이유는 무엇이든 그 모습을 제대로 보기 위해서는 항상 일정한 거리가 필요하기 때문이다. 내가 어떤 작업을 하며 그 작업의 각 단계에서 할 일을 중얼거릴 때 나는 그 일에 대해 더 잘 이해하게 되고, 이를 통해 나는 일을 잘 끝마칠 수 있게 된다.

52

2018년 크리스마스에 라파엘라가 죽었다. 가족과 연휴를 보내기 위해 에든버러 공항에서 스페인행 비행기를 기다리고 있을 때 후안루가 전화로 소식을 전했다. 장례식에 참석할 시간은 안 됐지만 일주일 뒤 마을의 작은 교회에서 열린 추도 미사에는 참석했다. 추도식이 끝나고 우리는 인사를 하기 위해 마누엘과 그의 자녀들에게 갔다. 자주 보고 지내기는 했지만 어떻게 보면 이제 알게 된 지 얼마 안 된 사이이기도 했다. 우리는 서로 팔을 붙잡았고, 그 순간 나는 눈물이 그렁그렁한 그의 떨리는 눈을 보았다.

다음 날 오후 우리 넷은 앞집에 잠깐 들렀다. 집의 가장 안쪽 벽난로가 있는 곳까지 들어갔다. 전에는 그렇게 그들 삶의 깊숙한 부분까지 들어가 본 적이 없었다. 간소하게 꾸민 거실엔 난롯불 주변으로 의자가 놓여 있었다. 장작이 탁탁 소리를 내며 타고 있었다. 우리는 무슨 말을 건네야 할지 모르는 채로 의자에 앉았다. 나는 감히 보통의 장례식에서 주고받는 의례적인 인사의 말을 꺼내지 못했다. 우리가 나눌 수 있는 말은 전부 전날 교회에서 눈빛으로 다 한 것 같았다. 상심이 크시겠어요. 아나이스가 먼저 말을 꺼냈다. 마누엘은 그 말에 잠시 슬픔이 북받치는 듯했다. 아나이스가 마누엘을 위해 만들어 온 러시아 샐러드를 꺼내고 구운 고기도 함께 탁자 위에 올려놓았다. 그날부터 우리는 요리할 때면 항상 마누엘과 나눠 먹을 수 있게 넉넉히 준비하곤 했다.

라파엘라의 죽음은 하나의 생명이 사라진 것일 뿐만 아니라 그가 가지고 있던 자신과 세상에 대한 지식도 함께 사라진 것이었다. 나는 상실에 대한 그런 생각에 집착했는데 아버지가 돌아가신 후부터였다. 심지어 나는 임종 때 스페인에 있지도 않았다. 그때부터 나는 아버지에게 진작 묻지 못한 질문들과 함께 살아야만 했다. 오직 그만이 대답해 줄 수 있는 질문들이었다. 당시 나 자신에게 이런 말을 많이 했다. 중요한 질문이 뭔지 알고 있어야 해. 되도록이면 일찍. 그 질문에 누가 답할 수 있는지도.

그런 근본적인 질문에 대한 답을 가지고 있는 사람들은 주로 우리 혈연이거나 깊은 우정을 나눈 사이일 것이다. 물론 때에 따라서는 처음 보는 사람이 예상치도 못하게 우리가 가는 길을 밝혀 줄 수도 있다. 라파엘라의 경우 살아생전 내가 물었던 건 대부분 그 집과 주위 환경과 관련된 것이거나 마을의 풍습 같은 것이었다. 가끔은 어린 시절에 관해 묻기도 했다. 지금에서야 깨닫게 되었지만 아마 그녀로부터 알게 된 것들을 잘 이해하는 데 그런 어린 시절의 이야기가 도움이 되리라 생각했던 것 같다. 무엇보다 나는 라파엘라가 가진 세상에 대한 무언의 지식이 흥미로웠다. 아연 빗물받이가 떨리는 걸 보고 바람의 세기를 가늠하는 일 같은 지식. 우는 아기를 금방 달래는 능력도 있었는데 등 어느 부분엔가 정확히 손을 대고 쓸어 주면 신기하게도 울음을 멈췄다. 배워서 알 수 없는 것들의 상실, 나는 그 상실에 관한 생각을 놓지 못했다. 그런 미묘한 앎이 모여, 또 어느 정도까지는 한정적일 수밖에 없는 우리의 쓸모가 하나하나 모여 우리를 유일하게 만드니까.

53

여름에 후안루가 마요이를 데리고 시골집에 왔다. 멀리 길에서 차가 들어오는 게 보일 때부터 우리는 밖으로 나가 그들을 맞이했다. 후안루가 집 뒤쪽 대문을 열자 초콜라테가 풀쩍 뛰어나왔다. 그의 주변을 맴돌며 킁킁 냄새를 맡다 베르타와 마리가 나타나니 아이들에게로 가서 같이 놀기 시작했다. 마요이는 조수석에 앉아 힘겹게 미소 짓고 있었다. 우리는 인사를 나눴고, 마요이가 아나이스의 부축을 받으며 차에서 내리는 동안 후안루와 나는 짐을 내렸다. 그중 새로 산 휠체어가 눈에 띄었는데 전에 쓰던 것보다 가볍고 아담했다. 마요이가 세비야의 아파트에서 쉽게 이동할 수 있도록 후안루가 새로 산 휠체어였다. 세심한 배려가 곳곳에서 묻어나는 휠체어라는 생각이 들었다. 합금으로 만들어진 휠체어인 데다 디자인이나 공학적인 면에서도 그랬다.

의사들의 말은 놀랍도록 정확했다. 마요이는 병의 모든

단계를 차례로 밟아 나가고 있었다. 병을 진단받았을 때 의사들이 이야기해 준 그대로였다. 마치 목적지에 도달하기 위해 통과해야 할 지점들을 표시한 지도 같았다. 마요이는 아나이스가 처음 사 준 알록달록한 지팡이를 짚다가 보행 보조기에 의지하게 되었고, 그다음은 스쿠터같이 생긴 반짝이는 빨간색 전동 의자로 옮겨 탔다. 마요이는 그걸 타고 집 안을 돌아다니고 동네 산책을 다니기도 했다.

전동 의자에 처음 올라탄 날 찍은 영상이 하나 있다. 녹화하는 사람은 아나이스다. 마요이는 전동 의자를 타고 복도를 따라 전진하고, 아나이스는 티브이 프로그램의 리포터라도 되는 양 새 차가 생겼는데 어떠신가요 하고 묻는다. 마요이는 소녀처럼 웃는다. 장난감처럼 생긴 새 의자를 몰면서. 카메라를 보고 농담도 하고, 마요이처럼 남편을 잃고 혼자 사는 친구들에게 영상 메시지도 보낸다. 친구들은 도시 밖으로 여행을 가 있었는데 마요이도 원래 같이 가기로 했던 여행이었다. 목소리 톤으로 보나 미소 짓는 모습으로 보나 속으로는 이렇게 말하는 것 같았다. 할 일이 있어서 이번엔 그냥 세비야에 남았는데 다음 여행엔 꼭 같이 가겠다고.

빨간 스쿠터는 일반적인 휠체어에 자리를 내줬다가 그 여름날 집 앞에서 후안루와 내가 함께 차에서 꺼낸 휠체어에 이르게 되었다. 휠체어를 이루는 금속이 마치 마요이의 기분을 반영하는 거울이라도 되는 양 이제는 더 이상 빨간 색처럼 화사한 색이 아니라 차분한 회색이었다.

그해 초부터 마요이는 책을 혼자 읽기가 힘들어졌고, 그래서 정오 즈음과 해 질 무렵에 돌아가며 곁에 앉아 책을 읽어 주는 것이 우리의 일상이 되었다. 마요이는 2010년에 『라 코스투라』를 읽은 후부터 마리아 두에냐스[57]의 소설들을 정말 좋아했다. 그 여름 우리가 읽은 책에는 영국령 예루살렘에서 펼쳐지는 음모와 사랑과 스파이들이 있었다. 마요이는 책을 읽어 주는 우리의 목소리를 집중해서 들었고, 가끔은 와인을 음미하는 사람처럼 눈을 감고 듣기도 했다. 우리는 알고 있었다. 마요이는 상상 속에서 진짜로 여행을 떠나 있다는 것을. 잠시뿐이지만 쇠약해져만 가는 육체는 잊은 채로. 우리는 또 호세피나 알데코아의 『어느 선생님 이야기』도 읽어 주었다. 둘 다 마요이가 살았던 시대보다 이전 시대 이야기라 마요이는 소설 속 세상을 직접 겪어서 알진 못했지만 부모로부터 그 시절 이야기를 많이 들었다고 했다.

요리하는 동안 커튼 너머로 책을 읽어 주는 아나이스의 목소리가 들려오는 게 좋았다. 아나이스가 어머니 옆에 앉아 한 손으로는 책을 들고 한 손으로는 어머니의 손을 잡고

57　스페인의 베스트셀러 소설가.

서 큰 목소리로 책을 읽는 모습을 지켜보는 것도 좋았다. 딸아이들은 집과 마당을 끊임없이 오갔는데 오다가다 공중에서 몇몇 구절들을 낚아채고는 정신없이 이것저것 묻기도 했다. 가브리엘라 선생님이 누구냐, 스파이 시라는 뭐 하는 거냐 등등. 이 풍경은 조금 슬퍼 보이기도 했지만 동시에 진정으로 아름다운 무언가를 담고 있었다. 아마 그 집에서만 가능했을 것이다. 그때 이미 그곳은 진정한 보금자리였으니까. 그곳에서 여성 삼대가 각자의 삶을 한데 겹쳐 놓았다. 그리고 그녀들과 함께 소설 속 여성들의 삶도 촘촘히 엮인다.

아나이스와 나는 밤에 링컨 침실에 누워 마요이의 건강 상태에 관해 이야기를 나누곤 했다. 점점 더 혼자서는 할 수 없는 일이 많아진다는 이야기부터 점점 굳는 손가락에 이르기까지 마요이의 지도에 표시된, 통과했거나 통과하게 될 지점들. 아나이스의 생각은 좀 힘들고 불편하더라도 쇠약해지는 속도를 조금이라도 늦추려면 마요이와 최대한 많은 걸 해야겠다는 것이었다. 해변에 간다든지, 외식하러 나간다든지. 아무래도 병 때문에 몸 상태가 하루가 다르게 나빠지기만 할 것 같아서 뭐든지 할 수만 있으면 지금 다 해야 한다고 했다.

상황을 그렇게 이해하는 것이 결정적으로 우리의 삶을

달라지게 했다. 미래는 열려 있지 않다. 미래가 날이 갈수록 닫히기만 할 거라는 명백한 사실이 오히려 우리로 하여금 진심으로 하루하루를 충만하게 살도록 했다. 그때만큼 현재의 가치를 가슴 깊이 이해한 적이 있었을까. 바로 여기, 바로 지금. 우리를 아프게도 하고 기쁘게도 하는 모든 것. 우리 육체, 그리고 움직일 수 있는 몸의 가치.

마요이는 여전히 책을 읽어 주는 누군가의 목소리를 듣는 걸 좋아했고, 아나이스의 도움을 받아 운동하는 것도 좋아했다. 주로 다리 스트레칭이었는데 다리는 하루가 다르게 굳어서 점점 더 잘 펴지지 않았다. 딸이 직접 다리에 수분 크림을 발라 마사지해 주는 것도 물론 좋아했다. 아나이스의 손가락은 얇은 피부 위에서 위로 아래로 리듬을 타듯 부드럽게 움직였고, 그럴 때 마요이는 눈을 감았다. 또 마요이는 손녀들이 가시덤불을 헤쳐 따 온 오디를 보여 주는 것도, 닭장에서 가져온 달걀을 보여 주는 것도 좋아했는데 그중 음식을 먹는 순간을 가장 좋아했다. 전에는 딱히 먹을 것에 신경 쓴 적이 없었는데도. 그랬던 마요이가 이제는 음식을 먹을 때도 우리가 책을 읽어 줄 때처럼 가만히 눈을 감고 맛을 음미했다.

하루는 마당에서 점심 식사 전에 아나이스가 책을 읽어 주는 사이 내가 식전주와 간단한 먹을거리를 내갔다. 치즈 조금과 브레드 스틱 몇 개, 그리고 차디찬 맥주 두 병. 탁자 위에 예쁘게 차린 뒤 맥주병을 따려다 마요이보고 맥주를 마시겠냐고 물었다. 마요이의 입에서 자연스럽게 나온 대답은 우리에게 잔잔한 여운을 남겼고, 명언이 되었다. 내가 들어 본 말 중에 가장 아름다운 말이었다. 단 네 단어로 이루어진 그 문장은 단지 그 순간 마요이의 기분만을 나타내는 말이 아니라 삶의 본질을 포착하는 완벽한 표현이었다.

내가 물었다. "마요이, 맥주 드실래요?"
"아니. 아, 조금 마실까."

54

2020년 3월 중순 생각지도 못한 일이 일어났다. 지구 전체가 집 안에 처박혔다. 그야말로 뒤틀린 현실. 밖으로 난 창이 없는 이에게는 질식할 것만 같았던 시간이었다. 할 수 있는 사람은 집에서 빵을 만들어 먹었는데 아마 생전 처음으로 손수 반죽을 만들었을 것이다. 다시 서로를 어루만지며 격렬한 사랑을 되찾은 커플도 있고 부모나 아이들과 다시 돈독해진 사람들도 있다. 물론 그 반대도 있었다. 죽은 사람들의 수가 수천 명이 넘었다. 실내 복도에서 몇 킬로미터를 뛰었다는 사람들도 있었다. 우리는 모두 지루해했다. 그리고 우리와 가까운 공간들을 다시 볼 여유가 생겼다. 그렇게나 많은 사람이 한꺼번에 자기가 사는 집에 대해 의식한 적은 없었다. 그때 우리가 사는 세상은 전부 손에 닿을 만한 범위 안에 있었다.

며칠마다 정기적으로 아나이스가 마요이에게 음식을 가져다주러 밖에 나가야 했다. 이 시국에 밖을 돌아다닌다고 창문 너머로 비난하고 심지어 욕까지 하는 사람들이 있었다. 어려운 시절이었고, 속 좁은 사람들이 활개를 치던 진흙탕이기도 했다.

봉쇄 기간 나는 책을 많이 읽었고, 머릿속에 있던 생각들을 더 깊이 생각해 볼 시간을 가졌다. 시간이 멈춘 듯 독서도 생각도 천천히 했다. 그땐 모두의 삶이 그랬다. 그리고 원래 가지고 있던 이 책에 대한 구상에 새로운 시각이 덧붙여졌다. 의심할 여지 없이 당시의 상황이 낳은 기이함 때문이었다. 그렇게 나는 네 벽에 둘러싸여 그때까지는 고려해 보지 않았던 측면을 깨달았다. 손과 일에 대한 내 성찰에는 자유로운 손만 등장했다. 손을 써서 무엇을 할지, 손을 어떻게 쓸지 선택할 수 있는 사람들. 나처럼. 내가 구상하던 책은 놀이에 대한 찬양이자 오락에 대한 찬양, 또 미묘한 배움에 대한 찬양이자 기쁨과 여름과 야외와 자연과 인간에 대한 찬양이었고, 가족과 친구에 대한 내 사랑이기도 했다.

그러는 사이 뉴스에서는 거의 비밀리에 진행되는 장례식에 대한 보도가 연일 흘러나왔다. 두셋의 유족만 원격으로 참여해 진행되는 장례. 그렇게 전화로 이별하는 사람들, 사랑하는 사람들이 위로해 주는 손길과 포옹을 받지도 못한 채 홀로 견뎌야 하는 이별들을 이야기했다. 전에는 충분히 관심 가지지 못했던 직업들에 관해서도 이야기했다. 최악의 상황에서도 일할 수밖에 없는 교육자, 배달 노동자, 종업원, 의료진. 그들은 최전선에서 불굴의 의지와 희생정신으로 우리를 지켜 주었다.

그런 이유로 나는 그 시기에 아래와 같은 내용을 노트에 적었다.

내 경험에 바탕을 두고 있기에 이 책에서 하는 손에 대한 찬양은 자유로운 손에 대한 찬양이다. 선조들이 짊어졌던 노동의 형벌, 빈곤의 형벌에서 해방된 손. 창조적인 손이면서 동시에 유희의 손. 광산에서 석탄을 캐다 손톱이 쪼개진 광부에게, 동상에 걸려 피부가 갈라진 세탁부에게, 봉제공에게, 염소 치는 목동에게, 고향을 떠나야만 했던, 그렇게 머나먼 이국땅에 와서 병든 노인들의 투명한 젖빛 피부를 스펀지로 씻기던 딸-어머니-할머니에게, 소년병에게, 쓰레기를 뒤지는 이에게, 도무지 당당해지기 힘들었을, 저임금에 고된 노동을 견뎌야 했던 올리브를 수확하는 사람[58]에게, 하층민들에게, 누구를 위한 건지 모를 전쟁 속 참호 안에서 자기 내장을 주워 모아야 했던 병사에게 손이란 형벌이다.

58 스페인의 저항 시인 미겔 에르난데스는 「올리브를 수확하는 사람들」이란 시에서 이들을 당당한 노동자로 호명한다.

55

2020년 6월 초 드디어 우리는 주를 벗어나 여행할 수 있게 되었고 처음 찾아간 곳은 당연히 시골집이었다. 몇 달 동안이나 집 안에만 갇혀 있었기 때문에 야외에서 바람을 쐴 수 있다는 것이 그때는 가장 큰 선물이었다. 창을 스치는 경이로운 풍경을 바라보며 차를 몰았다. 5월에 비가 좀 내려서 그랬는지 생각했던 것보다 훨씬 더 초록빛이었다.

마을에 도착해 시골집을 마주하고 우리는 깜짝 놀라고 말았다. 집 앞이 온통 풀밭이었다. 싹이 날 수 있는 것이라면 뭐든 다 싹튼 모양이었다. 불란서국화가 자라 우리 다리를 다 가릴 정도였고, 다양한 종류의 잔디와 야생 엉겅퀴가 무성하게 자라 있었다. 덩굴 식물은 빨랫줄 기둥을 타고 오르기 시작했다. 그나마 이 정도가 우리가 알아볼 수 있는 식물이었다. 우리는 야생 풀들에 포위되었고, 집과 집 앞 도로까지 풀로 뒤덮인 모습이 오래 버려진 시간을 고스란히 보여 주고 있었다. 자연은 언제나 시간과 결탁한다. 그래서 그 버려진 시간에 자연은 어디든 틈을 찾아낸 것이고, 그곳에 길을 내어 번성한 것이다. 우리는 그런 모습을 전에는 한 번도 본 적이 없었다. 우리는 세상의 종말과도 같은 시간을 거쳐 여기에 왔다. 그 세상의 종말에 멧돼지들은 마을로 돌아와 쓰레기통에 주둥이를 박고 킁킁거렸고 어떤 도시에서는 사슴이 광장을 활보했다. 아이들이 처음으로 밖에 나갈 수 있었던 날 세비야의 거리에서 우리는 알카사르의 높은 담을 넘어 탈출한 공작새 가족을 만나기도 했다. 공작새들은 텅 빈 산타크루스 지구를 누비고 다녔는데 텅 빈 산타크루스라니, 공작새들도 우리만큼이나 놀랐을 것이다.

식물이 만개한 풍경이 이삼일은 우리를 즐겁게 했다. 마리와 베르타와 나는 식물도감을 손에 들고 최대한 많은 종류의 식물들을 구별해 내려고 했다. 접시꽃이며 산쪽풀, 민들레, 유채꽃, 용설란, 솜엉겅퀴, 야생 귀리, 털참새귀리까지 전에는 다 잡초뿐이었던 곳에 이렇게나 많은 종의 식물이 자라고 있었다. 나는 각 식물의 이름과 라틴어로 된 학명을 짝지어 알려 주었다. 아이들이 학명을 기억했으면 했던 건 아니었다. 나조차도 학명을 외울 생각은 없었다. 단지 그렇게 라틴어 소리로 그들의 이름을 불러 보고 싶었다. 그리고 어쨌든 사어가 되기 전 라틴어는 무엇보다도 우리가 지금 쓰고 있는 스페인어를 낳은 언어니까. 그래서 그런 라틴어를 잠깐이나마 되살려 보고 싶기도 했다. 또한 나는 나중에 아이들이 그리스어나 라틴어의 어떤 말을 알게 됐을 때의 놀라움을 스스로 경험했으면 하는 바람도 있었다.

우리는 식물의 그림을 그려 보기도 하고 식물의 특징을 관찰해 힌트를 얻고 그를 통해 그 이름을 알아내기도 했다. 그러나 우리의 식물 탐험은 새들의 나무 근처에서 마무리될 수밖에 없었는데 마리와 베르타의 관심이 딱 거기까지만 유지되었기 때문이다. 우리는 집 뒤편 이곳저곳에 무성히 난 남부쓴쑥(아르테미시아 아브로타눔)을 구별해 냈다. 아이들은 새들의 나무 근처에서 자라던 불란서국화(레우칸테뭄 불가레)로 꽃다발을 만들었고, 보라색 꽃들도 꽃다발 사이사이에 장식했다. 그 보라색 꽃의 학명은 에키움 사불리콜라라고 말해 주었으나 아이들은 한 귀로 듣고 한 귀로 흘렸다. 아이들의 크지 않은 인내심의 잔을 결국 흘러넘치게 만든 마지막 한 방울은 내가 아이들이 이름 붙인 '새들의 나무'를 내 마음대로 라틴어로 불렀을 때였다. 여기 봐, 이건 멜리아 아제다라야. 말을 채 끝마치기도 전에 아이들은 떠났고, 달려가는 아이들의 뒷모습만 보였다.

56

2021년 1월 우리는 주말을 보내러 시골집에 갔다. 가장 따뜻한 남쪽 지방인데도 이상하리만치 추운 1월이 계속되었다. 본즈가 우리를 맞이했다. 집 앞에서 전기톱으로 장작을 썰고 있었다. 후안루가 우리가 온다고 전화했고, 장작을 좀 준비해 달라고 부탁했다고 했다. 우리가 무슨 별궁에라도 찾아온 웨일스 왕자라도 되느냐고 했더니 그는 공구를 바닥에 내려놓고는 연극적인 동작으로 가슴에 두 손을 모으고 고개를 숙이며 어서 오십시오, 도련님이라고 했다. "예쁜 새야."라고 말하며 의미심장한 미소를 짓기도 했는데 나는 미겔 델리베스[59]의 작품이 우리 일상에 얼마나 깊이 뿌리

---

[59]　스페인 작가 미겔 델리베스가 1981년에 발표한 소설 『죄 없는 성자들』은 프랑코 독재 시절인 1960년대 카스티야 지방의 농촌을 배경으로 한다. 주인공인 농부 아사리아스는 자기가 기르는 갈까마귀에게 늘 "예쁜 새야."라고 말한다. 그리

내리고 있는지 다시 한번 알게 된 것 같아 기쁜 마음이 들었다. 또 나는 본즈를 다시 보게 되어 기뻤다. 함께 말 이야기를 할 생각에 들뜨기도 했고, 어떻게 지내냐, 마을은 어떠냐 하는 이야기를 나눌 수 있는 것이 그냥 기뻤다.

마을은 어떠냐는 말이 나는 좋았다. 그렇게 묻는 건 동네 전체를 하나의 존재로 만드니까. 그는 크리스마스 기간인 지난 몇 주간 이곳에 내린 비에 관해 이야기했는데 서로 잘 모르는 사람들끼리 한 엘리베이터를 탔을 때 나누는 날씨 이야기처럼 막연한 표현이 아니었다. 본즈는 내게 300리터의 비가 내렸다고 말했고, 그건 그리 나쁜 게 아니라며 1년 열두 달에 걸쳐 700리터나 800리터 정도 비가 내리면 그해는 그럭저럭 괜찮은 거라고 덧붙였다. 그 정도 비면 지하수층을 채울 수가 있다고 했다. 그러면 여름에 시냇물이 흐를 거라고. 가축들이 뜯을 풀도 잘 자랄 것이고, 사냥감들도 살이 찌고 코르크나무도 도톰하게 살이 오를 거라고. 또한 동네에 식수를 공급하는 산속의 연못에도 물이 찰 거라고. 내게 이런 모든 이야기를 들려줄 때 그는 마을 사람들이 일할 수 있다는 의미로, 가축들을 데리고 다닐 수 있고 장작을 나

고 새의 죽음으로 인해 아사리아스는 지주의 아들인 '도련님'을 죽인다. 1984년 마리오 카무스 감독에 의해 영화화되기도 했다.

를 수 있고 농장을 청소할 수 있고 밭일을 할 수 있고 사냥도 할 수 있다는 의미로 이야기한 것이다. 그리고 그런 활동들은 철물점에도, 동네에 세 군데 있는 바에도, 피자집에도, 약국에도, 문방구 겸 잡화점 겸 과일 가게에도 일감을 줄 거란 뜻이기도 했다.

본즈와 막 헤어졌을 때 마리와 베르타가 들판에 나갔다가 양의 머리뼈와 다리뼈, 등뼈를 하나씩 들고 돌아왔다. 등뼈를 내 손 위에 놓고 이리저리 돌려 가며 모양을 관찰했다. 여기 난 구멍으로는 말이야 하고 아이들에게 이야기하기 시작했다. 척수가 지나가, 거기서 신경이 뻗어 나가 온몸 구석구석으로 연결되지. 조금 신이 나서 나는 다음으로 머리뼈를 들고 안쪽의 무수한 주름을 자세히 들여다보며 아이들에게 내가 아는 해부학적 지식을 설명해 주었다.

나는 이야기하면서 손가락으로는 머리뼈 내부의 무수한 뼈 벽을 훑었다. 뇌하수체가 자리하고 있었을 터키 안장을 더듬어 찾아보려고 했는데 시각적으로 기억하는 게 아니라 단지 글로 배운 지식일 뿐이어서 찾기가 쉽지 않았다. 해부학을 배웠을 때 나는 터키 안장이라는 명칭을 그 은유 때문에 이해했지 기술적인 관심이 있었던 건 아니었다. 게다가 그때 나는 그 해부학적 구조가 포유류에 공통으로 나타나는 특징인지, 척추동물만의 특징인지, 고등 척추동물만의 특징인지도 몰랐다. 군데군데 비어 있는 내 부정확한 지식에도 불구하고 나는 설명을 이어 나갔다. 미로 같은 뼈의 구조와 그 미세한 길을 따라 얼마나 놀라운 것들이 이동했을지 이야기했다. 그렇게 나만의 세계에 빠져 있다가 마침내 고개를 들었을 때 마리는 보이지도 않았고 베르타는 빨랫줄 아래에서 돌멩이들을 일렬로 늘어놓으며 놀고 있었다. 나 혼자 해골에 대고 얼마나 오랫동안 독백하고 있었는지 모를 일이었다. 마치 무슨 햄릿이라도 되는 양.

당나귀 벨레냐는 그다음 달에 죽게 된다. 내가 한참 들고 독백했던 양의 머리뼈처럼 벨레냐의 머리뼈도 그렇게 깨끗하게 뼈만 남게 될 것이다. 후안루가 전화로 벨레냐의 죽음을 전했는데 죽을 때 그와 함께 있었다고 했다. 토요일이었다고, 그날 오후에 건초를 먹이러 갔을 때부터 눈에 띄게 피로해 보였다고 했다. 후안루의 이야기를 들으면서 나는 처음부터 이미 아주 늙은 당나귀가 아니었나, 나라면 과연 유달리 다른 날과 다른 그의 피로를 눈치챌 수 있었을까 생각했다.

후안루는 잠자리에 들기 전 뭔가 좋지 않은 예감에 다시 벨레냐를 보러 갔다. 무화과나무 아래 널브러져 있었는데 벨레냐가 그러는 건 드문 일이었다. 숨은 쉬고 있었으나 아무리 기운을 차리게 하려고 해도 일어나지 못했다. 후안루의 이야기가 계속되는 동안 나는 벨레냐의 힘없는 모습 대신 반대의 이미지가 자꾸 떠올랐다. 아무래도 나를 바닥에 내동댕이쳤을 때가 제일 많이 생각났다. 본즈와 내가 깊은 산속 고지대에서 작업하고 있는 코르크 채취 노동자들을 보러 갔다가 돌아오는 길에 일어난 일이었다. 그로부터 몇 시간 전 아직 사방이 캄캄할 때 본즈는 벨레냐에게 안장 대신 걸채를 얹었는데 일꾼들과 나눠 먹을 먹을거리와 맥주를 싣고 가기 위해서였다. 그래서 나는 보통 마부들이 하듯이 걸채의 밀짚 위에 바로 앉았다. 균형을 잡기 위해선 벨레냐의 몸을 다리로 감싸 배 쪽에 발끝을 딱 대고 있어야 했는데 그럴 수가 없었다. 벨레냐의 마른 몸 양쪽에 부피가 큰 짐을 넘치도록 실었기 때문이었다. 그렇게 나는 벨레냐의 등 위에서 걸채 앞쪽으로 다리를 내놓은 자세로 앉은 채 길을 나섰고, 박차를 가해야 하는 상황에서 내가 실제로 차게 되는 부위는 벨레냐의 거의 어깨 쪽이었다. 그렇게 안장도 등자도 없이 나는 벨레냐의 몸 앞쪽에 치우쳐 자리 잡은 채로 내 안전을 벨레냐의 움직임에 완전히 맡겨야 했다. 본즈가 내 어정쩡한 자세를 보더니 다시 한번 예의 그 조언을 했다. 혹시라도 땅에 떨어지면 절대 고삐를 놓지 말라고.

　마을을 벗어나 도롯가를 따라 1킬로미터쯤 간 뒤 한 농장으로 들어갔다. 본즈는 짐 없이 페레스의 등 위에 올라타고 있어서 우아한 자태를 뽐냈다. 반면 나는 청바지에 운동화 차림으로 어정쩡한 자세를 하고 있어서 정반대의 분위기를 풍겼다. 누가 봤다면 웃지 않을 수 없었을 것이다. 우리는 누가 봐도 돈키호테와 산초 판사 같았으니까. 너른 들판을 나아가며 나는 스페인의 시골이 이렇게 텅 비어 있어서 다행이라고 생각했다.

　벨레냐가 죽던 날 후안루는 벨레냐가 숨을 쉬지 않는 걸 보고 본즈에게 전화를 걸었다. 본즈는 이십 분 만에 달려와서 이제 정말 목숨이 얼마 안 남은 거라고 말해 주었다. 밖이 추웠기 때문에 둘은 일단 집 안으로 들어와 전에 우리가 스코틀랜드에서 가져온 위스키를 마시며 몸을 녹였다. 새벽 2시에 다시 벨레냐를 보러 갔는데 상태는 나아진 게 없었다. 벨레냐는 힘들어하고 있었다. 본즈는 마을의 몇몇 사냥꾼들에게 전화를 걸었다. 수의사를 부르기에는 너무 늦은 시간이었고, 그때 필요했던 건 고통스러워하는 벨레냐의 숨을 끊어 줄 엽총 한 자루였기 때문이다. 그러나 결국 마을에서는 총을 구할 수가 없어서 본즈는 옛 친구에게 도움을 청해야 했다. 15킬로미터나 떨어진 곳에 사는 친구였다. 그렇게 새벽 4시 30분쯤 되어 본즈는 차를 몰고 떠났다. 후안루는 본즈를 기다리며 당나귀 옆을 지켰다. 그가 떠나기 전 후안 루는 본즈에게 정말 벨레냐를 쏠 수 있겠냐고 물었다. 그럼 하고 본즈가 대답했다.

사십 분쯤 지나 본즈가 돌아왔을 때 벨레냐는 이미 죽어 있었다. 본즈는 몸을 숙여 벨레냐의 목을 손으로 쓸어 보고는 확실히 죽었음을 확인시켜 주었다. 그는 몸을 일으켜 총신을 열고 두 발의 탄환을 꺼냈다.

후안루의 전화를 끊고 나서 자리에서 일어났다. 잠시 걷기 위해 밖으로 나갔다. 일이 손에 잡히지 않았고 바깥 공기를 쐬고 싶었다. 걸으면서 나는 나름대로 작별 인사를 한다는 마음으로 코르크 채취 노동자들이 일하는 모습을 보러 간 날을 계속해서 떠올렸다. 우리는 그들이 작업하고 있는 비탈진 구역에서 그들과 함께 밥을 먹었고, 그러다 마을로 돌아와야 할 시간이 되었다. 코르크나무의 넓게 펼쳐진 수관이 해를 가려 주어 숲 바깥만큼 덥지는 않았다. 나무 아래 바람은 거의 불지 않았고, 몇 시간이나 벨레냐를 타고 오느라 이제 좀 편해져서 가는 길에는 당나귀 등의 흔들거림에 그냥 몸을 내맡기고 있었다. 본즈가 페레스를 타고 앞장서 갔고 벨레냐가 나를 태우고 몇 미터쯤 뒤에서 걷고 있었다. 벨레냐에게는 페레스처럼 좋은 길잡이도 없을 것이다. 페레스가 가는 길이라면 벨레냐는 군말 없이 따라갔다. 페레스 없이 나만 태우고 걸을 때와는 전혀 달랐다.

어느 순간 우리는 하천의 경사면을 따라 깊이 내려가 수량이 줄어든 물길의 바닥을 가로질러 반대편으로 건너가야 했다. 오는 길에 건넌 하천이었다. 올 때는 위태로운 오르막이던 길이 지금은 아슬아슬한 내리막이 되었다. 앞서가던 페레스는 내리막길에 나란히 솟은 두 바위 사이를 복도를 통과하듯 지나갔다. 벨레냐는 페레스가 다 내려가기를 기다리느라 잠시 멈춰 섰다. 나는 마치 계단을 내려가듯 페레스가 앞발을 디디는 모습과 본즈의 두 다리가 양쪽 바위를 거의 스치듯 지나가는 모습을 바라보았다.

그들이 내려가자 나는 벨레냐에게 박차를 가했는데 그는 내키지 않는 듯 그 좁은 길에 두어 발짝 다가서더니 작은 절벽처럼 뚝 떨어지는 지점 앞에 우뚝 섰다. 나는 몇 번 더 박차를 가했으나 말을 듣지 않았다. 채찍을 쓰니 그제야 움직이기 시작했다. 땅의 높이 차가 꽤 커서 벨레냐가 앞으로 많이 기울어졌고, 나는 하마터면 앞으로 떨어질 뻔했다. 하지만 떨어지진 않고 이제 두 바위 사이의 좁은 길을 통과하려는데, 아무래도 바위 사이에 다리가 낄 것 같아서 나는 쉽게 지나가려는 마음에 두 다리를 앞으로 들었다. 그러나 두 다리를 드는 순간 유일하게 내 몸을 지탱하고 있던 힘을 잃고 말았다. 다음 순간 나는 벨레냐의 목을 타고 앞으로 미끄러져 내렸고, 공중에서 한 바퀴 돌아 땅에 엉덩방아를 찧었다. 벨레냐의 주둥이 앞이었다. 엉치뼈에 충격이 심해 비명을 참으려고 이를 꽉 깨물어야 했다. 본즈가 말에서 내려 침착하게 다가와 내게 괜찮냐고 물었다. 나는 괜찮다고 이야기했는데 본즈가 찢어진 바지 사이로 부상 부위를 살피더니 며칠은 꽤 아플 거라고 했다. 나를 일으키려고 손을 내밀면서 그때까지 내가 미처 의식하지 못하고 있던 사실을 하나 알려 주었다. 내가 계속해서 고삐를 붙들고 있다고.

57

2021년 3월 후안루와 나는 빨랫줄 앞에 차를 댔다. 집이 철거되기 6개월 반 정도 전이었지만 그때는 아직 몰랐을 때였다. 그때쯤엔 거의 10년째 그곳을 누리고 있었으니, 10년이면 이그나시오의 사업 계획이 무르익기에 충분하고도 남을 시간이었다. 집이 언제 헐릴지 모르고 있었다고는 하지만 사실 언제 갑자기 우리의 모험이 끝나더라도 이상한 일이 아니었고, 그러니 날이 갈수록 그 가능성이 커지고 있다고 생각하는 게 당연했다.

분별 있는 사람이라면, 또 보수적인 사람이라면 그때는 뭐든 자제했을 것이다. 하지만 후안루는 특별히 분별력이 뛰어나지도 않았고 보수적인 사람은 더더욱 아니었다. 나는 지금 그의 정치적인 사상에 관해 이야기하는 게 아니다. 나는 그와 정치 이야기를 나눈 적도 없다. 나는 문자 그대로의 의미, 내가 이해하고 있는 단어 자체의 의미에 관해 이야기하는 것이다. 보수적인 사람은 소유하고 있는 무언가 혹은 소유하고 있다고 생각하는 무언가를 잃는 것을 두려워하는 사람이며, 그래서 그 무언가를 지키기 위해 에너지를 쏟는 사람이다.

그런 뜻에서 후안루는 분별력이 있지도 보수적이지도 않았고 잃을 수 있는 무언가에 대해서도 생각하지 않았기 때문에 2주 전 내게 전화하여 마지막 계획에 관해 이야기한 것이다. 날씨가 좋은 계절이 오기 전에 미리 손을 쓰고 싶다고 했다. 날씨가 좋아지면 사람들이 더 많이 놀러 올 테니 그 전에 앞마당을 손봐야 한다고. 굉장히 분별력 있는 말로 이야기했다. 여름에는 보통 밖에서 생활하니까 앞마당은 사실상 집에 방이 하나 더 있는 셈이고, 이 방이 가장 크고 중요하다고, 그런데 지금은 상태가 좀 엉망 아니냐고 했다. 나는 좀 웃기기는 했으나 굳이 토를 달지는 않았다.

그의 계획은 몇 년 동안이나 '샤타헤히'에 방치되어 녹슬고 있는 길이 6미터짜리 강철 사각 파이프를 이용해 덩굴시렁을 교체하자는 것이었다. 지금 있는 덩굴시렁은 그 마을에 가기 시작한 지 얼마 되지 않았을 때 우리가 한번 손보았다. 그는 덩굴시렁의 높이가 낮은 부분이 있어서 포도송이가 우리 머리까지 내려오지 않느냐고 했는데 사실 그 말은 맞았다. 무엇보다 한 번에 싹 다 걷어 내고 가운데 있는 시멘트 기둥까지 없애 버리고 싶다고 했다. 모여 앉을 때마다 기둥이 우리 가운데 자리를 차지하고 있다고. 그 말도 맞았다. 그 기둥은 우리가 마당에서 시간을 보낼 때면 파트리크 쥐스킨트[60]의 작품 속 콘트라베이스처럼 가운데에 크게 자리를 차지하고 있었다. 몇몇이 모였을 때는 크게 불편하지 않았지만 손님이 있거나 여러 가족이 다 함께 모이거나 할 때는 문제가 되었다. 마음껏 놀기도 힘들었고 테이블을 배치하기도 어려웠다.

그의 표현을 충실히 옮겨 보자면 당장 다음 날 속옷까지 탈탈 털려 빈손으로 나가게 되더라도 한판 시원하게 집을 거덜 내 보자는 것이었다. 지금 있는 것 말고도 강철 파이프를 더 사야 한다고, 또 부식 방지 페인트랑 롤러, 원형 그라인더도 새로 사야 한다고 했다. 내 첫 반응은 당연히 보수적이었다. 일을 너무 크게 벌이는 것 아니냐, 10년이나 그냥 살았는데 이제 와 굳이 그 일을 할 필요가 있겠냐고 했다. 하지만 그가 별 노력을 기울이지 않았는데도 나는 쉽게 설득되었고, 전화를 끊을 때쯤 이미 나는 새로운 덩굴시렁 공사의 책임자로 임명되어 있었다. 후안루는 내가 기술적인 세부 사항들을 맡아 줬으면 했다. 그리고 대번에 나더러 설계도를

60　독일의 소설가로『좀머씨 이야기』가 대표작이다.

그려 보라고, 자재가 얼마나 필요할지도 계산해 보라고 했다. 그때부터 내 머릿속에는 새 프로젝트가 자라나기 시작했다. 좀 두서없는 생각들이긴 했어도 이따금 나는 그 프로젝트 생각에 빠지곤 했다. 공사의 각 단계에서 해결해야 할 과제들을 생각하고 있는 나 자신을 발견하고 놀라기도 했다. 어떻게 수직이 되게 용접할까, 구조물을 벽에 매설하는 것이 좋을까 아니면 나사로 고정하는 것이 좋을까. 그런 생각들 때문에 문제 해결과 관계없는 생각들이 머릿속에 들어설 자리가 없었다. 언제나 그랬지만 막상 일을 맡고 나니 그런 작업이 주는 구체적인 물질성 때문에 온통 그 일만 생각하게 되었다.

2주일이 지난 후 우리는 그 집에 갔다. 아직은 포도 덩굴에 싹이 나기 전이었다. 단단한 가지들만 강철 파이프와 철사로 된 낡은 구조물을 타고 뻗어 있었다. 우리가 제일 먼저 한 일은 빨랫줄 앞에 페인트칠 구역을 만드는 일이었다. 톱질용 작업대를 두 개 나란히 놓고 그 위에 강철 파이프들을 올리고 솔과 사포로 녹을 제거한 뒤 롤러로 녹 방지제를 바르고 마지막으로 페인트를 칠했다. 그런 다음 덩굴 지지대를 고정할 수 있도록 외벽에 기역(ㄱ) 자 모양의 브래킷을 박았다. 이제 나머지는 자르고 용접하는 일이었다. 꼬박 사흘을 작업하여 우리 머리 위에 새로운 덩굴시렁이 완성되었다.

기존의 덩굴시렁은 자기가 태어났던 '샤타헤히'로 돌아갔다.

그날 우리가 쓰러뜨린 기둥 앞에 후안루와 내가 쪼그리고 앉아 있는 사진이 몇 장 있다. 나는 그의 어깨에 팔을 걸치고 그도 내 어깨에 팔을 두르고 있다. 카리브해의 섬 카요 라르고에서 무슨 거대한 청새치라도 낚은 표정으로.

작업이 끝난 후 우리는 새로운 덩굴시렁이 우리의 가장 위대한 작품이라는 데 의견이 일치했다. 사실상 이제는 그 집이 새로 생긴 구조물의 수준을 따라가지 못했다. 우리는 서로 농담을 던지며 축배를 들었고, 마누엘도 부르고 본즈도 불렀다. 마누엘은 잘했다며 칭찬해 주었고, 본즈는 별다른 말 없이 노고를 인정한다는 몸짓을 하고는 우리가 낚시꾼처럼 나온 그 사진을 찍어 주었다.

덩굴시렁은 6개월 뒤면 무너지게 되지만 나는 그 아름다움 때문에, 후안루와 함께 일하면서 보낸 좋은 시간 때문에 언제까지나 그 덩굴시렁을 기억하게 될 것이다. 그리고 무엇보다 그 일의 의미를 기억하게 될 것이다. 삶의 반대말은 죽음이 아니라 두려움이라는 것을.

드디어 여름이 왔고, 그 여름은 아름다우면서도 슬픈 여름이었다. 한편으로는 그곳에서 지낸 몇 주 동안 바람이 거의 불지 않아 우리는 마음껏 해변으로, 산으로, 마을로 놀러 다닐 수 있었다. 새로운 덩굴시렁은 정말이지 열린 공간이 되어 어느 때보다 많은 삶을 그곳으로 불러 모았다. 덩굴에는 토실토실한 포도송이가 주렁주렁 매달려 있었고, 포도송이만큼이나 말벌들도 모여들었다. 하루는 폭풍우가 몰아쳐 뜨겁고 마른 땅을 적셨고, 그 덕에 종일 향기로운 흙냄새가 퍼졌다. 점점 더 쉽게 맡기 힘들어지는 자연의 냄새였다. 화단에서는 로즈메리 옆에서 바질이 무성하게 자라고 있었고, 로즈메리야 오가는 법 없이 늘 제자리를 지키고 있었다. 겨울이 끝날 때쯤이면 작고 도톰한 이파리들 사이에서 녹색 줄기를 따라 꽃잎이 돋아났고, 눈에 띄지 않게 절정을 맞았다가 절정이 한참 지난 9월까지 계속 피어 있었다. 그때까지도 꽃잎엔 꿀벌들이 모여들었다. 꽃들은 그들에게 숲속과도 같을 것이다. 꿀벌들은 그런 꽃잎들 사이에서 윙윙거렸다. 꿀벌들을 지켜보노라면 나는 긴 주둥이를 어떻게 그렇게 좁은 꿀샘에 정확히 꽂아 넣을까 늘 감탄하곤 했다. 심지어 그 일을 굉장한 속도로 해내고는 무슨 급한 일이라도 있는지 이 꽃에서 저 꽃으로 쉴 새 없이 날아다녔다. 마치 로즈메리꽃이 자기들의 세계에서 금세 사라져 버리리라는 사실을 아는 것처럼.

화단은 그 풍경이 자연스럽게 바뀌기도 했다. 화단에는 바질 외에 야생 박하도 있었고, 어느 해에는 백리향이, 또 어느 해에는 샐비어가 자랐다. 박하도 끈질긴 생명력이 있어서 옆집과 맞닿은 담장 아래쪽 벽의 갈라진 틈에서도 무성하게 잘 자랐다. 마당의 한쪽 구석에서 바람이 소용돌이치면 담장 앞 로즈메리를 마구 흔든다. 우리 눈에는 보이지 않지만 소용돌이치는 공기가 꽃과 풀을 흔들고 먼지를 일으킨다. 흙먼지는 구름이 되어 꽃씨를 실어 나르고 꽃씨는 담장의 미세한 틈에 스몄다가 마침내 박하의 작은 싹을 틔운다. 마치 벽이 그들의 토양인 것처럼. 자연은 쉴 줄도 모르고 어디 한군데에 안주하지도 않는다.

세비야 트리아나 지구의 다리 위에서도 똑같은 일이 일어난다. 조각가 에두아르도 치이다의 조각상이 있는 강변 산책로에서 멀지 않은 트리아나 다리에는 아치형 교각을 이루는 돌 틈에서 자라는 무화과나무가 있다. 그 나무 아래를 지날 때면 나는 늘 아름다운 추억 하나가 떠오르곤 했다. 아나이스를 안 지 얼마 되지 않았을 때 우리는 함께 그리스 여행을 가기로 했다. 단둘이 작은 배낭 두 개만 짊어지고 떠난 여행이었다. 피레우스항에서 키클라데스 제도의 몇몇 섬들을 연결하는 여객선을 탔다. 우리는 세리포스섬에서 내려 오토바이를 빌렸다. 섬의 가장 끝까지 오토바이를 타고 들어가 그곳에서 잠잘 곳을 찾아보기로 했다. 숙소는 쉽게 구할 수 있을 테고, 그러면 우리는 다음 날 아침 티 없이 맑은 바닷물에서 수영을 한 다음 빵과 올리브와 그리스식 커피로 아침을 함께 먹을 것이다. 하지만 그건 그다음의 일이었고 일단 그날 우리는 오토바이를 몰고 한적한 도로를 달렸다. 달리는 동안 해가 뉘엿뉘엿 지고 있었다. 따스한 바람이 우리의 팔뚝을 간지럽혔고, 그러다 우리는 급커브길을 돌았는데 그 커브의 끝 아스팔트 위에 커다란 무화과나무 한 그루가 솟아 있었다. 무화과나무의 가지가 도로 위에 잘 익은 무화과와 무성한 잎을 늘어뜨리고 있어서 마치 커튼 같았고, 그곳을 통과할 때는 진한 향이 풍겼다. 그때 우리는 삶이 우리를 축복한다고 생각했다.

2020년 8월 중순께 마요이가 마지막으로 시골집에 왔다. 그 전번에 왔을 때 아나이스는 마요이를 돌보느라 무척이나 고생했다. 목욕시키는 일도 매우 힘들었고, 지나다니는 길이 좁아 휠체어를 끌며 고생도 많았다. 거실에 놓인 소파도 너무 커서 이동에 제약이 있었다. 바닥의 판석은 더 어긋나서 이제 물고기 비늘처럼 보이지 않고 고슴도치의 가시 같았다. 모든 게 불편했다. 마당에 나가는 일조차 쉽지 않았다. 그래도 마지막이 될지 모른다는 생각에 그해 8월 아름다운 추억이 가득한 그곳으로 우리는 마요이를 또 데려간 것이다.

마요이가 좋아하는 책을 읽어 주는 일은 계속했지만 이제 마요이에게는 듣는 것조차 버거운 일이 되었다. 그와 달리 음식을 먹는 일은 여전히 마요이에게 기쁨을 주었다. 감옥이 되어 버린 육체에 갇힌 마요이에게 단 몇 분 정도일 뿐이었지만 아마도 이제는 먹는 일이 유일한 오락거리가 된 듯했다. 아나이스는 마요이의 옆에서 어린아이에게 하듯 음식을 먹여 주었다. 오직 마리와 베르타만이 엉뚱한 말들로 이따금 마요이를 웃음 짓게 했다.

우리는 채소와 생선을 구워 먹었고, 먹물에 졸인 꼴뚜기 요리와 살모레호와 러시아 샐러드를 만들어 먹었고, 밥도 하고 오븐에 피자도 구워 먹었다. 오븐은 문이 잘 닫히지 않아 중간에 꺼지지 않도록 등받이 조절 의자로 손잡이를 눌러 놓아야 했다.

그해 여름 특히 아나이스의 손은 없어서는 안 될 존재가 되었다. 마요이는 거의 종일 침대나 등받이 조절 소파에 누워 있었는데 몇 분마다 몸을 돌려 눕히기 위해서는 아나이스의 손이 필요했다. 또 플라스틱 의자에 앉아 미지근한 물로 목욕시키고 스펀지로 몸을 닦아 줄 때도. 흰머리를 빗겨 주기 위해, 마요이의 손을 잡아 주기 위해, 등을 쓰다듬기 위해서도 아나이스의 손이 필요했다. 음식을 입에 넣고, 입가를 닦고, 휠체어를 밀고, 마요이의 눈앞에 펼쳐 놓은 주간

지 《올라》의 페이지를 넘기고, 라디오에서 나오는 일요일 미사에 주파수를 맞추기 위해. 마요이의 다리를 주무르기 위해, 수분 크림을 발라 주기 위해, 볼을 쓰다듬기 위해. 그리고 마요이의 입술에 선홍색 립스틱을 발라 주기 위해서도.

58

2021년 9월 6일 월요일 이그나시오가 후안루에게 전화를 걸어왔다. 가지고 있던 요트를 팔았는데 곧 다른 요트를 살 거라며 마사곤에 정박지가 있어서 그곳으로 새 요트를 타고 갈 건데 같이 가면 어떻겠냐고 했다. 몇 년 동안이나 둘이 같이 배를 타지 않았고, 사실 서로 연락한 지도 한참이었다. 후안루가 이그나시오에게 전화하지 않은 건 아마 집을 계속 쓰고 있다는 사실을 상기시키기 싫어서였을 것이다. 물론 그럴 리는 없겠지만 잊어버리고 있었을 수도 있으니까. 이그나시오가 하는 일은 땅과 집을 사고파는 일이었으니 그런 땅과 집이 하도 많아서 어쩌면 다 기억하지는 못할 수도 있지 않을까. 우리는 순진하게도 그런 생각을 하고 있었다.

이그나시오가 전화해서 요트 이야기를 길게 늘어놓는 것이 후안루는 뭔가 이상하다고는 생각했으나 응, 그럼, 하며 맞장구쳤고, 배를 새로 사면 바로 자기도 같이 타겠다고 약속했다. 그러고 나서는 별 뜻 없는 말들만 주고받다가 어느 순간 정적이 흘렀고, 후안루는 마음먹고 그 시골집 관련해서 새로운 소식이라도 있는지 물어보았다. 안 그래도 그 얘기를 하려던 참이었다고 했다. 너무 갑작스럽게 알리게 되어 미안하지만 일이 이렇게 순식간에 풀릴 줄 몰랐다고 했다. 얼마 전 관련 행정 절차 중 마지막 승인이 떨어졌고, 그 얘기는 다시 말해 드디어 프로젝트가 굴러가게 되었다는 것이다. 게다가 벌써 철거 업체와 계약했고, 2주 뒤에 철거 예정이라고 했다. 그 2주의 시간은 우리가 집을 비워야 하는 기한인 셈이었다.

전화를 끊자마자 후안루는 우리에게 전화를 걸어 막 이그나시오와 나눈 이야기를 전했다. 이번에는 놀라 쓰러지지도 않았고 화가 나지도 않았다. 오히려 후안루가 한 얘기를 처음에는 좀 신중하게 받아들였다. 하도 오랫동안 이런저런 소문이 있었고 그 소문들은 다 설탕이 물에 녹듯 사라지고 말았으니까. 하지만 지금까지와 달리 이번에는 진짜로 일이 진지하게 진행되고 있다는 직감이 왔다. 구체적으로 철거 업체까지 언급했다는 점 때문은 아니었다. 후안루의 목소리에서 여느 때와 다름을 감지했을 뿐만 아니라 결정적으로 지금까지와는 다른 사실이 하나 있었기 때문이다. 10년 만에 처음으로 이그나시오가 먼저 전화를 걸어 그 집에 관해 이야기했다. 그렇다면 소문일 수 없었고, 실마리를 맞춰 보며 지레짐작으로 내린 결론 같은 것도 아니었다. 집의 처분에 대한 권리를 가진 유일한 사람이 직접 제공한 정보였다. 또한 이그나시오는 전화로 이렇게 얘기했다. 이번에도 또 지체되지만 않으면 1년 안에는 구매 고객들에게 새로 지은 휴가용 아파트의 열쇠를 넘길 수 있을 거라고. 벌써 몇몇은 계약금 조로 일부 금액을 치렀다고.

59

포클레인이 들어오기 사흘 전 우리는 마지막으로 짐을 챙기러 그 집에 간다. 9월 어느 금요일이고 사방이 고요하다. 텅 빈 빨랫줄 앞에 차를 세우고 시동을 끈다. 계기판의 시계는 오후 4시 45분을 가리키고 있다. 주위엔 아무도 보이지 않는다. 마누엘의 집 창문 블라인드도 내려져 있다. 우리는 차 안의 갑갑한 공기에서 벗어난다. 비가 내린 후라 공기 중에서 풀 내음이 난다. 갈라졌던 마른땅이 되살아나는 냄새. 횡격막이 막히는 듯한 느낌이 살짝 난다. 하지만 동시에 감각도 살아나고 기운도 솟는다. 이번에는 우리 넷 중 누구도 차에서 내려 곧바로 뛰지 않는다. 우리는 빨랫줄 앞에 서서 공기를 크게 들이마시고 집과 계곡을 한없이 바라본다. 불현듯 우리는 그동안 이곳에서의 삶에 새삼 감사를 느낀다. 우리 앞에 놓인 남은 시간을 최대한 누려야겠다는 마음도.

소중한 무언가가 끝난다는 확신이 드는 순간들을 살면

서 많이도 경험했다. 어느 여름, 어떤 사랑, 감동적이었던 책, 보금자리가 되어 준 도시. 끝이 다가올 때는 새로운 빛이 비쳐 마치 어떤 경보라도 울린 것처럼 움츠렸던 감각들이 되살아난다. 별안간 소소했던 일상은 원래의 소소함을 잃고 모든 것이 고양된 상태로 변한다. 아마도 마지막으로 의식이 충만해져서 그럴 것이다. 끝이 오기 직전의 상태. 우리 몸이 그동안 자신을 받아 준 세계에 경의를 표하는 것이다. 삶과 살아온 모든 것에 감사를 보내는 하나의 방식이다. 나는 마지막으로 세계를 향해, 너를 향해 가슴을 연다. 대기와 사물들을 품은 너, 시멘트 바닥 위를 걷는 강아지들을 받아 주는 너, 아이들에게 놀거리를 주고 바질에 초록빛을 더하는 너, 사랑과 상심을 겪게 하는 너. 그리고 네가 준 선물. 나무 그늘, 돛단배라는 낱말처럼 아름다운 말, 메이저 코드, 바흐, 그리고 우리 삶을 이어 갈 딸들.

우리는 계단을 올라 마당에 들어선다. 마당을 가로질러 현관 앞에 서고, 열쇠 구멍에 열쇠를 꽂은 다음 문짝을 발로 두 번 찬 뒤 문을 열고 부엌으로 들어간다. 우리한테 시간이 넉넉한 건 아니지만 꽤 오랜 시간 운전했으니 나는 짐 정리를 시작하기 전에 조금 쉬어야 한다. 베르타와 마리는 다시 마당으로 나가고 아나이스는 링컨 침실에 들어간다. 나는 찬장을 열고 빨래집게로 집어 놓은 커피 봉지를 꺼내 모카 포트에 분쇄 커피를 넣은 뒤 불 위에 올린다.

커피가 보글보글 솟아오르자 방 안에 향이 가득 퍼지고 평온이 찾아온다. 선선하고 어둑한 실내, 나는 한 손에 커피 잔을 들고 의자에 앉는다. 벌써 아주 오래전 이곳 칸막이벽을 허물고 처음 앉았던 자리와 같은 자리다. 아주 작은, 바로 그 빨간 의자. 지금 나는 저비용 항공사 여객기에 탄 농구 선수 같다. 살살 부는 산들바람에 마당으로 나가는 문에 달린 플라스틱 발이 살랑거린다. 단지 파리가 들어오지 못하게 하려고 달아 놓은 단순한 문발이다. 발이 서로 스치는 소리가 마음을 안정시킨다. 그게 무엇이든 산들바람이 살살 흔들면 아무리 천한 것이라도 순간 고귀한 것으로 변한다.

실내가 이토록 선선한 건 벽의 두께 덕이다. 옛날 방식 건축의 장점인데 그 시절에는 골조에 걸리는 하중을 줄여 주고 마음껏 모양을 만들 수 있는 시멘트가 존재하지 않아서 벽을 두껍게 만들어야 했다. 사흘 뒤면 포클레인이 올 것이고 거대한 기계 팔을 뻗어 이 벽과 천장을 무너뜨릴 것이다. 지금 나를 감싸 주고 있는 어스름은 사라지고 이곳은 훤히 밖으로 드러날 것이다.

나는 주위를 돌아보고 여기 처음 왔을 때 첫인상이 어땠는지 떠올리니 마노엘 지 바후스의 시구도 함께 떠오른다. 모든 쓸모없는 것이 시에는 쓸모가 있다. 그때는 아직 이 집과 이곳의 환경이 들려주는 운율을 느끼지도 이해하지도 못했을 때였다. 내 눈이 어수룩해서 다 어수룩하게만 보였다. 폐허가 만들어 내는 운율 속에서 시가 탄생한다는 걸 몰랐었다.

　나는 마누엘을 생각한다. 떠나기 전에 찾아가 볼 것이다. 마누엘은 라파엘라의 죽음 이후 잃었던 원기를 조금 되찾은 듯했다. 그러나 그 또한 세월의 흐름을 비껴갈 순 없었다는 걸 겉모습이 말해 준다. 그렇지만 삶이 아무리 그를 괴롭힐지라도 근본적으로 좋은 사람인 건 변함이 없다. 나는 잠시 라파엘라와의 추억, 옛날 집을 처음으로 칠하던 날 라파엘라가 마리의 손에 쥐여 줬던 캐러멜을 떠올린다. 내가 지금의 내가 아니고 그냥 옛날의 그 어린아이였다면 라파엘라는 어디 있느냐고 물었을 것 같다. 사람이 죽으면 어디로 가는 거냐고. 하늘나라에 있다는 생각은 참으로 위로가 된다. 구름 위에 있어서도 아니고 성 베드로가 지키는 천국의 문 때문도, 통통한 아기 천사들 때문도 아니다. 하늘나라에 있다는 생각이 아름다운 이유는 사랑하는 사람과 계속 대화할 수 있게 해 주기 때문이다.
　1년 전쯤 본즈와 마주쳤던 어느 날의 기억도 머릿속에

떠오른다. 나는 마당에서 글을 쓰고 있다. 아나이스와 아이들은 집에 없다. 아마 샘에 물을 길러 갔거나 도마뱀 산에 놀러 갔을 것이다. 본즈가 대문 앞에 서서 마당 안쪽으로 고개를 들이밀고 내가 뭐 하고 있나 본다. 뭐 해? 글 써? 내가 그렇다고 하자 그는 내가 글 쓰는 걸 보면 항상 그러긴 했지만 내 일의 가장 큰 어려움을 지레짐작하고 말을 건넨다. 뭐 생각나는 게 하나도 없는 거냐고. 영감이 떠올라야 할 텐데라고 해서 나는 그러게 하고 수긍한다. 대화는 이곳의 바람 이야기와 페레스 이야기로 이어진다. 그는 페레스의 근황을 들려주는데 나는 문득 이 집이 본즈한테도 중요한 공간이라는 데 생각이 미친다. 저쪽에 그의 동물들이 있고 마구도 있다. 우리가 여기 없을 때는 그도 바로 이 마당에 친구들을 불러 모임도 하고 음식도 해 먹고 맥주도 마시고 노래도 부른다. 이 집이 없어지면 어떻게 할 거야? 내가 묻는다. 그는 잠시 생각에 잠긴다. 그러고는 답한다. 페레스를 다른 데로 데려가야겠지. 다시 침묵이 이어진다. 그의 시선은 갈 곳을 잃고 저 멀리 지평선 너머를 향한다. 너나 나나 이곳에 정이 참 많이 들었는데. 우린 둘 다 이 집을 많이 그리워하게 될 거야. 또다시 침묵이 이어지는데 그가 이렇게 말이 없는 건 아주 드문 일이다.

바깥에서 아이들이 노는 소리가 들려오고, 침실에서는

아나이스가 서랍을 여닫는 소리가 들려온다. 본즈와 있었던 일이 떠오른 건 그가 한 말이 진심이었기 때문이다. 다른 것보다도 그때 처음으로 '우리'라는 말을 썼다. 그리고 그는 내가 이 집을 그리워하게 되리란 걸 안다. 말편자공과 수다를 떨거나 말씨름하는 와중에도 그 역시 오랫동안 나를 지켜봐 왔기 때문이다.

우울한 감정이 슬며시 고개를 드는 것 같아 나는 남은 커피 한 모금을 마저 털어 넣고 자리에서 일어난다. 할 일이 있어서 여기 왔으니 우리는 할 일을 해야 하고 주말을 즐겁게 보내다 떠날 것이다. 나는 냉장고 문에 자석으로 붙여 놓았던 사진들, 10년에 걸쳐 아이들이 그린 그림들, 잭나이프, 책 몇 권을 차례로 챙긴다. 후안루가 챙겨 달라고 부탁한 물건들의 목록이 있어서 나는 창고로 간다. 커다란 가방에 한꺼번에 담고 창고를 나서려는데 문득 후안루가 준 목록에 제 아버지의 드릴이 없구나 하는 생각이 든다. 후안루가 깜빡했는지 일부러 뺐는지 궁금하다. 그에게 전화를 걸까, 아니면 아나이스에게 물어볼까 하다가 나 또한 그 드릴에 관해서라면 추억이 있지 않은가 생각한다. 나도 그 드릴로 일을 해 봤고, 고장 났을 때 고쳐 보기도 했고, 드릴 때문에 애먹기도 했다. 그 드릴에는 후안루 아버지의 기억만이 아니라 내 추억도 담겨 있다. 나는 뒤돌아 드릴이 있는 쪽으로 간다. 드릴을 손에 들고 잠시 바라보고, 그 무게를 느끼고, 살며시 있던 자리에 내려놓는다. 우리는 뒤를 돌아보기 위해 이곳에 온 것이 아니다. 나는 이 물건을 소유하고 싶은 것이 아니다. 그리고 그 순간 확신한다. 후안루가 일부러 목록에서 제외했다고. 아버지는 세상을 떠났고, 집도 영영 사라질 것이다. 우린 여기 거의 빈손으로 왔으니 거의 빈손으로 여길 떠날 것이다.

후안루가 부탁한 물건을 담은 가방을 차에 싣고 아나이스가 싸 둔 짐과 침구도 옆에 싣는다. 멀리 큰 우리 안에서는 페레스가 조용히 풀을 뜯고 있다. 나는 뒷마당 커다란 나무 앞으로 다가간다. 손바닥을 나무껍질에 가만히 대어 본다. 어릴 때 올리브나무 사이에서 뛰놀 때부터 하던 버릇이다. 손바닥을 통해 나무의 맥박이 느껴지지 않을까 하는 마음으로 나무줄기를 더듬어 본다. 위를 올려다본다. 너의 넓은 가지 아래에서 일을 참 많이도 했구나 하고 소리 내어 말해 본다. 충분히 누렸어. 그다음 떠오른 말을 나는 삼킨다. 며칠 뒤면 나무는 잘릴 것이고, 가지 위에서 잠자곤 하던 새들도 새로운 보금자리를 찾아야 한다는 말. 그 말 대신 나는 내게 성인인지 폭군인지 묻지도 않고 제 그늘을 내어 준 나무에게 감사의 마음을 전한다. 마지막으로 가끔 내멋대로 학명으로 불러서, 멜리아 아제다라라고 불러서 미안하다고 나무에게 사과한다. 애들 때문이었어, 알잖아. 근데 사실 애들 때문에라도 처음부터 사람들이 부르는 이름으로 너를 불러야 했는데. 천국의 나무.

60

차를 타고 집으로 돌아오는 길에 해가 진다. 트렁크에는 후안루의 물건들과 침구, 토스터, 그리고 우리 물건이 담긴 작은 배낭 하나가 실려 있다. 백미러로 뒷좌석에 있는 아이들을 본다. 마리는 내 핸드폰을 들고 음악을 고르고 베르타는 창밖을 보고 있다. 아나이스는 내 옆에서 내 다리 위에 손을 올리고 있다.

다시 마을에 돌아갈 일이 있을까 싶다. 이 얘기는 아나이스와도 후안루와도 수없이 했다. 심지어 그 마을이 아닌 다른 어딘가에 가서 사는 것도 상상이 잘 안 된다고. 왜냐하면 그동안 우리가 살아온 삶은 바로 그 마을의 윗동네 외딴 곳, 바로 그 집에서 지내 온 삶이니까. 마누엘과 라파엘라와 함께, 본즈와 함께. 그리고 동물들과 함께. 잡초와 쓰레기들 사이에서.

어쨌거나 나는 오랜 시간 뒤 우리가 그곳에 다시 돌아가게 되는 상상을 한다. 아마 상실감은 많이 사라진 뒤일 것이다. 우리는 옛날 빨랫줄이 있던 자리에 차를 댈 것이고, 새로 들어선 휴가용 아파트 앞에 설 것이다. 티 하나 없이 깨끗한 건물의 외관이 수술실을 연상시킬 것이다. 여름휴가를 보내러 온 어린아이가 아파트 앞에서 놀다가 우리를 바라보겠지만 우리가 누구인지는 모를 것이다. 아이의 부모가 발코니의 안전유리 난간에 기대어 우리에게 손을 흔들며 인사할 것이고 우리도 손을 흔들 것이다. 그들에게 우리 무용담을 이야기하지는 않을 것이다. 이미 지나간 것들에만 애착을 갖는, 옛 시절만 그리워하며 사는 노인이 되지는 않을 것이다. 도대체 그들에게 무슨 말을 할 수 있을까? 지금 그들이 팔꿈치를 괴고 있는 난간 자리에 예전에는 칠이 벗겨진 토담이 있었고, 그 너머 로즈메리가 자라고 있었다고? 로즈메리꽃이 피면 어디선가 꿀벌들이 날아왔다고? 지금 거실이 있는 자리에는 한때 커다란 나무 한 그루가 있었고, 그 가지 위에서는 새들이 지저귀고 있었다고?

다만 바람에 관해서는 말할 것이다. 그때도 우리 때처럼 똑같은 바람이 불 테니까. 그리고 우리에게도 그랬듯 바람은 그들의 집도 삶을 북돋는 기운으로 가득 채울 테니까.

손으로 감각하는 삶

핸드폰 화면 위로 손가락이 미끄러진다. 움직이거나 움직이지 않는 이미지들에 눈동자가 잠시 머물다 다음으로, 또 다음으로 미끄러져 내려간다. 실재하는지 아닌지 알 수도 없고 진실과 거짓을 구분하려고 하지도 않으며, 사실 그런 게 중요하지도 않은 타인의 삶. 현대 사회에서 우리의 일상은 손으로 만질 수 없는 것들에 둘러싸여 있다. 그리고 그 가상은 신기하거나 자극적인 것, 빠르고 편리하며 그럴듯한 것으로 가득하다. 하지만 헤수스 카라스코는 이 작품에서 정반대의 지점에 주목한다. 느리고 불완전하고 무용한 것, 손으로 느끼고 더듬고 만지고 만들고 고치는 삶. 눈앞에 온 세상을 끌어다 전시하는 SNS 속 가상의 세계가 아니라, 직접 손이 닿는 범위의 구체적인 세상을 육체적이고 감각적인 경험을 통해 그려 낸다.

소설 속 화자는 아내 아나이스와 두 딸과 함께 스페인

안달루시아 지방의 시골 마을에 있는 낡은 집을 오가며 십 년을 보내게 된다. 소유주인 이그나시오가 그곳에 휴가용 아파트를 지을 자금을 마련할 때까지 그곳을 쓸 수 있게 해 주었기 때문이다. 기껏해야 1년이라고 생각했던 기간은 10년이 되었고 그 시간 동안 그곳은 사람들에 의해 삶과 노동과 만남이 있는 공간으로 탈바꿈하게 된다. 집을 수리하고 어설프기 짝이 없지만 무언가를 만들고 사람들과 동식물들과 시간을 보내며 계절의 변화를 겪는다. 화자가 오가는 그 집은 그의 소유가 아니며, 언제일지는 몰라도 분명히 철거될 예정이다. 그는 무너질 운명의 집을 마지막 순간까지 손보고 또 손본다. 이 소설은 집에서 손으로 하는 일과 일상적인 사건들을 아름다운 언어로 섬세하게 묘사한다.

헤수스 카라스코는 1972년 스페인 바다호스주 올리벤사에서 태어났다. 2013년 스페인의 시골을 배경으로 한 그의 첫 소설 『노천(Intemperie)』이 국제적인 주목을 받았고 마드리드 서점 연합회로부터 2013년 올해의 책으로 선정되었다. 28개의 언어로 번역 출판되었으며 베니토 삼브라노 감독에 의해 영화화되기도 했다. 2016년에 발표한 『우리가 발 딛고 선 땅(La tierra que pisamos)』으로 유럽연합 문학상을 받은 것을 비롯해, 2021년 발표한 『집에 데려다 줘(Llévame a casa)』로도 역시 다수의 상을 받았다. 『손을 찬양하다(Elogio de las manos)』는 그의 네 번째 소설로, 2024년 2월 비블리오테카 브레베 상을 수상했다. 그는 수상 소감에서, 삶에서 가장 중요한 일이 일어나는 곳은 바로 우리와 가장 가까운 곳, 내 손이 닿을 수 있는 곳이라고 말한 바 있다. 이후 이어진 언론과의 인터뷰에서도 시스템이 우리를 지나치게 서두르게 만든다면서, 점점 더 빨리 달려가는 세상에서 멈춰야 할 필요성을 느꼈고 그래서 그는 이 작품을 식물을 키우는 것과 같은 리듬으로 썼다고 말했다. 그가 들여다보는 세계는 가장 작은 세계이면서 가장 본질적인 세계다.

쓰레기가 되기 좋은 것들

자본주의에서는 효용과 효율성이 최고다. 그런데 정말 그렇게만 살아야 할까. 쓸데없는 일 좀 하면 안 되는 것일까. 어떨 땐 쓸데없는 일에도 기쁨이 있지 않나. 일상의 사물들 또는 그것을 쓰는 일은 모두 효용과 효율성만을 위해서 존재하는 것이 아니다. 내가 직접 손으로 만들거나 고치는 대신 돈을 쓰는 게 훨씬 합리적인 경우가 많지만, 이 책의 화자는 할 수만 있다면 직접 연장을 들고 무언가를 한다. 시간과 노력을 들여서.

화자는 브라질 시인 마노엘 지 바후스의 시구 "쓰레기가 되기 좋은 것들이 시가 되기 좋다."를 언급하면서 "오직 새것만이 주목받고 새것만이 귀하다고 칭송하는 그 숨 막힐 듯한 '현 상태'를 전복시키는 말"이라고 쓴다. 그래서인지 그는 닳아서 버려진 말편자를 반으로 잘라 손잡이가 떨어져 나간 채로 쓰고 있던 커피포트에 용접하여 새 손잡이를 만들어 단 일을 가장 뿌듯해한다. "수선하는 과정을 통해 창의적이고 예상치 못한 해법을 끄집어낸" 경우이면서, 결과물은 일종의 예술 창작품이 된 경우다. 물론 완벽함과는 거리가 멀지만. 또한 그는 종이에 연필로 선을 긋는 행위에 대해서도 머리와 몸과 손이 하나가 되어 흑연이 종이에 긁히는 감각과 상호작용하는 그 과정 전체를 아주 세밀하게 묘사하기도 한다. 화자이자 작가에게 손으로 하는 일이란 쓸데없는 일이 아니라 예술의 근원으로 확장되는 일이다.

또한 손으로 하는 일은 돌보는 일이다. 언제 무너질지도 모르는 집을 새로 칠하는 일은 쓸데없는 일일 수도 있다. 하지만 그는 "집을 칠하는 일은 집을 돌보는 일"이라고 말한다. 그에게 그것은 "집의 존엄성을 지켜 주는 상징적인 일"이자 "마을에 통합되는 하나의 방법"이었다. 집을 돌보는 사람은 뜨내기가 아니라 이웃이니까. 덩굴시렁을 넓혀 마당에 그늘을 드리우게 한 것도 같은 의미다. 그 일을 통해 "마당에 뿌리를 내리게" 되었고, "새 그늘은 집 내부와 외부 사이에, 내밀한 공간과 타인과 만나는 공간 사이에, 우리와 마을 사이에 중간 지대"를 만들었으니까. "그렇게 그늘은 탯줄이 되었다."

<u>끝이 있다는 것을 알면서</u>

첫 문장부터 우리는 이 소설의 끝이 어떻게 될지 안다. 이 책은 치밀한 구성과 예상치 못한 반전으로 페이지를 넘길 때마다 손에 땀을 쥐게 하는 소설이 아니다. 하지만 결과보다 과정에 함께하는 일에 더 가치를 두는 사람이라면, 지금 하고 싶은 일을 지금 하지 않으면 다음은 없다고 생각하는 사람이라면, 이 책을 읽는 데 아무런 문제가 없다. 우리는 언제나 결말을 뻔히 알면서도 무언가에 몰두하니까. 오히려 결말을 알고 이 책을 읽음으로써 우리는 인물들이 살아가는 일상의 순간들에 더 집중할 수 있게 된다. 작가는 한 인터뷰에서 우리는 끝이 있음을 알고 있으면서도 순간을 즐기기를 멈추지 않으며 매 순간 치열하게 살아가지 않느냐고, 예술 작품을 창조하고 과학을 연구하는 것처럼 인간이 해 온 모든 일은 인생에 끝이 있다는 걸 알면서 해 온 일이라고 말했다.

화자는 이를 '임시성(provisionalidad)'으로 설명한다. 우리는 보통 미래를 꿈꾸고 미래를 이야기하고 미래를 준비하며 그 미래는 영속성을 지닌 것처럼 느끼지만, 사실 우리 삶을 포함해 모든 것은 다 '임시성'을 가지고 있다. 삶에 끝이 있다는 것을 알면서도 우리는 삶을 살아가는 것처럼, 화자는 집이 무너질 것을 알면서도 집에 머무는 그 순간을 살아간다. 그런 의미에서 이 작품에서의 '집'은 소유 여부나 경제적 가치에 의해 그 의미가 결정되는 것이 아니라, 그 순간에 존재하고 있는 사람들, 그 순간에 만나는 사람들, 그 순간에 하는 일들에 의해 결정된다.

끝이란 죽음이기도 하다. 우리는 모두 죽는다. 집도 사람도 동물도. 죽음을 기다린다는 건 고통스러운 일일 수도 있지만 화자는 오히려 언제든 죽음이 찾아올 수 있다는 걸 알기 때문에 "삶이 풍요로워진다."라고 말한다. 아이들은 새끼 고양이가 살아남지 못할 수 있다는 걸 알면서도 조그만 바구니에 헝겊 쪼가리를 깔아 보살핀다. 주사기로 조심스레 우유를 한 방울씩 먹이며 이름을 지어 주고 그렇게 끝까지 그들을 돌본다. 또한 작품 곳곳에 숲에 나뒹구는 해골이 여러 번 등장하는데, 이는 한때는 생명이었을 존재를 상기시키기도 한다. 작품 속의 집과 인물들과 동물들은 결국 무너지거나 자연스레 늙어 죽거나 하겠지만 현재는 서로의 곁에 존재하며 밥을 먹고 책을 읽고 대화를 나누고 일상을 살아간다. 어느 좋은 날, 아나이스가 읽어 주는 책을 음미하며 듣고 있던 마요이는, 맥주 드실래요, 라는 화자의 말에, "아니. 아, 조금 마실까."라고 답한다. 화자는 이 말이 세상에서 가장 아름다운 말이라고 말한다. 현재에 의미를 부여하는 말이니까. 사랑하는 이의 죽음은 더 이상 그를 볼 수 없다는 사실 때문에 슬픔을 안겨 주겠지만, 누구에게나 죽음은 피할 수 없으며 더 중요한 것은 지금 함께하고 있는 이 순간이다.

AI 시대에 글을 쓴다는 것, 그리고 읽는다는 것

스탠리 큐브릭 감독의 영화 「2001 스페이스 오디세이」의 인공지능 컴퓨터 '할'은 실수는 인간만이 하는 것이고 인간은 불완전하기에 임무를 수행하기 위해서 인간은 불필요하다는 결론에 이른다. 스티브 스필버그 감독의 영화 「A.I.」의 아이 로봇 '데이비드'는 인간을 온전히 사랑해서 상처받고, 스파이크 존즈 감독의 영화 「그녀」의 인공지능 운영체제 '사만다'는 인간의 완벽한 연인이어서 인간에게 상처를 준다. 그런데 우리는 인공지능이 어떻게 변하여 우리에게 위협이 될지를 두려워한 데 비해, 인간이 어떻게 변하게 될까에 대해서는 조금 덜 걱정해 온 것 같다.

AI의 사용이 일상화된 시대에 그럴듯한 이야기, 재미있는 이야기를 쓰기는 쉽다. 이제 어떤 글을 누가 썼는지, 왜 썼는지는 점점 관심 밖이다. 이미 AI에 의해 생성된 글들이 인터넷 검색 결과를 빠르게 점령해 가고 있다. 어차피 모든 글이 그럴듯한 글이 된다면 문제는 글의 내용이 아니라 글을 쓰고 읽는 행위 그 자체가 된다. 우리가 의식하지도 못한 채 우리의 읽고 쓰는 능력이 사라질지도 모르기 때문이다. AI가 문제라거나 없애야 한다는 말이 아니다. 우리가 변할 수 있다는 뜻이다. 그런 의미에서 정보 제공이라는 목적에 맞는 매끄러운 결과물을 순식간에 내놓을 수 있다는 사실은 역설적으로 우리가 글을 쓰는 이유, 글을 읽는 이유에 대해 다시 생각하게 한다. 글을 쓴다는 것, 그리고 읽는다는 것이야말로 사실 결과물이 아니라 과정이 중요한 일이다. 서툴고 불완전하고 오독의 가능성을 품고 있더라도 오히려 그런 완벽하지 않음이 소통의 가능성을 열어 주기 때문이다. AI가 쓴 글은 그런 '과정'이 없는 결과물이다. 과정이 비어 있는 글은 소통으로서의 의미를 갖지 못한다.

이 책의 미덕은 어쩌면 때때로 옆길로 새기도 하는 사유의 흔적, 어떨 땐 지나치다 싶을 만큼 세밀하게 묘사하는 수작업의 공정, 우리 가까이에서 일상적으로 벌어지는 삶의 과정을 될 수 있는 한 느리게 따라가는 것에 있다고 볼 수 있다. 이 글은 줄거리의 진행에 따른 완전무결한 이야기 구성이나 명확한 메시지, 또는 깨달음의 정수만 모아 놓은 글이 아니다. 따라서 이 글은 해독해야 할 대상이 아니라 독자의 읽기에 의해 완성되는 텍스트다. 읽으면서 떠오르는 상념, 꼬리에 꼬리를 무는 생각들, 읽고서 누군가에게 다시 전하게 될 말들까지.

　화자는 글쓰기의 끝손질을 가구의 끝손질과 비교한다. "가구 장인은 짜맞춘 부위의 도드라진 부분들을 끌로 깎아 내고 튀어나온 부분들을 부드럽게 대패질하여 반반하게 고른 뒤 사포질하고, 유약을 바른다. 가구의 최종 마감 작업이 끝나면 손가락으로 어느 곳을 쓸어 보더라도 오돌토돌하거나 뭔가 걸리는 부분 하나 없이 매끄럽게 느껴진다." 그는 퇴고 작업도 이런 수공예 작업과 많이 닮았다며 "다시 읽어 보는 것과 만져 보는 것"의 목표는 같다고 말한다. 여기서 매끄럽기를 바라며 손으로 쓸어 보는 행위는 과정으로서의 행위다. 그 행위의 순간은 글쓰기와 마찬가지로 수많은 단계를 거쳐 도달한 특정 순간이며, 시간을 들이고 손길을 거쳐 지나가고 있는 순간이다.

손을 찬양하다

통영의 오래된 아파트를 손보는 사람들과 그 시간을 담은 이정화의 에세이 『나의 손이 내게 말했다』의 에필로그에는 이런 구절이 있다. "당신의 손이 무언가를 증명하거나 당신의 손이 무언가를 많이 가지지 않아도 그 자체로 소중하고 생명력이 있어요. 가능성으로 가득 차 있어요. 당신의 손은 그 자체로 소중해요." 헤수스 카라스코는 이에 대해 이렇게 말할 것이다. "딱 한 가지만 자기 손으로 직접 해 보는 것으로 충분"하다고, "냅킨 위에 그림을 그리는 것도 그 훌륭한 시작이 될 수 있다."라고. 몸은 결코 잊는 법이 없으니까. "자기는 모르지만 손가락은 알고" 있고 "의식적인 결정과 무관하게 손가락은 언제나 자기 길을" 찾아내니까, "더듬어 가늠하고 조작하고 조이고 닦는 건 눈이 아니라 손가락"이니까. "펫 메시니의 현란한 손가락처럼, 말 편자공의 손가락처럼, 토마토가 잘 익었는지 더듬어 보고 우리에게 잘 익은 토마토를 선물하는 라파엘라의 손가락처럼."

임순례 감독의 영화 「리틀 포레스트」는 혜원(김태리 분)이 흰 눈이 소복이 쌓인 시골길을 걸어 오랫동안 비어 있던 시골집에 도착하는 것으로 시작한다. 혜원은 그 집에서 음식을 만들고 친구들과 함께 밥을 먹고, 손으로 하는 일들을 하며 사계절을 보낸다. 혜원이 그 집에서 하는 일에는 성취해야 할 목표도, 얻어 내야 할 결과물도 없다. 그곳에서 하는 일 그 자체가 삶이자 치유가 된다. 이 책의 작가가 손에 대해 말한다는 건 결국 그와 같은 과정에 대해 말한다는 것이다. 집의 경제적 가치만을 이야기하는 시대에 이 작품은 몸으로 감각하는 삶을 이야기한다. 자극적인 콘텐츠가 넘쳐 나지만 오히려 그를 피해 서점을 찾는 사람들에게, 이 책을 읽는 일은 잊고 있던 감각을 회복하는 일이 될 것이다. 미련해 보이더라도 하게 되는 일이 있으니까. 우리는 언젠가 죽을 것을 알면서도 끝까지 살아가니까.

2026년

임도울

추천의 글

'AI 시대, 화이트칼라는 멸종…….', '5년 내 화이트칼라 절반이 사라진다.' 요즘 언론에서 자주 보는 헤드라인이다. 이런 뉴스를 볼 때마다 공포스럽다. 평생 화이트칼라가 되기 위해 시간과 노력을 바쳤는데, 이제 와서 이런다고? 쾌적한 사무실에 앉아 지식으로 먹고사는 삶. 수고롭게 몸을 움직이거나 손을 더럽히지 않는 삶. 화이트칼라 전문직 신화는 AI로 인해 빠르게 증발되는 중이다. 한 세기를 지탱한 신화이지만 시야를 조금만 멀리 보면 인간이 모니터 앞에서 일한 지는 비교적 최근 일이다. 생물학자 존 메이너드 스미스는 사고 실험을 했다. 도구를 만들어 쓴 인간사를 만약 2시간짜리 영화로 만든다면? 증기 기관 발명부터 핵에너지 발견에 해당하는, 그러니까 우리 세기는 단 1초면 끝난다. 나머지 1시간 59분 59초 동안 인간을 인간답게 만든 것은 머리가 아니라 손이었다. 그럼에도 우리는, 나는, 육체 노동 없는 삶을 진보라 여기며 과몰입했다. 그러다 그 진보의 결과물이 모두 자동화되는 격변을 마주하고 우리 시대 신화의 허약함을 깨달은 것이다. 헤수스 카라스코의 『손을 찬양하다』 안에는 AI라는 단어가 단 한 번도 나오지 않음에도, 나에게 이 책은 막막한 AI 시대에 읽어야 할 항해서처럼 느껴진다. 곧 철거될 시골집이 있다. 몇 달 후일 수도, 일 년 후일 수도 있다. 벽은 금이 가 있고, 지붕은 낡았고, 정원은 잡초에 덮여 있다. 상식적으로라면 아무도 그 집에 손대지 않을 것이다. 어차피 사라질 테니까. 그런데 카라스코 가족은 벽을 뜯고 부엌을 고친다. 포도 덩굴을 심고, 늙은 당나귀의 우리를 짓는다. 수평이 맞지 않는 선반을 달고, 제대로 닫히지 않는 창문에 경첩을 단다. 버려진 건축 자재를 주워다 쓰기도 하고, 제대로 된 방법이 아닌 줄 알면서도 손에 잡히는 대로 시도하다 우연히 성공하기도 한다. 완벽하지 않기 때문에 다시 고치고, 다시 고치기 때문에 매 순간 집과 관계 맺는다. 그 과정에서 카라스코는 인간 조건의 본질이 '임시방편'임을 깨닫는다. 삶의 목적은 완벽한 결과 내기에 있지 않다. 어긋난 선반과 씨름하는 순간도 이미 삶이다. 임시방편인 줄 알면서도 허락하는 것. 서투른 채 시작하고, 결론을 유보한 채 대상과 다시 만나는 것. 카라스코는 이를 '수선하는 태도'라고 부르는데, 나는 이것이 우리에게 가장 결핍된 능력이자 AI로 인해 더욱 빠르게 상실할 능력이라고 생각한다. 인내심을 가지고 더듬고, 틀리고, 고쳐 보고, 기다리는 능력. 답을 내기 전까지의 세계를 느리게 음미하면서 관계 맺는 능력 말이다. 카라스코 가족은 스스로 수선한 집에서의 시간을 말 그대로 만끽한다. 철거라는 불확실성 앞에선 미래 계획이 무의미하기 때문이다. 시골집에 들어서면 그들에겐 오늘밖에 없고, 오늘밖에 없으니 감각이 깨어난다. 주위를 둘러싼 이웃, 식물, 곤충, 동물, 심지어 양모 담요 하나까지 모두 유한하다고 느끼니 지금 이곳이 애틋하다.『손을 찬양하다』는 표면적으론 수작업의 미덕과 아름다움을 말하는 책이지만, 최적화를 향해 수렴하는 세계에서 우리가 잃고 있는 능력의 이름을 알려 주는 책이기도 하다. 바로 자기 삶을 애틋하게 느끼는 능력 말이다. 액정과 모니터 안에서 살아가면서 두 손으로 무언가를 지어 본 적 없는 사람들에게 애틋함의 조건이 어떻게 복원되는지 보여 준다. 애틋함은 효율이나 무한함 안에서 태어나지 않는다. 자동화되지도 않는다. 그래서 오직 인간의 것이다.

최혜진(『에디토리얼 씽킹』 저자)

옮긴이 임도울

아홉 차례에 걸쳐 스페인, 쿠바, 멕시코, 과테말라, 콜롬비아, 에콰도르, 페루, 볼리비아, 칠레, 아르헨티나, 우루과이를 여행했다. 영화 연출을 전공했으며 전주국제영화제, 부천국제판타스틱영화제, 서울국제여성영화제, DMZ국제다큐멘터리영화제 등에서 스페인어 통역으로 활동하고 있다. 2016년 대산문화재단 외국문학 번역지원, 2021년 연희문학창작촌 입주작가 공모에 선정되었으며, 현재 한국문학번역원에서 한국문학의 스페인어로의 번역도 공부하고 있다. 옮긴 책으로 오라시오 키로가의『오렌지주를 증류하는 사람들』, 마리아 페르난다 암푸에로의『투계』가 있다.

손을 찬양하다

1판 1쇄 찍음 2026년 4월 10일
1판 1쇄 펴냄 2026년 4월 17일

지은이   헤수스 카라스코
옮긴이   임도울
발행인   박근섭·박상준
펴낸곳   (주)민음사

출판등록   1966. 5. 19. 제16-490호
주소   서울특별시 강남구 도산대로1길 62(신사동)
           강남출판문화센터 5층 (우편번호 06027)
대표전화   02-515-2000 | 팩시밀리 02-515-2007
홈페이지   www.minumsa.com

한국어판 ©(주)민음사, 2026, Printed in Seoul, Korea

ISBN   978-89-374-4917-8 (03870)
잘못 만들어진 책은 구입처에서 교환해 드립니다.